ULLSTEIN

ÜBER DAS BUCH

Ein neuer Fall für Abe Lieberman, den jüdischen Detective bei der Chicagoer Polizei, der glaubt, in seinen dreißig Dienstjahren schon alles gesehen zu haben. Diesmal allerdings entpuppt sich der Fall als ein echter Alptraum. Sein Kollege Bernie Shepard hat Frau und Liebhaber erschossen, sich auf dem Dach eines Apartmentblocks verbarrikadiert und droht nun, die gesamte Nachbarschaft in die Luft zu jagen. Seine Forderung erscheint simpel: Er will seinen Partner, Captain Alan Kearney, dem eine große Zukunft bei der Polizei bevorsteht, zur Rechenschaft ziehen. Angeblich hat der als erster seine Frau verführt.
Detective Lieberman und sein Partner Bill Hanrahan stehen bei der Aufklärung des Falls vor ihrer vielleicht schwersten Entscheidung – und jede Option birgt unendliche Gefahren.

ÜBER DEN AUTOR

Edgar-Preisträger Stuart Kaminsky, der in Florida lebt, krönt mit der Erfindung seines jüdischen Polizeidetektivs Abe Lieberman seinen Erfolg, den er mit der Figur des legendären Toby Peters und mit Inspektor Rostinkow begründet hat. Bei Ullstein in der *Gelben Reihe* sind bereits »Liebermans Juwel«, »Liebermans Gesetz« und »Liebermans Wahnsinn« erschienen.

STUART KAMINSKY

Liebermans Entscheidung

Krimi

Aus dem Amerikanischen
von Bettina Zeller

ULLSTEIN GELBE REIHE

Ullstein Buchverlage GmbH & Co. KG,
Berlin
Taschenbuchnummer: 24600
Titel der amerikanischen Originalausgabe:
Lieberman's Choice

Deutsche Erstausgabe
Juli 1999

Umschlaggestaltung: Vera Bauer
Bild: Anja Möhring

Printed in Germany 1999
Gesamtherstellung:
Ebner Ulm
ISBN 3 548 24600 1

Gedruckt auf alterungsbeständigem
Papier mit chlorfrei
gebleichtem Zellstoff

Die Deutsche Bibliothek –
CIP-Einheitsaufnahme

Kaminsky, Stuart M.:
Liebermans Entscheidung : Krimi /
Stuart Kaminsky. Aus dem Amerikan.
von Bettina Zeller. – Dt. Erstausg. –
Berlin : Ullstein, 1999
(Ullstein-Buch ; Nr. 24600)
ISBN 3-548-24600-1

Für die Mitglieder des Liars Club,
die dem Bedürfnis, Grenzen zu überschreiten,
nicht widerstehen können.

»Nicht eh mir einer klar und deutlich sagt,
Ob unser König hier im Tempel ist.
Halloh!
Ist jemand drinnen? Macht die Riegel auf
Und meldet schnell dem König, daß ich hier
Im Vorhaus bin mit böser Botenfracht.«

Euripides, *Iphigenie in Tauris*

1

Um Mitternacht kratzten silberne Wellenausläufer über den schmalen Strand am Ende der Straße. Durch das heruntergekurbelte Autofenster hörte Bernie Shepard das Rauschen des Wassers und das gedämpfte Tosen des Verkehrs, der einen halben Block hinter ihm auf der Sheridan Road herrschte. Er parkte neben einem Feuerhydranten, griff nach seiner Waffe, stieß die Wagentür auf und trat in die Nacht hinaus. Lautlos sprang der Hund aus dem Auto. Auf dem Asphalt war das leise Getapse seiner Pfoten zu hören.

Es war Mitte September und Vollmond. Die kalten Wellen, die schwerfällig ans Chicagoer Ufer des Michigan-Sees klatschten, waren unter ihren mondbeschienenen Schaumkronen schmutzig. Vor knapp einem Monat hatte Shepard an dieser Stelle beobachtet, wie ein ungenießbarer, paarungsbereiter Coho-Lachs in Ufernähe nach längerem Zappeln verendete.

Shepard und der Hund waren allein.

Nur Säufer und Drogensüchtige, nur arglose Obdachlose und jene Arbeiter, die Nachtschicht schoben und zwangsläufig auf die Straße hinaus mußten, wagten sich auf die von niedrigen Gebäuden und Zweifamilienhäusern gesäumte Fargo und die angrenzenden Straßen, die nur ein einziger Straßenblock vom See trennte. Vor zwanzig Jahren war diese Gegend respektabel, vor dreißig Jahren erlesen, vor vierzig Jahren elitär gewesen.

Heutzutage gingen die älteren Menschen, die in diesem Viertel wohnten, früh zu Bett und schlossen ihre Türen zweimal ab. Die von den niedrigen Mieten angelockten Yuppies taten so, als lebten sie in einem Film, erkannten und verdrängten die Gefahr in einem Atemzug.

Shepard und der Hund gingen über die Straße zum fünfzehn Stockwerke hohen Shoreham Towers. So weit das Auge reichte, türmte sich im Umkreis von fünf Blocks einzig dieser rechteckige, rote Dreißiger-Jahre-Backsteinbau mit seinen weißen Gesimsen in den wolkenlosen Himmel.

Shepard öffnete die Außentür von Shoreham Towers und trat ein. Er machte keine Anstalten, die Flinte in seiner Hand zu verbergen. Vor fünfzehn Jahren war die Lobby des Shoreham mit einem Teppich und Stühlen bestückt gewesen. Die Inneneinrichtung war längst verschwunden. Die Stühle waren gestohlen und der Teppich vom Management entfernt worden, bevor er auch noch geklaut werden konnte.

In der Lobby roch es nach Desinfektionsmitteln. Auch eine Erinnerung an jenen feuchten Teppich hing in der Luft. Verblichene Drucke zierten die Wände – rosa Blumen und bunte Tropenvögel hinter staubigem Glas.

Er ging auf die Innentür zu, schob den Schlüssel ins Schloß und trat ein. Im dahinterliegenden Foyer hatten ein paar Stühle, drei künstliche Pflanzen, die künstlich aussahen, und eine Deckenlampe mit acht Glühbirnen überlebt. Eine flakkerte, als sich der Mann mit dem Hund in den wartenden Fahrstuhl begab. Müde, langsam kämpfte sich der Lift nach oben. 1–2–3–4–5–6–7–8–9–10. Mit einem metallischen Stöhnen hielt er an. Die Türen glitten auf.

Mit dem Hund im Schlepptau marschierte Shepard in der zehnten Etage den Korridor hinunter, blieb vor einem Apartment stehen und horchte. Durch die Tür drangen gedämpfte Stimmen. Shepard schloß vorsichtig die Tür auf und tauchte ein in die Dunkelheit, die nur vom durch die Fenster einfallenden Mondlicht und einem Streifen gelbem Kunstlicht durchbrochen wurde, das aus der vor ihm liegenden, einen Spaltbreit offenstehenden Schlafzimmertür fiel. Der Hund trabte hinter Shepard her und sah zu, wie sein Herrchen leise die Wohnungstür schloß.

Die Stimmen waren jetzt besser zu verstehen. Ein Mann

und eine Frau unterhielten sich. Shepard schlich lautlos zur Tür hinüber und lauschte.

»... um sicher zu sein«, sagte die Frau.

Shepard gab dem Hund ein Zeichen. Gehorsam schob das Tier die Schlafzimmertür mit einer Pfote auf und trottete lautlos hinein.

»Ich habe es überprüft. Er ist auf einer Überwachung auf der South Side, dauert die ganze Nacht. Es ist vollkommen unmöglich ...«

Mitten im Satz brach der Mann ab. Er hatte den Hund entdeckt.

Mit dem Fuß stieß Shepard die Schlafzimmertür auf und legte die Flinte an. Aus Erzählungen wußte er, daß solche Augenblicke verschwommenen Träumen ähneln, daß sie wie im Zeitlupentempo ablaufen. Er empfand nichts von alldem.

Andy Beeton warf das Laken zurück. Darunter war er nackt. Er griff nach einer Waffe, die in einem Halfter über einer Stuhllehne neben dem Bett hing. Shepard drückte ab. Die Schrotladung malte rotschwarze Tupfer auf Beetons blasse Haut, schleuderte seinen Kopf nach rechts, forderte sein linkes Auge. Er war tot, noch bevor er gegen den Nachttisch fiel, die Lampe zu Boden schleuderte und mit einer ausgestreckten Hand den nahestehenden Stuhl samt Halfter umstieß.

Hinter Shepards Rücken gab der Hund einen Laut von sich, nicht wirklich ein Wimmern, vielleicht eher ein Gähnen.

Shepard wandte sich der zierlichen Frau zu, die sich aufgesetzt hatte, ohne den Versuch zu unternehmen, ihre nackten Brüste zu bedecken. Sie riß die Augen weit auf. Ihre dunklen Brustwarzen zeigten auf ihn. Das lange Haar fiel über eins ihrer Augen. Ihr bedächtiges Kopfschütteln sagte »Nein« und ihre Lippen sagten »Nein«, als Shepard abdrückte und sich sofort abwandte. Er war nicht erpicht darauf zu sehen, was die Schrotladung bei ihr anrichtete. Doch als er einen Schritt auf den Ausgang zu machte, gab sie ein Geräusch von sich, das in seinen Ohren fast wie ein Gurren klang. Er drehte sich um, sah, was er nicht sehen wollte, und wußte, daß das Geräusch nur noch ein Echo, daß Olivia tot war.

Hier gab es nichts mehr zu sehen, nichts mehr zu tun. Er lud seine Flinte nach und schnippte mit den Fingern. Der Blick des Hundes wanderte von ihm zum Bett und wieder zu ihm zurück, ehe er gehorchte und in das dunkle Wohnzimmer marschierte.

Als Shepard und der Hund das Wohnzimmer durchquerten, ertönten schon Stimmen auf dem Flur.

»Was ist passiert?«

»Was war das?«

»Woher kam das? Ich glaube, es kam . . .«

»Ich werde die Polizei rufen.«

»Jerry, kümmere dich um deine eigenen Angelegenheiten.«

»Ich werde die Polizei rufen, Flor. Hörst du, was ich gerade gesagt habe? Vielleicht ist jemand umgekommen, gütiger Gott, oder . . .«

Shepard verließ das Apartment, trat in den Korridor. Der Hund lief vor ihm her. Er griff nach hinten und zog die Tür zu.

»Mr. Shepard, was ist . . .?«

Der Sprecher war ein kurzgewachsener, fetter Mann mit grauem Haar, das vom Schlaf wild zerzaust war. Er trug einen grauen Bademantel. Beim Anblick von Shepards Gesicht und der Waffe an seiner Seite hörte er auf zu sprechen.

Im Flur hatten sich noch zwei Männer und zwei Frauen eingefunden, die allesamt die Sechzig überschritten hatten. Shepard und der Hund steuerten auf den wartenden Fahrstuhl zu. Die Leute wichen stumm vor ihm zurück, machten Platz.

Als Shepard mit dem Hund in den Fahrstuhl trat, ging eine Wohnungstür auf. Zwei Männer – beide um die Dreißig und angetrunken – kamen nach draußen.

»Verflucht noch mal, was geht hier vor?« fragte einer der Männer.

Shepard und der Hund behielten den Korridor im Auge. Während die Fahrstuhltür sich schloß, musterte einer der betrunkenen Männer, der größere von beiden, Shepard und die Waffe in dessen Hand, machte einen Schritt auf ihn zu, besann sich dann aber eines besseren. Durch die geschlossene Lifttür hörte Bernie Shepard, was gesprochen wurde.

»Was, zum Teufel, geht hier vor?«

Während der Fahrstuhl nach oben holperte, verhallten die Stimmen, wurden vom Stöhnen der altersschwachen Maschinerie geschluckt.

»Ich rufe die Polizei.«

»Jerry, kümmere dich um deine eigenen Angelegenheiten.«

Im fünfzehnten Stockwerk wanderte Shepard mit seinem Hund einen von verschlossenen Apartmenttüren gesäumten Flur hinunter bis zu einer Tür mit der Aufschrift TREPPE. Er stieß sie auf, ließ den Hund vorangehen und folgte dem Tier in die von schwachen Glühbirnen durchbrochenen Schatten.

Shepard dachte nicht nach, erlaubte sich nicht nachzudenken. Die Bilder aus dem Apartment verfolgten ihn. Sie ignorierend erklomm er die Stufen, lauschte dem Echo seiner Schritte, das fünfzehn Stockwerke nach unten schallte und zurückgeworfen wurde. Am oberen Treppenende war eine schwere Metalltür. Shepard stellte seine Flinte ab, um die Tür aufzustemmen. Warme Luft drang herein.

Nach der Waffe greifend, stieg er auf das Dach von Shoreham Towers, verscheuchte ein Bild, das sich ihm aufdrängte, lehnte die Flinte an die Wand und schloß die Tür. Neben der Flinte lehnte eine schwere Metallstange an der Wand. Der Hund tapste auf dem mit Kieselsteinen bedeckten Dach herum. Shepard verkeilte die Tür langsam, unter großer Kraftanstrengung. Nachdem er überprüft hatte, daß die Stange fest saß, griff er sich seine Flinte. Wieder vernahm er das Schlagen der Wellen, das Rauschen des Verkehrs. Innerhalb der letzten fünf Minuten hatte sich die Welt dort draußen kein bißchen verändert.

Mitten auf dem Dach stand ein leerer Wasserspeicher. Der ehemals orangefarbene Behälter war inzwischen mit Graffiti übersät. Die vier Metallbeine waren mit Rostflecken überzogen. Shepard ging zum Wasserspeicher hinüber. Dahinter lag eine drei mal drei Meter große Fläche, die von Betonquadern eingerahmt war. Shepard hatte sie in den vergangenen sechs Wochen Stück um Stück nachts hochgeschafft. In einer Ecke des Miniforts lagerte ein stattliches Waffenarsenal, daneben eine Kiste mit Lebensmitteln. Auf der Kiste stand ein Krug Wasser. Shepard quetschte sich durch den schmalen Betondurchgang, um die Lebensmittel, das Wasser, die Waffen und den Erste-Hilfe-Kasten zu kontrollieren. Er holte eine Decke und ein Funkgerät hervor, stellte das Funkgerät auf die Decke und legte einen zusammengerollten Schlafsack vor die Quader.

Zufrieden ging er wieder hinaus und marschierte auf eine Ecke des Dachs zu.

Der Hund kam hinterher, setzte sich und wartete.

Es würde keine Sirene heulen. Sie würden lautlos kommen. Wenn er wollte, konnte er einen Blick über den Dachrand auf die Straße werfen und ihr Eintreffen beobachten. Sie würden Fragen stellen, die Leichen finden, auf Befehle warten und langsam dahinterkommen, wo er steckte. Aber all das dauerte eine Weile. Eine halbe Stunde. Eine Stunde. Zeit eben.

Im Süden, Richtung Downtown, konnte er die vielen Scheinwerfer einer Autoschlange sehen, die sich den Lake Shore Drive hoch und runter quälte. Die fernen Hochhäuser am Drive waren bis auf einige wenige erleuchtete Fenster dunkel. Ein gutes Stück weiter hinten konnte er die Hochhäuser von Downtown erkennen. Sogar den Sears Tower. Dann schwenkte Shepard den Blick auf den See, der mit Ausnahme eines einzelnen Lichts, wahrscheinlich eine Bootslampe, ganz dunkel dalag. Im Norden, nur ein paar Blocks entfernt, war der Friedhof, den man in der Dunkelheit nicht ausmachen konnte und der die Grenze zwischen Evanston und dem am Ufer gelegenen Chicago markierte. Im Westen lag die Stadt, die selbst zu dieser vorgerückten Stunde zwar schläfrig, aber dennoch lebendig wirkte.

Shoreham Towers lag in East Rogers Park. Dieses Viertel war kein Schmelztiegel, sondern eher ein verängstigtes Flickwerk aus Haitianern, Jamaikanern, armen, weißen Südstaatlern, Mexikanern, Puertoricanern, Indern, Pakistanis und neuerdings Russen. Fünfzehn Blocks weiter westlich lag das vom Umbruch bedrohte West Rogers Park mit seinen winzigen Einfamilienhäusern. Dort wohnten hauptsächlich Juden, hie und da seltsamerweise ein paar Chinesen und Russen, die schon ganz gut Englisch sprechen konnten.

Shepard wandte sich vom Dachrand ab. Die Chancen – das wußte er – standen gut, daß sie Lieberman schickten. Und danach würde Kearney auf der Bildfläche erscheinen. Dies war jetzt Kearneys Revier. Doch das konnte sich schnell wieder ändern.

Mit seinem Hund im Schlepptau kroch Shepard wieder hinter die Betonquaderbarrikade. Er lehnte sich gegen den aufgerollten Schlafsack und schloß die Augen.

2

Das Telefon, das kurz nach zwei Uhr morgens klingelte, riß weder Abraham Lieberman noch seine Frau Bess aus dem Schlaf, allerdings aus unterschiedlichen Gründen.

Um das Schnarchen ihres Gatten auszublenden, benutzte Bess nunmehr seit drei Jahrzehnten Ohrstöpsel, die Geräusche um bis zu sechsunddreißig Dezibel reduzierten. Daß Abe Jahr um Jahr weniger schnarchte, war nicht der vorübergehenden Natur dieser Eigenart zuzuschreiben, sondern dem Umstand, daß er zunehmend unter Schlaflosigkeit litt.

In dieser Nacht saß er bei geschlossener Tür in der Küche, löste das Kreuzworträtsel der *New York Times* und trank einen eisgekühlten Cocktail aus Diätcola und Kaffee. Er trug seinen grünen Morgenmantel (sein Lieblingsstück), dessen Frottee schon ziemlich abgewetzt war, und überlegte, ob er sich rasieren sollte.

Zu Abraham Liebermans Erscheinung gab es vier unterschiedliche Meinungen. Fragte man Bess, hatte er große Ähnlichkeit mit Harry James. Die Alten Knacker, allesamt Stammgäste im Deli seines Bruders Maish auf der Devon Street, waren nach einer endlosen, von Syd Levan geführten Diskussion zu dem Ergebnis gekommen, daß er wie ein unter Verdauungsstörungen leidender Dackel aussah, während er in der Clark Street Station, dem Revier, dem er zugeteilt war, unter der Bezeichnung Rabbi (so rief ihn nur sein Partner) oder Bluthund lief. Diesen Spitznamen hatte ihm vor gut zwölf Jahren ein Autodieb mit ganz anständiger Allgemeinbildung verpaßt. Er bezog sich weniger auf besonders ausgeprägte Beharrlichkeit, sondern spielte eher auf seine ernste Miene, seine schlanke Statur und seine runden Schultern an.

Lieberman war sich durchaus darüber im klaren, daß er mit

seinen ein Meter siebzig und siebzig Kilo keine imposante Figur machte. Seiner eigenen Einschätzung nach sah er wie fünfundsechzig aus, also fünf Jahre älter, als er in Wirklichkeit war. Bess mochte vor allem seine gelockten grauen Haare und den kleinen weißen Schnauzbart. Schaute Lieberman in den Spiegel, entdeckte er unter der Oberfläche immer nur das Gesicht seines längst verstorbenen Vaters.

Bess war fünf Jahre jünger als Abe. An einem schlechten Tag schätzte man sie fünfzehn Jahre jünger, an einem guten Tag konnte man sie für seine Tochter halten. Sie war keine Schönheit, aber eine Lady. Sie war die Tochter eines South-Side-Metzgers und hatte die Haltung einer Katherine Hepburn. Ohne zu zögern, bescheinigten die Alten Knacker Bess »Stil«.

Seit ein paar Jahren wachte Lieberman aus den unterschiedlichsten Gründen zwischen vier und fünf Uhr morgens auf. Normalerweise wegen eines Geräuschs. Oder weil Bess sich bewegte oder er es sich einbildete. Oder es lag an seinem Schnarchen, seiner inneren Uhr, die seit seinem siebenundfünfzigsten Geburtstag falsch ging, oder an einer Erinnerung. Heute nacht hatte ihn, was nur äußerst selten vorkam, ein Traum aus dem Schlaf gerissen.

Normalerweise träumte Lieberman nicht. Er wußte, daß jeder Mensch träumte. Er selbst ließ sich von seinen Träumen nicht sonderlich beeindrucken und erinnerte sich nur selten an sie. Dieser Traum unterschied sich allerdings gründlich von allen anderen.

Er hatte plötzlich ein Gesicht gesehen. Ein rundes, blasses Gesicht mit tiefliegenden, dunklen Augen, ein Gesicht, das ohne Körper daherkam. Der Mund in diesem Gesicht hatte sich geöffnet, rotes Zahnfleisch war zu sehen gewesen, aber keine Zähne. Die weiße Zunge bewegte sich und flüsterte erst ein Wort und dann noch zwei weitere. »Sie werden sterben.«

Das Gesicht war ihm vertraut. Das Gesicht sprach die Wahrheit, aber das Gesicht war ein Ballon. Falls es ihm gelang, mit dem Schlüssel, der an seinem Hals hing, die Nachttischschublade aufzuschließen, seine Waffe rauszuholen und auf den Ballon zu schießen, würde er zerplatzen. Er wußte, daß dann Blut auf Bess regnen würde, auf ihn, auf die neue, geblümte Tagesdecke. Und trotzdem mußte er den Ballon kaputtmachen, um zu verhindern, daß jemand starb.

Abe zwang sich, aufzuwachen. Grunzend setzte er sich im Bett auf.

Er kannte dieses Gesicht. Es gehörte Frankie Kraylaw. Es war ein fröhliches, unschuldiges Gesicht, das ihm innerhalb der letzten vier Monate tagsüber immer wieder Sorgen bereitet hatte. Und jetzt suchte es ihn im Schlaf heim.

Lieberman hatte zuerst zugehört, wie Bess gleichmäßig atmete, war dann aus dem Bett geklettert, hatte sich auf Zehenspitzen aus dem Schlafzimmer geschlichen und sein *New York Times*-Kreuzworträtselbuch geholt, das er sich schon im voraus zum Geburtstag geschenkt hatte. Ende des Monats, am 29., feierte er seinen 61. Geburtstag, ein Ereignis, das ihm keine Freude bereitete.

Das Kreuzworträtsel, das Lieberman gerade löste, war entweder ungewöhnlich schwierig, oder er war ungewöhnlich müde. Er konnte es nicht lösen. Statt dessen kriegte er einen steifen Nacken, weil er die ganze Zeit über in derselben Haltung am Küchentisch saß. Die Morgendämmerung und eine heiße Dusche würden helfen müssen.

Über seinem Kopf hörte er Lisas Bett knarren. Für den Fall, daß sie auf den Flur trat, würde er das Kreuzworträtsel und den Drink stehen lassen und so schnell wie möglich das Badezimmer aufsuchen. Er war beileibe nicht in der Verfassung, sich auf eine weitere Unterhaltung mit seiner Tochter einzulassen, die ihren Mann verlassen hatte und mit ihren beiden Kindern, Barry und Melisa, ins elterliche Heim auf der Birchwood Street in West Rogers Park zurückgekehrt war. Wie ein Metronom schwankte Lisa konsequent zwischen Zweifel und

Entschlossenheit hin und her. Deutete Lieberman ganz vage an, daß ihr Mann, Todd Cresswell, nicht unbedingt ein egoistischer Schuft war, leierte sie einen Katalog (so lang wie der Talmud) abscheulicher Taten herunter, die Lieberman nicht sonderlich abscheulich vorkamen. Falls er jedoch so etwas wie einen Hauch von Kritik an seinem Schwiegersohn anmeldete, ließ sie sich ausführlich über die Unzulänglichkeiten ihres Vaters aus. Dieses bemerkenswerte Talent hatte sie schon in jungen Jahren erworben.

Es gab Zeiten, in denen es am besten war, Lisa aus dem Weg zu gehen. Und momentan war gerade so eine Zeit. Als er sie oben hörte, stand er schnell auf, schüttete den Inhalt seines Glases in den Abfluß, stellte das Glas in die Spüle und machte mit dem Kreuzworträtsel und einem Kugelschreiber einen Schritt auf die Tür zu. Das Badezimmer, wo ihm heißes Wasser und ein Minimum an Privatsphäre vergönnt waren, lag nur drei Meter den Flur hinunter.

Just in diesem Augenblick läutete das Telefon.

Noch vor dem zweiten Klingeln hob Lieberman den Hörer ab.

»Ja«, sagte er.

»Abe, ich bin's. Bist du wach?«

Hanrahan klang nüchtern und ernst.

»Ich bin wach, Bill.«

»Kennst du Shoreham Towers?«

»Auf der Fargo, unweit der Sheridan. Ich glaube, Bess hat einen Cousin, der dort wohnt.«

Lisa war definitiv auf dem Weg nach unten. Er hörte die Holzstufen knarren. Flucht war somit unmöglich.

»Bernie Shepard lebt jetzt dort. Wie es aussieht, ist er vor einer Stunde heimgekommen, hat seine Frau mit Andy Beeton im Bett erwischt und die beiden weggepustet, einmal in die Hölle und zurück.«

Lieberman schwieg.

Eigentlich glaubte er nicht an prophetische Träume. Andererseits war es auch nicht so, daß er überhaupt nicht an Vorsehung glaubte. Er würde warten, bis er mehr Beweise zusammengetragen hatte, und falls sich nichts beweisen ließ, mußte er eben mit diesem Mysterium leben. Vor knapp einer Stunde hatte er von Frankie Kraylaw geträumt, einem Mann, der gedroht hatte, seine Frau umzubringen. Vielleicht hatte er diesen Traum gerade in dem Moment geträumt, wo Bernie Shepard . . .

»Abe, bist du noch dran?«

»Ja, ich bin noch dran, Bill. Weiß Kearney Bescheid?«

»Nein, du bist der erste, der die frohe Botschaft erfährt. Gratuliere.«

»Ich werde Nestor beauftragen, Kearney aufzutreiben«, sagte Lieberman. »In zwanzig Minuten bin ich da.« Er legte auf.

Lieberman kannte alle Beteiligten: Shepard, dessen Frau Olivia und Andy Beeton. Beeton, ein Detective vom Edgewater Revier, kannte er nicht besonders gut, doch er entsann sich vage, daß Beeton mit einer korpulenten Frau verheiratet war. Im Augenblick fiel ihm allerdings nicht viel mehr ein, was für oder gegen Beeton sprach. Dafür wußte er eine ganze Menge über Bernie Shepard. Er war ein Bulle von einem Mann, ungefähr zehn Jahre jünger als Abe, ein Mann, der schnell die Beherrschung verlor und mit dem niemand arbeiten mochte, aber eben auch – und da waren sich alle einig – ein ehrlicher, guter Cop. Bernie war einer von der Sorte, der freiwillig an Säuberungsaktionen teilnahm, sich das Maul über die SWAT-Teams zerriß, niemandem über den Weg traute und nur mit einem einzigen Partner, in diesem Fall Alan Kearney, auskam, der vor sechs Wochen zum Captain des Reviers in der Clark Street befördert und infolgedessen Liebermans Boss geworden war.

Shepard hatte Olivia vor ungefähr zehn Jahren geheiratet.

Folgende Geschichte war Lieberman zugetragen worden: Kearney hatte sie kennengelernt, als sie – kaum eine Stunde, nachdem sie mit dem Greyhound-Bus aus Muscatine, Iowa, angekommen war – Opfer eines Überfalls geworden war. Er hatte ihr geholfen, eine Arbeit zu finden, und sie mit Bernie Shepard bekannt gemacht. Lieberman hatte sie vor ein paar Monaten bei einer Party anläßlich Kearneys Beförderung kennengelernt. Sie hatte lange Haare und große Augen gehabt und war relativ schüchtern gewesen. An all diese Einzelheiten erinnerte er sich, an ihr Gesicht allerdings nicht. Anstelle von Olivia Shepards Gesicht sah er das von Jeanine Kraylaw, der jungen, verängstigten Frau von Frankie Kraylaw, von dem Lieberman gerade geträumt hatte.

In dem Moment, wo Lieberman einhängte, machte Lisa die Küchentür auf und trat ein.

Lisa trug ihren rosa Morgenmantel mit dem rüschenbesetzten Kragen. Das dunkle Haar hatte sie zurückgebunden. Sie sah hübsch aus. Jung und unglücklich. Fragte man den Vater, hatte das einzige Kind der Liebermans vom Tag der Geburt an »ernst« gewirkt. Sie war ein wunderschönes Kind gewesen, das alles in sich aufsog und selten laut lachte. Und eine hervorragende Studentin. Sie hatte die Mather High School besucht und war danach auf die Universität von Chicago gegangen, wo sie einen ernsthaften jungen Professor der Altphilologie mit einem Faible für griechische Tragödien kennenlernte. Die beiden bekamen zwei Kinder und lebten, obgleich Lieberman bis vor einem Monat nichts davon gewußt hatte, seit jeher unzufrieden nebeneinander her.

»Ich bin hungrig, möchte aber nichts essen«, verkündete sie und zwängte sich an ihm vorbei in Richtung Kühlschrank. »Wenn ich deprimiert bin, esse ich. Und dann werde ich fett und kann mich nicht ausstehen. Irgendwann werde ich wie Tante Rose aussehen. Ich kann es mir aber nicht leisten, wie Tante Rose auszusehen. Und ich kann es mir momentan auch nicht leisten, mich nicht leiden zu können. Ich darf ein bißchen unzufrieden mit mir sein, aber hassen darf ich mich nicht. Ich hörte das Telefon läuten.«

»Ja, ich muß noch kurz telefonieren und dann los«, sagte er und beobachtete sie dabei, wie sie kritisch den Kühlschrankinhalt musterte.

»Ein Mord?« fragte Lisa und griff nach einer durchsichtigen Tüte mit Bagels, die Lieberman von Maishs Deli mitgebracht hatte.

»Ja«, sagte er und wählte die Nummer des Reviers. »Weiter hinten, auf der zweiten Ablage, gibt es Schnittlauchquark.«

Nestor Briggs nahm den Hörer ab. Nestor bediente nachts immer das Telefon auf dem Revier in der Clark Street. Der Mann liebte Nachtarbeit und Doppelschichten. Nestor ging nämlich nicht gern nach Hause. Das einzige, was Nestor an Familie hatte, war eine uralte, einäugige Katze, die Nestor *Sy Klops* rief. Lieberman informierte Briggs über das, was er wußte, und trug ihm auf, Kearney ausfindig zu machen.

Nach dem Telefonat fragte ihn Lisa: »Glaubst du, daß etwas Schnittlauchquark schlecht für mich wäre?«

»Du bist die Biochemikerin«, sagte er. »Wenn du es nicht weißt . . .?«

»Abe«, sagte sie. Sie sprach ihn immer mit seinem Vornamen an, wenn sie im Begriff war, eine seiner vielen Schwächen als Vater herauszustellen. »Weißt du, was ich arbeite? Ich meine, was ich tue, wenn ich arbeite?«

»Ob ich es ganz genau weiß?«

»Nur ungefähr.«

»Nein«, räumte er ein. »Mit Enzymen kann ich nichts anfangen. Ich respektiere sie und dich, aber ihre Funktion ist mir ein Rätsel. Ich muß los.«

Sie stellte die Tüte mit den Bagels und die weiße Schale mit Schnittlauchquark auf den Tisch.

»Geh nur«, sagte sie und zog ein Messer aus dem Besteckkorb, der auf der Spüle stand. »Brauchst du die Kreuzworträtsel der *Times*?«

Er ließ das Buch auf den Tisch fallen und legte den Stift obendrauf.

»Das da kannst du fertig machen und dann noch eins. Mehr nicht. Wirst du zurechtkommen?« erkundigte er sich.

Sie setzte sich, beäugte die Lebensmittel und zuckte mit den Achseln.

»Nein. Vielleicht.«

Lieberman ging zu seiner Tochter hinüber, beugte sich über sie und drückte ihr einen Kuß aufs Haupt.

»Möchtest du dich später unterhalten?« fragte er.

»Ich werde mit Mom sprechen. Geh und befrei die Straßen vom Verbrechen.«

»Ich werde versuchen, rechtzeitig zurück zu sein, um mit Barry und Melisa bei Maish zu Mittag zu essen«, flüsterte er, während er die Tür öffnete. Seine Enkel schliefen nebenan im Wohnzimmer. Barry, der demnächst seinen dreizehnten Geburtstag feierte, lag im Schlafsack auf dem Boden. Die achtjährige Melisa schlief in einem Klappbett, das die Liebermans vor dreißig Jahren von Bess' Vater geschenkt bekommen hatten.

»Heute ist Schule, Abe«, seufzte Lisa leise und schnitt einen Mohnbagel auf.

»Dann lade ich sie eben heute abend auf ein Eis ein.«

»Klingt gut«, sagte sie und nahm den Deckel der Quarkschale ab.

Fünfzehn Minuten später schlich sich Lieberman rasiert und mit angelegtem Halfter auf Zehenspitzen zuerst an der geschlossenen Küchentür vorbei und dann durchs Wohnzimmer zur Tür hinaus, wobei er darauf achtete, nicht in den schlafenden Barry zu rennen.

Die Nacht war lau, aber nicht wirklich warm. Lieberman brauchte dringend einen Kaffee. Normalerweise mahlte er nach dem Aufstehen Kaffee, doch seit Lisa und die Kinder eingezogen waren, hatte er nicht nur aufgehört, jeden Morgen frischen Kaffee zu mahlen, sondern auch die Mikrowelle anzuschalten, um einen Rest *Bayrische Creme* aufzuwärmen, weil die Mikrowelle summte und klingelte und er niemanden aufwecken wollte.

Unweit der Western, auf dem Weg zum Shoreham, gleich neben einem Sari-Geschäft, gab es einen 7-Eleven, der rund um die Uhr offen hatte und von einem Cousin oder Onkel von Howie Chen geführt wurde. Unter den Alten Knackern, die andauernd in Maishs T&L auf der Devon rumhingen, war Howie Chen der einzige Nichtjude. Die Alten Knacker waren sich ausnahmslos und irrigerweise darin einig, daß jeder chinesische Geschäftsmann in Rogers Park mit Howie verwandt war oder ihn kannte und den Alten Knackern daher einen Rabatt schuldig war.

Lieberman entschied sich gegen den direkten Weg zum Shoreham, der ihn über den Broadway geführt hätte, um unweit der Argyle Street bei der White Hen Pantry einen Zwischenstop einzulegen. Auf dem Parkplatz der White Hen war weit und breit kein anderes Fahrzeug in Sicht. Der Laden war menschenleer, einmal abgesehen von der Angestellten, einer jungen Frau mit verquollenem Gesicht in einem weißen Kittel, die die Morgenschicht übernommen hatte.

»Ist Poli da?« fragte Lieberman, trat vor die Kaffeekannen und füllte zwei Becher.

»Machen Sie Witze?« fragte die junge Frau, die ihre Arme verschränkte und zusah, wie er die Deckel auf die Becher drückte. »Der kommt nicht vor elf.«

Lieberman trug seine beiden Kaffeebecher zur Kasse.

Aus der Nähe betrachtet, hatte die Frau den blutleeren, gläsernen Blick einer Fixerin. Der weiße Kittel war langärmlig. Er musterte ihre Arme so lange, bis er sicher sein konnte, daß ihr sein Blick nicht entging. Ihre Hände griffen nicht in die Armbeugen. Sie schlang auch nicht die Arme um ihren Körper oder fingerte an sich herum. Aus ihrem Verhalten schloß Lieberman, daß sie wahrscheinlich clean war.

»Kraylaw«, sagte er und kramte zwei Dollar heraus. »Arbeitet er immer noch hier?«

»Kraylaw«, wiederholte sie, tippte die Summe ein und reichte ihm das Wechselgeld. »Der Junge.«

Frankie Kraylaw war fast dreißig, erinnerte aber an den freundlichen, minderjährigen Kumpel aus einer *Drei Mädchen und drei Jungen*-Wiederholung.

»Der Junge«, stimmte Lieberman zu.

»Nein, ich denke nicht«, sagte sie. Ein weiterer Kunde, ein Mann in Nachtwächteruniform, die für dieses Wetter viel zu dick war, kam hereinspaziert und steuerte auf die Kaffeekannen zu.

»Ich werde mich bei Poli erkundigen«, sagte Lieberman auf dem Weg zur Tür.

»Sind Sie ein ...?«

»Ja, bin ich«, antwortete Lieberman.

»Wie ich hörte, hatte der Junge Schwierigkeiten mit seiner Frau oder so was in der Art.«

»Ja«, sagte Lieberman.

»Er ist mir unheimlich«, gestand die Frau. Ihre Miene verriet Abscheu. »Nicht so unheimlich wie die Typen, die hier reinkommen. Anwesende müssen sich selbstverständlich nicht angesprochen fühlen.«

»Danke.«

»Unheimlich«, sagte sie. »Mit einem breiten Grinsen in der Fresse wie Onkel Ira.«

»Onkel?«

»Ira. Aus *Invasion der Körperfresser.* Hinter diesem Lächeln lauert die große Leere. Man könnte meinen, er sei eine Puppe oder so was. Wie ...?«

»Howdy Doody?« schlug er vor.

»Wer?«

Gerade als Lieberman mit dem Ellbogen die Tür öffnete, bekleckerte sich der müde Nachtwächter mit Kaffee und rief: »Verfluchter Mist!«

Wären die Straßen nicht ganz so leer gewesen und hätte er den direkten Weg genommen, hätte die Fahrt von Liebermans Zuhause zum Shoreham nur fünfzehn Minuten gedauert.

Mit dem Kaffee-Zwischenstop brauchte er zwanzig Minuten.

Zu dem Zeitpunkt, als Lieberman seine Küche aufsuchte, um sich seine schlaflosen Stunden mit Kaffee und Kreuzworträtseln zu vertreiben, betrat sein Partner William Hanrahan Shepards Schlafzimmer.

Hanrahan arbeitete nachts, weil er um Nachtschichten gebeten hatte. Das bedeutete, daß er und Lieberman in diesem Monat nicht zusammenarbeiteten. Als Hanrahan nach seiner Krankschreibung (er war während einer Ermittlung in einem Mordfall angeschossen worden) sich zum Dienst zurückmeldete, hatte Kearney, der neue Captain, Hanrahans Bitte gutgeheißen, ohne Fragen zu stellen.

Lieberman kannte den Grund für den Schichtwechsel seines Partners. Hanrahan konnte die Nächte nicht mehr ertragen. Nun konnte er tagsüber ruhig schlafen in dem Wissen, daß die Sonne schien, wenn er aufwachte, auch wenn es nur die fahle Sonne Chicagos war, deren Strahlen durch seine Fenster fielen. Das war immer noch besser als die schreckliche Einsamkeit der Nächte.

Erst vor kurzem hatte Hanrahan seinen fünfzigsten Geburtstag gefeiert, ein Ereignis, dessen Details er Lieberman wie folgt geschildert hatte.

»Ich bin ins Black Moon gegangen, und Iris hat für mich ein chinesisches Geburtstagsdinner gekocht. Ist sehr gut gewesen.«

Hanrahan ging seit gut zwei Monaten mit Iris Huang. Er

hatte sie kennengelernt, als er im Black Moon ein paar Drinks zuviel kippte, obwohl er eigentlich das Apartment einer Nutte namens Estralda auf der anderen Straßenseite hätte beobachten müssen. Die paar Drinks, die Hanrahan getrunken hatte, waren wahrscheinlich der Grund für Estraldas Ermordung. Nachdem Hanrahan angeschossen worden war, saß Iris fast jede Nacht an seinem Krankenhausbett. Nach seiner Entlassung pflegte sie ihn daheim. Bislang hatte er Iris noch nicht gebeten, die Nacht bei ihm zu verbringen, geschweige denn mit ihr geschlafen.

»Tja, Rabbi«, hatte er Lieberman von seinem Geburtstag berichtet, »ich war der einzige Gast in dem Laden an diesem Donnerstag nachmittag, stell dir vor, und dann ertönt Musik, und ein Typ mit chinesischem Akzent singt ›Happy Birthday‹. An der Stelle, wo eigentlich der Name des Geburtstagskindes gesungen wird, kommt nichts. Keiner singt meinen Namen, nicht mal Iris. Ihr Vater ist hinten in der Küche. Ich glaube nicht, daß er meinen Namen kennt, daß er ihn kennen möchte. Wer weiß? Wenn das nicht tierisch deprimierend ist, was dann?«

Mittlerweile lag sein Geburtstag vier Monate und zwei Tage zurück. Bill Hanrahan mit seinem geröteten Gesicht und dem dunklen, kurzgeschnittenen Haar, das gerade dick genug war, um die verheilte Schußwunde auf seinem Kopf zu verdecken, trat in Shepards Schlafzimmer. Sein ansehnliches, flaches, irisches Gesicht war etwas aufgedunsen, sein blaues Hemd (er trug ausnahmslos blaue Hemden) und seine dunkelrote Krawatte waren ordentlich gebügelt. Seit dem Krankenhausaufenthalt war Bill trocken, doch bei dem Anblick, der sich ihm jetzt bot, keimte in ihm die Hoffnung auf, daß Shepard wenigstens ein Bier im Kühlschrank hatte.

Der junge, uniformierte Polizist neben dem Bett versuchte, nicht in die Blutlache zu treten, und vermied es, einen weiteren Blick auf die Leichen zu werfen. Er sagte: »Die Nachbarn haben den Kerl, der die Morde hier begangen hat, gesehen. Einen Bullen namens ...«

»Shepard, Bernie Shepard«, sagte Hanrahan. »Klingelt es da bei Ihnen?«

»O Scheiße«, entfuhr es dem Polizisten. Erstaunt musterte er die Leichen. Der junge Mann war ungefähr im gleichen Alter wie Hanrahans ältester Sohn Michael, der mit seinem Vater nur dann ein Wort wechselte, wenn er von seiner Mutter dazu aufgefordert wurde.

»Na, Sie sind wohl ein Meister der Sprache, Sohn«, meinte Hanrahan. »Das da sind Shepards Frau und Andy Beeton, ein Detective vom Edgewater Revier.«

»Das ist Andy B....?«

»Falls Sie nicht an sich halten können und kotzen müssen, dort drüben ist das Klo, durch diese Tür. Schieben Sie sie mit dem Ellbogen auf. Benutzen Sie die Toilettenschüssel, aber nur, wenn nichts drin liegt. Spülen Sie mit dem Ellbogen und waschen Sie sich ja nicht die Hände.«

»Ich bin in Ordnung«, sagte der junge Polizist.

»Aber sicher doch«, seufzte Hanrahan. »Sie sind in Ordnung, und ich bin in Ordnung. Gehen Sie hinaus in den Flur, und sorgen Sie mit Ihrem Partner dafür, daß mir hier keiner reinkommt.«

Nachdem der junge Polizist verschwunden war, zwang Hanrahan sich, ans Bett zu treten. Er vermied es, sich die Überreste von Olivia Shepard anzusehen. Andy Beetons heiles Auge schien ihn fragend anzublicken. Mit Antworten konnte er nicht dienen.

Bill Hanrahan war ein abtrünniger Katholik, der – unterstützt von Pater Sam (»Senkrechtstarter«) Parker von der Saint Barts Kirche – versuchte, in den Schoß der Kirche zurückzukehren. Diese Nacht war dabei nicht sonderlich hilfreich.

Hanrahan verließ das Zimmer, durchquerte das Wohnzimmer und betrat die Küche. Dort riß er die Kühlschranktür auf, spielte kurz mit dem Gedanken, der Mutter Gottes blasphemisch zu danken, und holte eine Flasche dunkles Molson heraus. Danach machte er die Gefrierschranktür auf. Die eiskalte Luft kribbelte auf seinem Gesicht. Kurze Zeit später trat er einen Schritt zurück und ließ die Tür zufallen. Die Bierflasche war kalt. Die Bierflasche fühlte sich gut an. Er stellte sie in den Kühlschrank zurück und schloß die Tür.

Wie lautete noch gleich der Satz aus *Der Mann, der Liberty Valance erschoß*? Ach ja, Edmond O'Brien, der Stadttrunkenbold, dem John Wayne sagt, daß er keinen Drink kriegt, verlangt ein Bier mit der Begründung: »Ein Bier ist noch nicht Trinken.«

»Zuerst medizinischer Wein mit dem Teelöffel. Dann Bier aus der Flasche«, zitierte Hanrahan laut aus *The Music Man*.

The Music Man war Maureens Lieblingsmusical. Als sie ihn verließ, hatte er die Platte behalten.

Er öffnete noch mal die Kühlschranktür und holte die Flasche Molson heraus.

Die Mediziner, die Typen von der Spurensicherung, die Kriminalbeamten – sie alle würden sich auf den Weg machen, sobald er sich ans Telefon hängte. Fernseh- und Radioteams, Zeitungsreporter und wer weiß wer noch würden eintreffen, wenn erst die Nachricht die Runde machte, daß ein Bulle seine Frau und einen anderen Bullen umgebracht hatte. Und jemand, vermutlich Sergeant William Hanrahan, mußte Andy Beetons Witwe informieren, bevor ein Nachbar oder der Fernseher sie über den Vorfall in Kenntnis setzte. Hanrahan versuchte sich zu erinnern, ob Beeton und seine Frau Kinder hatten. Er überlegte auch, ob er Beetons Frau je begegnet war.

In diesem Augenblick ging er zum Telefon hinüber, erwog, ein Taschentuch zu benutzen, murmelte »Mist«, nahm den Hörer ab und rief Lieberman an.

Alan Kearney hatte im Schlaf das Läuten erahnt, hatte das leise Klicken gehört, das dem ersten Klingelton vorausgeht. Kearney hielt das Telefon in Händen, bevor das erste Klingelzeichen verstummt war. Er reagierte schnell, aber nicht schnell genug. Neben ihm rührte sich Carla Duvier. Da wußte er, daß sie wach war und die Ohren spitzte.

Er machte sich nicht die Mühe, in die Muschel zu flüstern.

»Kearney.«

Carla, nackt, dünn wie ein Model, mit festen, runden Brüsten, die echt aussahen, es aber – wie Kearney wußte – nicht waren, rollte zu ihm hinüber und tastete mit geschlossenen Augen nach seinem Bauch. Ihre Hand glitt nach unten und spielte mit den Haaren unterhalb seines flachen Bauches, während er Nestor Briggs zuhörte und sagte: »Ich werde in einer halben Stunde da sein. Ja. Ich weiß, wo es ist.«

Kearney war zweiundvierzig und sah mit seiner gebrochenen Nase auf eine rauhe Art gut aus. Er hatte den Ruf, über gesunden Menschenverstand zu verfügen, was ihm eine Beförderung und die Versetzung in die Clark Street eingebracht hatte.

Überall hieß es, Kearney wäre ein Aufsteiger, ein Typ, den man besser im Auge behielt, ein Mann, der über Verbindungen verfügte, beliebt war und der in ein paar Wochen Carla Duvier heiratete, deren Vater D. Wayne Duvier war. D. Wayne war vermögend. Es wurde viel spekuliert, wie groß sein Vermögen war. Beachtlich war es in jedem Fall.

Kearney hängte ein, und Carla schob ihre Hand zwischen seine Schenkel.

»Was steht an?«

Obgleich das zwischen den beiden ein beliebter Scherz war, ging Kearney heute nacht nicht darauf ein. Er setzte sich auf, tauchte in seine Erinnerungen ab, hörte Bernie Shepards Stimme, ohne die Worte zu verstehen, sah Olivia Shepards Gesicht, aber nicht ihre Augen.

»Ein Bulle hat gerade einen Mann und eine Frau getötet.«

Kearney nahm ihre Hand weg, küßte die Handfläche und beugte sich dann hinüber, um ihr einen Kuß auf den Mund zu drücken, bevor er aus dem Bett stieg.

»Kennst du ihn?« fragte sie und setzte sich auf.

Kearney war schon in Unterhose und Hose, ehe er antwortete: »Bernie Shepard.«

3

Im Korridor vor Shepards Apartment tummelten sich Nachbarn jeder Statur und Größe, weitaus mehr Menschen, als auf dieser Etage wohnen konnten. Ein junger, uniformierter Polizist, den Lieberman kannte, dessen Name ihm aber nicht einfiel, gab sich redliche Mühe, Informationen von der Menge zu erhalten. Alle Anwesenden gaben mehr als bereitwillig ihre Meinung zu den Shepards, Rußland, Ross Perot und der Chicagoer Kommunalpolitik zum besten.

Die Styropor-Kaffeebecher jonglierend, kämpfte sich Lieberman zum Apartment vor. Die Tür, die einen Spaltbreit offenstand, stieß er mit dem Ellbogen auf. Gleich dahinter erwartete ihn Bill Hanrahan, der sich mit einem grauhaarigen alten Mann in einem Bademantel unterhielt. Der Mann machte einen extrem nervösen Eindruck.

»Father Murphy«, sagte Lieberman und reichte seinem Partner einen Kaffee. »Gibt es hier eine Mikrowelle? Der Kaffee wird langsam kalt.«

Hanrahan nickte und wandte sich an den grauhaarigen Mann.

»Danke, Mr. Slovin. Wir werden uns noch mal an Sie wenden.«

Mr. Slovin warf einen Blick auf die Schlafzimmertür, die ein Stück weit offenstand.

»Kann ich gehen?«

»Ja, Sie können gehen«, nickte Hanrahan.

Slovin ging zur Tür hinüber.

»Ist es Ihnen lieber, wenn sie offen oder wenn sie zu ist?«

»Zu«, sagte Hanrahan, worauf Slovin die Tür schloß.

Hanrahan nahm die beiden Kaffeebecher und ging zusammen mit Lieberman in die Küche.

»Die Typen von der Spurensicherung haben heute nacht viel zu tun. Sie sind spät dran, aber Ryberg ist schon eingetroffen«, berichtete Hanrahan.

»Hab' seinen Wagen unten gesehen.«

»Mikrowelle«, sagte Hanrahan, stellte die beiden Kaffeebecher ab und machte die Tür des Gerätes auf.

»Stell sie zwei Minuten lang rein. Damit der Kaffee richtig heiß wird.«

Hanrahan kam seiner Bitte nach. »Sonst noch was?«

»Ja«, sagte Lieberman. »Kearney wird vermutlich bald eintrudeln.«

»Und?«

»Und dein Atem stinkt nach Alkohol.«

»Ein Bier. Ein einziges Bier. Wirf einen Blick in dieses Schlafzimmer, ehe du über mich richtest, Rabbi.«

Lieberman ging zum Schlafzimmer hinüber. Hinter ihm summte leise die Mikrowelle. Lieberman wünschte, seine eigene Mikrowelle würde auch so leise summen. Er stieß die Schlafzimmertür auf. Ryberg, der Gerichtsmediziner, und sein Assistent untersuchten die Leichen. Ryberg warf Lieberman einen Blick zu und lächelte. Gekünstelt. Ryberg stand kurz vor der Pensionierung. Er war ein dünner, knotiger Mann mit arthritischen Fingerknöcheln.

Lieberman schloß die Tür und drehte sich zu Hanrahan um, der ihm einen Kaffee reichte.

»Jesus Christus«, entfuhr es Lieberman.

»Ganz meine Meinung«, stimmte Hanrahan zu und nippte an dem schwarzen Kaffee. »Bernie war es. Es gibt massenhaft Zeugen. Ich habe eine Suchmeldung rausgegeben. Bewaffnet, gefährlich. Der alte Shepard, der stets nach den Regeln spielte, hat gerade alle Regeln gebrochen. Das wird 'ne lange Nacht.«

Lieberman nickte. Der Kaffee schmeckte bitter.

»Abe, ich habe nicht getrunken. Das Bier war der erste Drink, den ich hatte. Warum sollte ich dich anlügen?«

»Mich nicht«, erwiderte Lieberman. »Aber dich selbst vielleicht schon.«

»Früher habe ich getrunken, jetzt nicht mehr.«

Die Eingangstür ging auf, und ein muskulöser schwarzer Polizist in Uniform trat ein. Zwischen den Fingerspitzen hielt er einen Briefumschlag. Die Augen des Cops tanzten vor freudiger Erregung.

»Parnell?« erkundigte sich Lieberman.

»Parnell«, bestätigte der schwarze Polizist.

»Schließen Sie die Tür«, sagte Hanrahan, weil die Meute im Flur durch den Spalt spähte.

Parnell nickte und schloß die Tür mit der freien Hand.

»Habe einen Wagen überprüft, der auf der anderen Straßenseite vor einem Hydranten parkt. Ich nehme an, er gehört Sergeant Shepard. Dieser Umschlag lag auf dem Vordersitz.«

Lieberman nahm den Umschlag in Empfang und stellte seinen halbleeren Kaffeebecher auf den Glastisch. In sauberen Druckbuchstaben stand auf dem Umschlag: AN DEN DETECTIVE, DER FÜR DEN SHEPARD-FALL VERANTWORTLICH IST.

Lieberman zeigte den Briefumschlag Hanrahan.

»Officer Parnell«, bat Lieberman, »könnten Sie zum Wagen runtergehen und nachsehen, ob Sie noch was finden, ohne was anzufassen?«

Parnell nickte und ging.

»Das wird definitiv eine ganz böse Geschichte«, prophezeite Hanrahan. »Sollen wir auf Kearney warten?«

Lieberman antwortete, indem er den Briefumschlag öffnete, ein dickes Blatt Papier herauszog und es überflog.

»Was steht . . .«, begann Hanrahan, wurde aber von Lieberman unterbrochen, der ihm das Blatt reichte. Viel geschrieben stand da nicht. Er gab Lieberman das Blatt Papier zurück.

»Heilige Scheiße. Er ist auf dem verfluchten Dach.«

Es heulten keine Sirenen. Shepard hatte damit auch nicht gerechnet, aber da waren die Geräusche der Straße. Autos, die vorfuhren. Stimmen. Bald, bald war es soweit. Mit einem hochkarätigen Gewehr auf dem Schoß saß er reglos da. Der Hund musterte die verbarrikadierte Stahltür und knurrte.

»Ruhe«, sagte Shepard leise. Der Hund gehorchte. »Ich höre sie.«

Shepard warf einen Blick auf seine Uhr. Zwanzig vor vier. Er stand auf und schritt langsam über das Dach zur Tür. Auf der anderen Seite drückte jemand langsam, vorsichtig die Klinke hinunter. Dann ein Stoß, der der Tür nichts anhaben konnte.

»Shepard«, rief Hanrahan durch die Tür. »Hier ist Bill Hanrahan. Was, verdammt noch mal, treibst du da?«

Shepard antwortete nicht.

»Bernie«, ertönte Liebermans Stimme. »Hier spricht Abe Lieberman. Willst du reden?«

Die Antwort war Schweigen.

»Shepard«, versuchte es Hanrahan nochmal. »Denk mal darüber nach, ob du die Sache nicht jetzt beenden, glatt über die Bühne bringen willst. Ich denke, in einer halben, höchstens einer dreiviertel Stunde wird die Kacke am Dampfen sein.«

Shepard antwortete nicht.

»Meinst du, er hört uns?«

»Der hört uns«, sagte Lieberman.

Shepard entfernte sich von der Tür und stellte sich an den Dachrand. Unten auf der Straße konnte er einen Polizisten in Uniform erkennen, der sich in seinen Wagen beugte. Drei Streifenwagen standen auf der Straße, einer vor dem Shoreham, zwei weitere blockierten die Zufahrt zur Fargo. Das andere Ende der kurzen Straße abzusperren machte keinen Sinn. Sie endete kurz vor dem Ufer bei den Felsen. Ungefähr ein Dutzend Schaulustige beäugten das Shoreham und unterhielten sich.

Shepard pfiff den Hund zurück, nahm das Gewehr hoch, während er die Leine um seine linke Hand wickelte. Dann stützte er das Gewehr auf den Rand der Betonbrüstung, zielte und schoß.

Eine Straßenlaterne splitterte, zischte und ging aus. Der Polizist, der sich in Shepards Auto umsah, sprang in den Innenraum des Fahrzeugs. Ein paar Bullen, die auf der Straße herumhingen, suchten hinter ihren Wagen Deckung. Die Schaulustigen, die nicht so recht wußten, wie sie sich verhalten sollten, rannten zu ihren Häusern oder flohen in die Lobby. Ein paar standen einfach nur da, ohne zu begreifen, was vorgefallen war.

Dann rief einer der Cops: »In Deckung. Von der Straße runter.«

Und eine Frau kreischte, reagierte völlig panisch und mußte in den Türeingang eines Wohnhauses auf der anderen Straßenseite gezerrt werden.

Im ganzen Block, vor und unter Bernie Shepard, gingen in den Fenstern die Lichter an. Er zielte erneut und schoß eine zweite Laterne kaputt. Und eine dritte. Die Straßengeräusche verstummten, als Shepard sich in seinen Betonbunker zurückzog.

Der Treppenaufgang, der zur Dachtür führte, war so schmal, daß Lieberman und Hanrahan nicht genug Platz hatten, um nebeneinander zu stehen. Am unteren Ende der Treppe spendete eine einzelne Glühbirne fahles Licht. Dort wartete ein uniformierter Polizist mit einem Gewehr.

Lieberman und Hanrahan waren ebenfalls bewaffnet, doch beide Männer wußten, daß von ihnen sehr wenig für eine Identifizierung übrigbleiben würde, falls Bernie Shepard auf die Idee kam, die Tür zu öffnen und die Flinte einzusetzen, mit der er seine Frau und Beeton umgelegt hatte.

»Was nun?« fragte Hanrahan.

»Wir warten auf Kearney«, sagte Lieberman.

In diesem Augenblick hörten sie den ersten Schuß.

»Scheiße«, stöhnte Hanrahan. »Scheiße, Scheiße . . .«

Dann folgten der zweite und der dritte Schuß.

Das Funkgerät an der Hüfte des Offiziers mit dem Gewehr erwachte dröhnend zum Leben. Eine nicht sonderlich gelassene Stimme knarzte: »Heckenschützenfeuer. Meiner Ansicht nach wird vom Dach aus geschossen. Jemand schießt die Straßenlaternen kaputt.«

»Sergeant«, rief der Beamte auf dem Treppenabsatz.

»Wir haben's gehört«, bestätigte Lieberman, legte die Hand auf Hanrahans Arm und gab seinem Partner mit einer Handbewegung zu verstehen, daß sie die Treppe hinuntergehen sollten. Unten riet Lieberman dem Beamten, Deckung zu suchen und zu schießen, falls oben die Tür aufging.

Der Polizist nickte, legte sich flach auf den Bauch und nutzte eine Treppenstufe als Unterlage für sein Gewehr. Da er offenbar wußte, was er tat, fühlte sich Lieberman gleich ein bißchen, aber eben nur ein bißchen besser.

Wieder knisterte das Funkgerät. Diesmal meldete sich eine Stimme, die Lieberman und Hanrahan sogleich erkannten.

»Lieberman«, sagte Shepard.

Lieberman beugte sich nach unten, nahm das Funkgerät vom Gürtel des Polizisten, stand auf und drückte auf die SPRECHEN-Taste. »Ich bin dran, Bernie.«

»Ich habe hier oben genug Sprengstoff, um das ganze Gebäude und den halben Block oder vielleicht auch etwas mehr in die Luft zu jagen. Hast du verstanden?«

»Ich habe verstanden.«

»Und glaubst du mir?«

»Ich bin ein Gläubiger.«

»Gut«, sagte Shepard ruhig. »Sorg dafür, daß aus den anderen ebenfalls Gläubige werden, sonst werden wir zum zweiten Mal in diesem Jahr den 4. Juli feiern. Ich möchte *Channel 4 News* hier oben haben, die Blondine, Janice Giles. Und zwar mit einer Kamera. Für ein Exklusivinterview.«

»Er ist verrückt«, sagte Hanrahan mit einem Blick auf die Tür.

»Dann mal los«, forderte Shepard.

»Ich werde deine Bitte an Captain Kearney weiterleiten«, sagte Lieberman.

»Das ist keine Bitte«, meinte Shepard. »Ich will, daß Kearney morgen nacht um Punkt ein Uhr hier oben erscheint. Keine Minute früher. Keine später.«

»Oder . . .?«

»Ich habe Lebensmittel, Wasser, Vorräte, Waffen und jede Menge Sprengstoff«, wiederholte er.

»Bist du bereit zu sterben?« wollte Lieberman wissen.

»Ja, bin ich.«

»Willst du dich unterhalten? Ich hätte Zeit. Ich habe einen Kaffee und ein Plunderstückchen. Der Tag ist noch jung.«

»Komm allein hoch«, sagte Shepard. »Ohne Waffen.«

Irgendein Geräusch – möglicherweise ein Lachen – dröhnte aus dem Funkgerät, bevor Shepard die Verbindung abbrach.

Lieberman händigte seinem Partner Jackett und Waffe aus und erklomm die Stufen.

»Abe, es macht doch keinen Sinn, dort hoch zu gehen. Er könnte dir die Rübe wegblasen und dich quasi als Köder übers Dach werfen«, meinte Hanrahan.

»Für deine Unterstützung und dein Vertrauen bin ich dir dankbar«, rief Lieberman über die Schulter.

Jetzt stand er auf dem oberen, beengten Treppenabsatz und klopfte an die Metalltür. Auf der anderen Seite ertönte ein Kratzen, das Schaben und Klappern von etwas Metallischem, das aufs Dach fiel. Dann ging die Tür langsam auf. Der Lauf einer Waffe wurde durch den Spalt geschoben.

»Unbewaffnet und allein«, sagte Shepard.

»Unbewaffnet und allein«, meldete Lieberman und setzte einen Fuß aufs Dach.

Zu Anfang hatte er den Eindruck, in eine andere Welt zu

treten, kühl und isoliert. Helle Lichter und ein riesiger Mond hingen am nachtschwarzen Himmel.

Mit dem Fuß schob Shepard die Tür zu, lehnte sich mit dem Rücken an und zielte mit der Flinte auf Liebermans Bauch.

»Zieh die Hosenbeine hoch, eins nach dem anderen, so hoch wie möglich.«

»Ich trage keine Waffe, Bernie«, versicherte Lieberman und tat, wie ihm geheißen.

»Du bist ein Mann, der zu seinem Wort steht, Lieberman, aber Worte bedeuten heute nacht nicht viel. Hemd hoch.«

Lieberman lüftete sein Hemd und drehte sich um, um zu zeigen, daß er sauber war.

»Laß die Hose runter.«

»Das ist kein schöner Anblick«, sagte Lieberman.

»Ich denke, ich habe Schlimmeres gesehen«, erwiderte Shepard.

In den dunklen Schatten hinter der Barrikade aus Betonsteinen, unter dem Wasserspeicher, knurrte mürrisch ein Hund.

»Zufrieden?« fragte Lieberman, zog die Hose hoch und machte den Gürtel zu.

»Es wird eine Menge brauchen, um mich zufriedenzustellen«, antwortete er.

Shepard machte einen gelassenen Eindruck, was als gutes oder auch als schlechtes Zeichen interpretiert werden konnte.

»Sieht ganz danach aus, als rechnest du damit, eine lange Nacht vor dir zu haben«, sagte Lieberman und deutete mit dem Kinn auf die Barrikade.

»Und einen langen Tag«, sagte Shepard. »Wir können eine Weile lang miteinander quatschen, Lieberman, aber hier gibt's nichts zu holen. Der Übeltäter steht vor dir und gesteht. Nun, hast du vor, mich zu beleidigen, indem du versuchst, mir die ganze Sache auszureden?«

»Hängt davon ab, welches Risiko ich eingehe, wenn ich es versuche. Es ist nett hier oben.«

Shepard schaute sich um, betrachtete den Mond.

»Friedlich nachts«, meinte er.

»Deinetwegen werden noch mehr Menschen draufgehen, Bernie. Ist es das, was du willst?«

»Ich werde dir sagen, was ich will. Ich möchte, daß du dich umschaust. Siehst du den gelben Kreis auf dem Wasserspeicher?«

Liebermans Blick wanderte über den Wasserspeicher.

»Ja.«

»Ich werde mich nur da aufhalten, von wo aus ich ihn sehen kann«, erläuterte Shepard. »Ein Schuß, der diesen gelben Kreis trifft, aus einer Handfeuerwaffe, einem Gewehr, aus was auch immer, wird uns so hell erstrahlen lassen, daß man uns noch vom Michigan-Ufer aus sehen kann, und dieses Viertel in einen Trümmerhaufen verwandeln.«

Shepard hatte die Flinte ein paar Zentimeter heruntergenommen. Jetzt zielte er nicht mehr auf Lieberman, doch beide Männer wußten, wie schnell er sie hochreißen und wieviel Schaden er damit anrichten konnte.

»Ich hab' dir gesagt, daß ich dir glaube.«

»Aber mir liegt viel daran, daß du die anderen auch überzeugst.«

»Ich werde es ihnen berichten.«

»Du hast jetzt fünf Minuten Zeit zu sagen, was du sagen möchtest«, informierte Shepard ihn und schaute auf seine Armbanduhr.

»Du hast einen Grund gehabt«, begann Lieberman. »Du kommst unerwartet heim, und deine Frau liegt mit einem deiner Kollegen im Bett. Vielleicht greift er nach seiner Waffe. Du –«

»Glaubst du das?« fragte Shepard.

»Nein.«

»Denkst du, eine Jury wird mir das abkaufen?«

Lieberman inspizierte den Sprengstoff unter dem Wasserspeicher.

»Nein.«

»Warum schlägst du dann nicht vor, daß wir auf momentane Unzurechnungsfähigkeit plädieren? Bulle wurde von dem Wissen, daß seine Frau ihn betrügt, an den Rand des Wahnsinns getrieben.«

»Könnte klappen«, fand Lieberman.

»Aber das ist nicht die Wahrheit, Abe.«

»Vielleicht doch, und du weißt es nur nicht, Bernard.«

»Ich will keinen Ausweg. Ich will hier nicht in Handschellen rausgeführt werden. Ich will, daß *Channel 4* morgen früh hier auftaucht. Es wird spät. Ich denke, es ist an der Zeit, daß du abhaust.«

Shepard trat von der Tür weg, hob die Flinte und sagte: »Du schiebst den Riegel zurück, machst auf und gehst runter.«

»Wir müssen dich aufhalten, Bernie«, sagte Lieberman und tat, was man von ihm verlangte.

»Ihr müßt es wenigstens versuchen«, konterte Shepard.

Lieberman schob den Riegel zurück und öffnete die Metalltür, was nicht einfach war. Unten konnte er Bill Hanrahan und den Scharfschützen erkennen. Als er auf der ersten Stufe stand, fiel hinter ihm die Tür zu.

»Was, zum Teufel noch mal, geht hier vor?« rief Hanrahan die Treppe hoch, als Lieberman herunterkam.

Lieberman lag eine Antwort auf der Zunge, aber es war nicht der richtige Zeitpunkt, bei weitem nicht der richtige Zeitpunkt, sie laut zu formulieren. Er nahm Jacke und Waffe, die sein Partner ihm hinhielt, und ging durch die Tür zurück zum Fahrstuhl.

Die Situation war schon schlimm genug, doch als Hanrahan und Lieberman auf die Straße gelangten, stand es noch viel schlimmer. Kearney hatte einen Block weiter südlich geparkt, einen Hinterhof durchquert, eine kleine Gasse genommen, um hierher zu gelangen. Über die Schüsse vom Dach hatte man ihn in Kenntnis gesetzt.

Lieberman und Hanrahan wollten gerade durch die Eingangstür des Shoreham, da schnitt Kearney ihnen den Weg ab.

»Ich erwarte, daß die Gegend in einem Radius von drei Blocks abgeriegelt wird. Bis zum See. Und Sie suchen einen Platz für eine provisorische Kommandozentrale, von wo aus wir die Straße und die Vorderseite des Gebäudes im Auge behalten können. Haben Sie mit ihm gesprochen?«

»Ich habe mit ihm gesprochen«, sagte Lieberman.

Sie kehrten in die Lobby des Shoreham zurück. Bewohner, die sich fürchteten, in ihren Wohnungen auszuharren, scharten sich zu kleinen Grüppchen zusammen, debattierten, spitzten die Ohren, beschwerten sich, sahen verängstigt aus. Lieberman bahnte für sich und die anderen einen Weg durch die Menge in Richtung Waschküche. Hanrahan schloß die Tür hinter ihnen.

Fünf Minuten später wußte Kearney, was sie wußten. Die drei Polizisten begaben sich auf die Straße hinaus. Ein Krankenwagen mit blinkenden Lichtern war vor das Hotel vorgefahren.

Hanrahan schnappte sich einen uniformierten Polizisten und gab ihm den Befehl, die Gegend zu räumen.

»Wie gut kennen Sie Bernie Shepard?« fragte Kearney Lieberman.

»Gut nicht, aber lange«, sagte Lieberman und sah zu, wie ein großer, dunkler Wagen die Straße hochgefahren kam und von der Polizei angehalten wurde.

»Er ist clever«, meinte Kearney. »Hat sozusagen einen Hochsitz gewählt. Die Sheridan Road kann er während der Hauptverkehrszeit problemlos stillegen.«

»Falls die Situation so lange andauert«, gab Lieberman zu bedenken.

»Sie wird so lange andauern«, sagte Kearney. »Sie wird so lange andauern, bis er kriegt, was immer er haben will. Und wenn nicht, jagt er diesen Teil der Stadt in die Luft.«

»Wissen Sie, was er will, Captain?« fragte Lieberman.

Kearney rieb seine gebrochene Nase und zuckte mit den Achseln, doch das Achselzucken war eine Lüge.

»Nein«, sagte er. »Was will er Ihrer Meinung nach?«

»Daß noch jemand stirbt«, sagte Lieberman.

Die Türen des schwarzen Wagens standen offen. Zwei Männer wurden zur Eingangstür des Shoreham geleitet. Mit eingezogenen Köpfen näherten die Männer sich im Zickzackkurs. Als sie nah genug waren, sah Lieberman, daß einer der Männer ein hastig in Schale geworfener Marvin Hartz war. Der Polizeichef. Sein Haar war zerzaust, Zorn blitzte in seinen Augen auf. Hartz' grauer Anzug und dunkle Krawatte paßten nicht zusammen.

Fünfzehn Jahre lang hatte Hartz als Verbindungsmann im Erziehungsausschuß gesessen und entsprechend Erfahrungen gesammelt. Er war in Vergessenheit geraten, bis er eine Chance beim Schopf packte, das Weite suchte, seinen Job quittierte und sich lautstark für Aaron Jameson, den schwarzen Herausforderer des Bürgermeisters, aussprach. Hartz hatte nicht viel riskiert. Seine Frau war gerade eben erst gestorben, und mit der Versicherungssumme und seiner Pension hätte er bequem und komfortabel in Santa Fe leben können. Doch Jameson hatte gewonnen, und Hartz war zum Polizeichef ernannt worden. Der uniformierte Mann, der Hartz an den Fersen klebte, war Captain Alton Brooks, Leiter des Sondereinsatzkommandos.

Der Polizeichef war ein stämmiger und großer Mann, dessen rechte Schulter leicht abfiel. Brooks, der kompakt war und dessen knotiges Gesicht die Farbe gebeizter Eiche hatte, hieß bei seinen Leuten nur der Indianer. Für den Rest der Chicagoer Polizeibehörde, die ihn kannte, war Brooks der Cowboy.

Bevor Kearney den Mund aufmachen konnte, sagte Hartz: »Ist das dort oben Shepard? Bernie Shepard hat gerade seine Frau und einen Bullen abgeknallt und ist aufs Dach gestiegen? Wieso denn, in Dreigottesnamen?«

Hartz spähte in die Dunkelheit, als könne sie ihm eine Antwort liefern.

»Sergeant Lieberman hat vor ein paar Minuten mit ihm gesprochen«, sagte Kearney.

Hartz musterte Lieberman, versuchte, sich an ihn zu erinnern. Ein Anflug von Abscheu umspielte seine Lippen.

»Was will er?« erkundigte sich Hartz.

Den Gerüchten nach war Hartz Antisemit. Lieberman zog die Gerüchte nicht in Zweifel.

»Er will ein Interview mit *Channel 4* und möchte morgen nacht um eins Captain Kearney sehen.«

»Morgen nacht?« hakte Hartz nach, als wäre die ungewöhnliche Uhrzeit ein Beweis für Shepards Wahnsinn.

»Er ist nicht bei Sinnen«, sagte Hartz und warf, in der Hoffnung auf Zustimmung, Alton Brooks einen Blick zu.

Brooks blinzelte einmal.

Lieberman wäre es lieber gewesen, wenn Kearney von nun an das Ruder übernommen hätte, doch Kearney hatte sich abgewandt und beobachtete, wie die Sanitäter Andy Beeton und Olivia Shepard in Leichensäcke legten.

»Er mag vielleicht von Sinnen sein, aber dumm ist er nicht«, sagte Lieberman. »Er behauptet, daß das Dach mit Sprengsätzen zugepflastert ist. Er beteuert, ein ganzes Arsenal dort oben zu haben.«

»Der blufft«, vermutete Hartz.

»Das glaube ich nicht«, sagte Lieberman.

»Shepard blufft nicht«, mischte Alan Kearney sich ein. »Wenn er sagt, daß das Dach mit Sprengstoff zugepflastert ist, dann ist es das auch.«

»Davon bin ich noch nicht überzeugt«, meinte Hartz. »Kearney, was zum Teufel hat er vor? Was will er von Ihnen?«

Kearney sah zu, wie die Tür des Krankenwagens geschlossen wurde.

»Keine Ahnung.«

»Nun«, bellte Hartz. »Ich werde Ihnen sagen, was der kriegt. Nichts. Das kriegt er. Ich will ihn von diesem Dach runterhaben. Und mir ist schnurzegal, wie das vonstatten geht. Runter soll er und zwar schnell. Der Bürgermeister steht in ein, zwei Stunden auf und wird mir wegen dieser Sache die Hölle heiß machen. Falls Shepard bis dahin nicht runter ist, werde ich Ihnen die Hölle heiß machen.«

»Er hat sich ein gutes Plätzchen ausgesucht«, konstatierte Brooks und schaute sich auf der Straße um. »Eine Art Hochsitz. Was ist mit den Türen auf dem Dach?«

»Es gibt eine Tür«, berichtete Lieberman. »Aus Stahl. Er hat sie verriegelt und abgeschlossen. Der Treppenaufgang ist sehr eng.«

»Hubschrauber oder die Tür aufsprengen«, sagte Brooks.

»Und Bernie Shepard jagt die ganze Gegend in die Luft«, sagte Kearney.

»Hören Sie . . .«, begann Hartz, ohne zu wissen, was er den anderen sagen wollte. Brooks beschloß, ihm aus der Patsche zu helfen.

»Ich gehe mal nicht davon aus, daß er das Dach mit Sprengsätzen zugepflastert hat. Falls doch, können wir das vom Hubschrauber aus sehen und die Biege machen.«

»Und was, wenn doch?« wollte Kearney erfahren.

»Dann«, sagte Hartz, »ist die Kacke am Dampfen. Für wen hält sich der Kerl – für Gott?«

Da Hartz Lieberman anschaute, antwortete Lieberman ihm. »Irgendwas in der Art.«

Kopfschüttelnd warf Hartz einen Blick auf seine Uhr.

»Scheiß drauf. Brooks, schicken Sie einen Hubschrauber dort rauf.«

»Ich werde Licht brauchen, um die Kabel zu verfolgen und die Sprengsätze zu orten. In einer Stunde geht die Sonne auf.«

»Vielleicht gibt es gar keine Kabel«, wandte Lieberman ein. »Womöglich benutzt er Plastiksprengstoff.«

»Sie waren dort oben«, sagte Hartz. »Haben Sie Drähte oder irgend etwas anderes gesehen, was seine Behauptung unterstützt?«

»Ich habe Shepard gesehen. Das hat mich überzeugt.«

»In Ordnung. In Ordnung«, sagte Hartz und nahm die Hände hoch, als wolle er alle Anwesenden aufrufen, Ruhe zu bewahren, was Lieberman ziemlich amüsierte, denn seiner Einschätzung nach war Hartz der einzige, der drauf und dran war, die Beherrschung zu verlieren.

»Sobald die Sonne aufgeht, schicken Sie jemanden in einem Hubschrauber dort hoch. Nehmen Sie Shepard unter Beschuß, werfen Sie eine Tränengasgranate ab. Sie müssen ihn kriegen, und zwar bevor er mit einem dieser Fernsehfritzen geredet hat. Bevor der Bürgermeister aufsteht. Warum in Herrgottsnamen will er mit dem verdammten Fernsehen reden?«

»Ich weiß es nicht«, sagte Kearney.

»Okay. Wieso will er mit Ihnen reden?«

»Keine Ahnung«, sagte Kearney.

»Ich werde mir diese Tür mal ansehen«, verkündete Brooks und ging in die Lobby. Hartz folgte ihm ins Gebäude, änderte dann seine Meinung und machte ein paar Schritte auf seinen wartenden Wagen zu, blieb stehen, drehte sich zu Kearney und Lieberman um und zeigte mit dem Finger auf sie.

»Ich will ihn vom Dach runterhaben.«

Mit diesem Schlußsatz kehrte der Polizeichef zu seinem Wagen zurück, sorgsam darauf bedacht, so lange wie möglich den Schutz des Gebäudes zu nutzen.

»Möchten Sie einen Kaffee, Captain?« fragte Lieberman. Kearney schüttelte den Kopf.

»Was war der längste Zeitraum, den Sie mal wach gewesen sind?« wollte Lieberman wissen.

Kearney musterte ihn.

»Zwei Tage und zwei Nächte. Während einer Überwachung«, antwortete er.

»Viel Kaffee.«

»Viel Kaffee. Sie glauben nicht, daß Brooks ihn runterkriegt?«

»Nein«, sagte Lieberman. »Sie?«

»Nein«, sagte Kearney. »Nicht Bernie Shepard. Jetzt werde ich doch einen Kaffee nehmen, Sergeant.«

Jason Belding, Anfang vierzig, von korpulenter Statur und von Beruf Zahnarzt, stand gespornt und gestriegelt in seinem von ihm allein bewohnten Apartment im vierten Stockwerk, trank Tee und betrachtete vom Wohnzimmerfenster aus das Shoreham.

Er hatte kein Licht eingeschaltet, dafür aber den Fernseher, wo die ersten, wenig informativen Berichte über die Vorgänge auf der anderen Straßenseite gebracht wurden. Eine Schießerei, ein Doppelmord, die Möglichkeit, daß ein Polizeibeamter involviert war. Mehr nicht.

Jason beobachtete, wie Streifenwagen das Gebäude abriegelten, der Krankenwagen wegfuhr, sah die Gesichter der Nachbarn, die an den Fenstern standen, den ersten Übertragungswagen eines Fernsehsenders, der am Ende der Straße von Polizisten angehalten wurde.

Jason Belding hatte den perfekten Ausblick. Er spielte mit dem Gedanken, in seiner Praxis anzurufen und die Vormittagstermine abzusagen, verwarf die Idee aber sofort wieder. Nicht wegen des finanziellen Verlusts. Der scherte ihn nicht. Aber die Menschen zählten auf ihn. Er war der stolze Besitzer von zwei erfolgreichen Zahnarztpraxen für Kinder, eine in Downtown Chicago, die andere im Laurel Plaza Office Center in Wilmette. Bislang hatte er keinen einzigen Tag in seinem Leben blaugemacht.

Es klingelte an der Tür.

Was Jason nicht überraschte. Trotz der frühen Stunde waren die Traneks oder Hurlbets inzwischen bestimmt aufgestanden und hatten es mit der Angst zu tun bekommen. Sie hatten die Angewohnheit, zu einer ihnen vernünftig erscheinenden Uhrzeit bei ihm zu klopfen und ihn, den einzigen Berufstätigen in diesem Wohnhaus, zu fragen, was los war. Rat und Trost suchten sie bei ihm, und Dr. Belding, der die letzten zehn Jahre seines Lebens damit verbracht hatte, widerspenstige Kinder zu überreden, den Mund aufzumachen, beruhigte sie.

Belding marschierte über den erst kürzlich gereinigten weißen Teppich und öffnete die Tür. Der Mann im Flur war groß. Jason überlegte noch, ob er ihm die Tür vor der Nase zuknallen sollte, da hielt der Mann schon eine Brieftasche hoch, an der eine große silberne Marke befestigt war.

»Polizei«, sagte Hanrahan.

»Was kann ich für Sie tun, Officer?«

Hanrahan zwängte sich an dem Zahnarzt vorbei in die Wohnung. Jason Belding taumelte und ruderte mit den Armen, um ja keinen Tee zu verschütten.

»Sie können für ein paar Tage in Urlaub fahren«, sagte Hanrahan, sah sich um und trat ans Fenster.

»Ich habe nicht . . .«, begann Belding.

»Gemäß der städtischen Verfügung 234 requiriert die Polizeibehörde von Chicago Ihr Apartment für die Dauer dieses Notfalls.«

Hanrahan baute sich vor dem verwirrten Belding auf.

»Sie werden für die Unannehmlichkeiten entschädigt. Menschenleben stehen auf dem Spiel, und wir wären Ihnen für Ihre Zusammenarbeit mehr als dankbar. Der Bürgermeister wird sich schriftlich bei Ihnen bedanken. Packen Sie ein paar Sachen zusammen, und rufen Sie uns morgen an.«

Gerade als Belding die offenstehende Tür schließen wollte, tauchten mehrere uniformierte Beamte auf und streiften ihn mit einer großen Tüte von *Wendy's*.

»Ich bin Zahnarzt«, rief Belding Hanrahan zu, der aus dem Fenster stierte.

»Ist schon okay«, meinte Hanrahan. Die Polizisten fingen an, ihre Ausrüstung auszupacken. »Ich habe mir vor zwei Jahren meine alle ziehen lassen. Harris, wenn Sie das aufgestellt haben, werden Sie dem netten Doktor beim Packen behilflich sein.«

Die ersten Sonnenstrahlen funkelten auf dem Michigan-See. Von seinem am Ende der Straße geparkten Wagen aus, einen Block nördlich der Fargo, beobachtete Lieberman das Spektakel. Es war noch ziemlich früh, aber Bess war vermutlich schon aufgestanden, und er hatte nicht die geringste Ahnung, wann er wieder die Gelegenheit kriegte, sie anzurufen. Also zog er sein Handy heraus und wählte. Falls sie beim zweiten Klingeln nicht abgenommen hatte, würde er auflegen und es später noch mal probieren.

Bess meldete sich vor dem zweiten Läuten.

»Hallo.«

»Ich bin's.«

»Geht es dir gut?«

»Selbstverständlich geht es mir gut«, sagte er. »Wieso? Hört man das nicht?«

»Du könntest mir ja was vormachen. Warte, ich bin noch nicht richtig wach. Wieviel Uhr ist es?«

»Gleich fünf«, antwortete er. »Ich erhielt einen Anruf. Erinnerst du dich an Bernie Shepard?«

»Bernie ...«

»Vor vier, fünf Jahren sind wir auf seiner Hochzeit gewesen.«

»Ich erinnere mich.«

»Er hat seine Frau und einen anderen Polizisten erschossen.«

»Es freut mich, daß du mich aufweckst, um mir das zu erzählen.«

»Tut mir leid«, sagte Lieberman, »aber ich weiß nicht, wann ich nach Hause komme. Shepard hat sich auf dem Dach seines Apartmenthauses verbarrikadiert.«

Irgendwo in der Ferne, aus südlicher Richtung, aus Downtown, meinte Lieberman ein summendes Geräusch zu hören.

»Gott sei Dank, daß er kein Jude ist«, murmelte Bess mit einem Seufzer.

»Wie bitte?«

»Entschuldige«, sagte sie. »Ich werde gerade erst langsam wach. Hast du Kaffee gekocht? Nein, die Kinder. Es ist nur so, wenn er Jude wäre, würden die Zeitungen . . . Du weißt schon, was ich meine.«

»Ja, ich weiß, was du meinst«, bestätigte Lieberman.

Das Summen war jetzt nicht mehr zu überhören. Es kam näher.

»Werde ich dich zum Abendessen sehen?«

»Ich werde es versuchen.«

»Heute abend muß ich auf ein Treffen des Baukomitees. Daher werden wir früh zu Abend essen.«

Bess war kürzlich zur Präsidentin der Mir-Shavot-Synagoge gewählt worden, eine Aufgabe, vor der sich Abraham Lieberman geschickt gedrückt hatte. Kurz vor dem Umzug der Synagoge in das neu renovierte Gebäude in der Dempster Street, das bis vor kurzem noch die Fourth Federal Bank of Skokie beherbergt hatte, mußte Bess fast jeden Abend zu einem Meeting.

»Wenn ich es schaffe, werde ich kommen. Wenn ich früher kommen kann, komme ich früher.«

In den vergangenen Jahren hatte er nur selten mit Bess über seine Arbeit gesprochen. Heute hatte er jedoch das Bedürfnis, verspürte er fast eine Notwendigkeit, ihr von seinem Traum, von Frankie Kraylaw zu erzählen.

»Bess, erinnerst du dich . . .«

»Was ist das für ein Lärm?« fragte sie.

Lieberman hob den Blick.

»Ein Hubschrauber.«

Mit geschlossenen Augen saß Bernie Shepard gegen den Schlafsack gelehnt auf dem Boden. Die Waffe ruhte auf seinem Schoß. Der Hund hatte die Augen auf den See gerichtet.

»Ich höre es«, sagte Shepard, ohne die Augen zu öffnen.

Langsam kroch Shepard nach vorn, stützte seine Waffe auf die Barrikade aus Betonsteinen und richtete sie auf die aufgehende Sonne. Der Hubschrauber kam langsam auf ihn zugeflogen. Shepard schaltete sein Funkgerät ein und verstellte die Skala, bis er eine Stimme im Hubschrauber sagen hörte: »Keine Spur von ihm. Allem Anschein nach versteckt er sich hinter Betonsteinen unter dem Wasserspeicher. Kein Anzeichen von Sprengstoff, aber der könnte auch hinter den Betonsteinen sein. Wir fliegen näher ran, um besser sehen und im Notfall zielen zu können. Wenn wir ihn gesichtet haben, werden wir loslegen und die Tränengasgranate abwerfen. Sollten wir nah genug rankommen, werde ich versuchen, die Bombe hinter den Betonsteinen abzuwerfen.«

Shepard hob die Waffe, spähte durchs Zielfernrohr und feuerte ab. Die Kugel drang durch das Hubschrauberfenster. Fast gleichzeitig wurde das Feuer aus der offenen Helikoptertür erwidert.

»Schüsse vom Dach«, meldete die Stimme aus dem Hubschrauber. »Erwidern das Feuer und nähern . . .«

Ehe der Pilot den Satz beenden konnte, schoß Shepard wieder.

»Kommen nicht näher ran«, dröhnte die Stimme aus dem Funkgerät. »Wir schicken jetzt die Tränengasgranate runter.«

Eine Granate zischte aus der offenen Hubschraubertür, landete nur ein paar Meter von der Betonbarrikade entfernt auf dem Dach und rollte nach vorn. Als Shepard wieder das Feuer eröffnete, stieg der Hubschrauber plötzlich auf.

Währenddessen sprang Shepard über die Barrikade, schnappte sich die Granate und schleuderte sie in hohem Bogen über den Dachrand.

In der Wohnung von Zahnarzt Jason Belding standen Polizeichef Hartz, Alton Brooks und Alan Kearney am Fenster, ließen den Hubschrauber nicht aus den Augen und hörten die Nachrichten per Funkgerät, das Brooks in der Hand hielt.

»Verdammter Hurensoh ... Wir verschwinden von hier, bevor er Glück hat und uns trifft.«

»Wenn er sie hätte treffen wollen, hätte er sie auch getroffen«, behauptete Kearney.

Brooks wandte sich an den Polizeichef.

»Ich kann anordnen, daß sie's noch mal versuchen.«

»Und dann verlieren wir womöglich zwei Männer und einen Hubschrauber im Wert von einer Million«, stöhnte Hartz. »Schalten Sie das Ding ab.«

Brooks befolgte seine Anweisung.

»Wir wußten, daß er ein Funkgerät hat«, sagte Hartz und wandte sich vom Fenster ab. »Funkstille ...«

»Er konnte den Hubschrauber schon aus zwei Meilen Entfernung hören«, sagte Brooks. »Der Mann ist ja schließlich nicht taub.«

Hartz' Gesicht lief rot an. Er drehte sich um, schlug mit der Faust auf einen von Dr. Jason Beldings besten Tischen und musterte Kearney, als wäre der irgendwie für die Situation verantwortlich.

»In einer knappen Stunde muß ich dem Bürgermeister gegenübertreten und ihm Bericht erstatten. Kearney, das ist Ihre Operation. Schaffen Sie mir den Kerl von diesem gottverfluchten Dach.«

Mit einem Zeichen gab Hartz Brooks zu verstehen, daß er sich ihm anschließen sollte, und durchquerte den Raum. Als sie das Apartment verließen und die Tür zuzogen, wären sie beinah mit Lieberman zusammengestoßen.

Durchs Fenster beobachtete Kearney, wie Hartz und Brooks sich am Gebäude entlangschlichen und auf der Rückseite verschwanden.

»Ist das Haus jetzt endlich geräumt?« erkundigte sich Kearney bei Lieberman.

»Sie gehen zur Sicherheit noch mal alle Wohnungen durch. Möchten Sie was essen?«

»Kaffee.«

Lieberman begab sich in die Küche. Der Kaffee lief gerade durch. Er nahm zwei Tassen von einem Regal, schenkte sie voll und kehrte ins Wohnzimmer zurück, wo er eine Tasse Kearney reichte, der sie dankbar nickend in Empfang nahm.

»Der Verkehr wird von der Sheridan in beiden Richtungen auf die Clark umgeleitet. Über die Medien haben wir Warnungen rausgegeben, daß jeder, der den Wasserspeicher sehen kann, wahrscheinlich auch von Shepard gesichtet und vermutlich getroffen werden kann.«

»Was kann er von dort oben sehen, Sergeant?«

»Eine ganze Menge, Captain. Eine ganze Menge.«

»Er kann halb East Rogers Park lahmlegen«, vermutete Kearney.

»Es gibt Menschen, die das als humanitären Akt werten würden.«

Kearney trank seinen Kaffee, ohne den Blick vom Fenster abzuwenden.

»Ich habe schon von Ihrem Sinn für Humor gehört, Lieberman«, sagte er. »Jetzt ist nicht die richtige Zeit dafür.«

»Ich kann nichts dafür«, behauptete Lieberman. »Ist in den Genen. Teil der Bürde, die mein Volk zu tragen hat. Kann ich Sie was fragen?«

»Nur zu.«

»Wissen Sie, was er *Channel 4* auftischen wird?«

»Ich denke schon.«

»Und?«

»Wenn wir ihn nicht bald vom Dach runterkriegen, werden uns die nächsten vierundzwanzig Stunden wie eine Ewigkeit vorkommen.«

Frankie Kraylaw blickte zum Fernseher hoch, der am Ende der Theke des Speed King Donut Shop aufgestellt war. Während der letzten paar Monate hatte er immer wieder beim Speed King auf der Devon reingeschaut. Früher war er zu Mister Donut auf dem Broadway gegangen, aber Frankie und einer der anderen Stammgäste, ein Lastwagenfahrer namens Bratkovic, der Brot ausfuhr, hatten Streit gekriegt. Frankie mit seinen funkelnden Zähnen, dem Kleine-Jungen-Lächeln und den Haaren, die ihm über die Augen fielen, hatte sich zu Bratkovic gesetzt, einem ruhigen Raucher, der gern in Ruhe Zeitung las, ehe er seine Runden drehte.

»Mir ist aufgefallen, daß Sie jeden Morgen hier sind«, hatte Frankie gesagt.

Bratkovic antwortete mit einem Grunzen.

»Wissen Sie«, sagte Frankie und musterte die anderen frühmorgendlichen Kunden, die ihn ignorierten. »Christus ist für Ihre Sünden gestorben.«

»Hat ihn jemand darum gebeten?« erwiderte Bratkovic.

»Darum mußte ihn niemand . . .«

Bratkovic schnitt ihm das Wort ab und rief nach der schwarzen Frau in Uniform, die Kaffee und Donuts servierte.

»Elyse«, sagte er, ohne Frankie zu beachten. »Setz diesen Typen woanders hin, und sorg dafür, daß er sich von mir fernhält, sonst kannst du die Nummer des Notrufs wählen.«

Elyse seufzte laut und warf ihren anderen Gästen einen mitleidheischenden Blick zu. Drei ignorierten sie oder taten wenigstens so. Zwei lächelten ihr teilnahmsvoll zu.

»So einfach darf man den Herrn nicht verleugnen«, monierte Frankie.

Bratkovic schwenkte den Blick von seiner Zeitung zu Frankie hinüber, der ganz nah herangerückt war.

»Geh mir aus den Augen.«

Bratkovic verpaßte Frankie gerade einen Schubs, als Elyse sich über die Theke lehnte und sagte: »Jetzt hört mal, ihr . . .«

Doch der Schubs beendete den Frieden und jedes Versprechen auf Rettung.

Frankie stand auf, griff nach dem Zuckerstreuer und holte aus, um ihn Bratkovic ins Gesicht zu knallen. Elyses Hand legte sich gerade noch rechtzeitig um den Zuckerstreuer, bevor er auf das Gesicht des Brotauslieferers traf. Aber Frankie hatte ihn am Ohr erwischt.

Die Kunden kamen aus ihren Nischen und rutschten von den Stühlen. Kaffee wurde verschüttet. Bratkovics Ohr blutete. Da der Deckel des Zuckerstreuers abgegangen war, vermischte sich das Blut mit glitzernd weißen Kristallen.

Es brauchte zwei Kunden und Elyse, um Bratkovic von Frankie wegzukriegen, der immer noch lächelte.

»Gibt es denn keinen Ort mehr, wo man in Ruhe eine Tasse Kaffee trinken kann?« brüllte Bratkovic. »Ihr verrückten Hurensöhne seid doch für 'n Arsch.«

Mit blutiger Nase lächelte Frankie ihn an und wünschte, er hätte etwas Scharfes, Schweres, das er dem auf dem Bauch liegenden Gotteslästerer ins Auge rammen könnte.

Der Vorfall lag nunmehr zwei Monate zurück. Seitdem war er Stammgast im Speed King Donut Shop, wo er sich einen anderen Stammgast, eine alte Frau, die immer einen schwarzen Hut trug und aussah, als ob sie ganz besonders dringend gerettet werden müßte, ausgesucht hatte.

Gerade als er sich überlegte, zu ihr hinüberzugehen, begann ein Mann im Fernsehen über einen Polizisten auf einem Dach zu sprechen, der seine Frau und jemand anderen getötet hatte.

Jeder Gedanke an die Errettung der Frau mit dem schwarzen Hut verflüchtigte sich.

Der Mann im Fernsehen stellte Spekulationen an und berichtete, daß es in den ersten Meldungen hieß, der Polizist hätte seine Frau mit einem anderen Mann im Bett erwischt.

»Dann«, flüsterte Frankie leise, »führte er den Willen des Herrn aus und wird Gnade finden.«

»Hm?« fragte der Mann hinter der Theke.

»Noch etwas Kaffee«, sagte Frankie. Die Familie, ja, dachte er. Nur wenn die Familie überlebt, kann die Zivilisation gerettet werden. Der Ehemann hat die Pflicht, die Familie zusammenzuhalten. So will es Gott. So ist es seit Menschengedenken gewesen. Sein eigener Vater hatte die Familie mit starker Hand und einem großen Herzen zusammengehalten.

Frankie Kraylaw liebte seine Frau, liebte seinen kleinen Jungen, liebte den Herrn und die Erinnerung an seine Eltern. Aber der Herr wußte es besser und hatte Abraham befohlen, seine Frauen loszuwerden und seinen Sohn Isaak zu opfern.

»Wenn du nicht an den Herrn glaubst und dich von ihm nicht an die Hand nehmen, dich in deinen Gedanken von ihm führen läßt, ist das eine Abscheulichkeit.«

»Sprechen Sie mit sich selbst oder mit mir?« fragte der Mann hinter der Theke, dem langsam dämmerte, daß dieser Junge mit dem durchgeknallten Grinsen ihn ein paar seiner morgendlichen Stammkunden kostete.

»Tut mir leid«, entschuldigte Frankie sich und stand auf.

»Benehmen Sie sich nicht so verrückt«, riet ihm der Mann am Tresen und beugte sich vor. »Ich gebe Ihnen einen Rat. Wenn Sie es kontrollieren können, dann tun Sie's. Falls nicht, bleiben Sie daheim oder gehen Sie irgendwoanders hin.«

»Ich verstehe«, sagte Frankie und warf der alten Frau mit dem schwarzen Hut einen Blick zu.

Er wollte sie nicht verlieren. Gott hatte ihre Errettung in seine Hände gelegt. Dem Mann mit dem Pfefferminzatem hinter der Theke gehörten die Augen ausgepickt, denn er hatte keine Verwendung für sie. Gegenüber der Wahrheit und den Wegen des Herrn war er blind.

Mit einem Grinsen auf den Lippen schlenderte Frankie durch die Tür des Donutshops. Und dem Mann hinter der Theke wurde ganz anders bei der Vorstellung, daß der Junge mit dem irren Lächeln morgen wieder auf der Matte stand.

Im Wohnzimmer eines Apartments in der sechsten Etage des Shoreham herrschte Chaos. Überall standen Bierflaschen herum, Zigarettenasche war achtlos abgeschnippt worden. Die Polizeibeamtin Sandra Anxman öffnete die Tür mit dem Hauptschlüssel und trat ein. Officer Craig Pettigrew folgte ihr mit einem Klemmbrett in der Hand.

»Und«, sagte Anxman, »mir gegenüber behauptet er immer wieder, daß das nicht als Überstunden angerechnet werden kann. In der Gewerkschaftssatzung steht aber . . .«

Der Anblick und der Geruch des Apartments traf sie wie ein Schlag, und Anxman fragte: »Wer wohnt denn hier – Schweinchen Dick?«

»Binyon, Carl. Und McAulife, David«, las Pettigrew von seinem Klemmbrett ab.

Er schob das Klemmbrett unter seinen Arm, und die beiden Beamten begannen mit der Durchsuchung der Wohnung, schauten hinter Sofas, rissen Schranktüren auf.

»Man könnte meinen«, sagte Anxman und stieß die Schlafzimmertür auf, »daß in einem Gebäude wie diesem . . . Sieh dir diesen Müll an. Shepard hat die falschen Mieter erschossen. Er hätte der Gesundheitsbehörde einen Gefallen getan, wenn er die Typen umgenietet hätte, die hier hausen.«

»Ich werde nichts anfassen«, sagte Pettigrew. »Riecht gräßlich hier drin. Laß uns verschwinden.«

»Ja, du hast recht«, stimmte Anxman zu. »Hier ist niemand.«

Anxman kehrte der Wohnung den Rücken. Pettigrew sah sich kopfschüttelnd ein letztes Mal um und fragte: »Wie können Menschen nur so leben?«

Kaum daß die Tür ins Schloß gefallen war, plapperte Anxman weiter. »Für mich sind das jedenfalls Überstunden. Und mir ist schnuppe, wie Walsh das nennt. Soll er sich darüber doch mit der Gewerkschaft auseinandersetzen.«

Als die Stimmen der beiden Polizisten verstummt waren,

ging in der Wohnung eine Schranktür auf. Carl und Dave krochen unter einem Stapel schäbiger Decken hervor.

»Hast du das gehört? Schweinchen Dick! Jesus, hätten wir so in Kuwait eine Wohnung durchsucht, wären wir tot gewesen. Scheißdumme Bullen.«

Carl richtete sich auf. Er war gerade mal dreißig Jahre alt, doch das Leben hatte es nicht gut mit ihm gemeint. Um ehrlich zu sein, das Leben hatte ihm so mitgespielt, wie er dem Leben mitgespielt hatte. Sein helles Haar war gelockt, was ihn vor der nicht zu bewältigenden Aufgabe bewahrte, es kämmen zu müssen. Ihm gefiel die Vorstellung, daß er ein bißchen wie Chuck Norris aussah, was nun überhaupt nicht der Realität entsprach. Dave, eine barbrüstige, hagere Gestalt mit einem Bürstenschnitt, kroch nach ihm aus dem Schrank. Daves Brust zierte eine einzelne Tätowierung, eine Tüte mit einer Eiscremekugel, von der abgebissen worden war. Dave begann, in dem Chaos etwas zu suchen, während Carl weiter schimpfte: »Findest du, daß dieses Zimmer unaufgeräumt ist?«

»Ich kann meine Schuhe nicht finden, Carl.«

Mit mürrischer Miene schaufelte Carl einen Stuhl frei und ließ sich drauffallen.

»Darum geht es hier doch nicht, Dave. Hier geht es um die hygienischen Bedingungen. Ich frage dich, gefällt es dir, wenn Bullen von dir behaupten, daß du unhygienisch bist?«

Dave schob einen Stapel Zeitungen beiseite und merkte an der bedeutungsschweren Pause, daß eine Antwort von ihm erwartet wurde.

»Ich denke, es gefällt mir nicht besonders.«

»Was gefällt dir nicht besonders?« hakte Carl nach.

»Das, worüber wir gerade reden und was mir nicht gefallen soll. Ich suche meine Schuhe, Carl. Laß mich in Ruhe.«

Dave stiefelte über ein schmutziges Kissen auf dem Boden und entdeckte einen Schuh.

»Niemand wirft uns aus einer Wohnung, für die wir Miete

zahlen«, verkündete Carl und schlug mit der flachen Hand auf die Couchlehne. »Wir haben ja immerhin noch unsere Selbstachtung.«

Dave mußte noch seinen zweiten Schuh finden. Statt dessen stieß er auf eine Dose Miller-Bier.

»Die hier«, fand er, »sollte eigentlich im Kühlschrank stehen. Herrje. Ich kann es nicht leiden, wenn ich barfuß bin. Dann komme ich mir so . . .«

». . . verwundbar vor«, beendete Carl den Satz für ihn. »Darüber rede ich ja die ganze Zeit, Dave. Über deine Selbstachtung.«

Dave kannte die Leier schon in- und auswendig.

»Ich weiß, ich weiß. Wir kriegen unsere Jobs zurück. Wir kriegen unsere Selbstachtung zurück.«

»Mir paßt es nicht, daß ich mich in Schränken verstecken muß, Dave. Das kann ich dir schriftlich geben. Es steht einem Mann nicht an, sich in Schränken zu verstecken. Was das Verstecken anbelangt, das haben wir in dieser verschissenen Wüste genug getan. Von jetzt an . . .«

». . . werden wir uns vor niemandem mehr verstecken«, fuhr Dave fort und fand seinen zweiten Schuh. »Heiliger Strohsack.«

Voller Stolz hielt Dave seinen Schuh hoch, doch Carl schenkte ihm keine Beachtung.

»Mir kommt da gerade eine Idee«, sagte Carl und setzte sich auf.

Carl musterte die Decke, und Dave musterte Carl. Was er aus der Miene seines Kumpels herauslas, gefiel ihm überhaupt nicht.

»Reg mich ja nicht auf, Carl. Ich will nur meine Schuhe anziehen und . . .«

»Wann haben wir das letzte Mal unsere Gewehre gereinigt?« wollte Carl wissen. Und Dave wußte, daß er tief, ganz tief in der Scheiße steckte.

4

Alan Kearney warf einen Blick auf die Uhr im Armaturenbrett, griff ins Handschuhfach und holte den elektrischen Rasierapparat heraus. Es war kurz vor sieben. Er hatte das Apartment verlassen, weil er endlich allein sein, eine Tasse Kaffee trinken und in Ruhe nachdenken wollte.

Hinter ihm, am entgegengesetzten Ende der Straße, waren schwarzgelbe Absperrungen aufgebaut. Dahinter standen zwei Streifenwagen und vier uniformierte Männer und Frauen, die den Schaulustigen den Zutritt verwehrten. Die Shoreham-Apartments und alle anderen Wohnungen und Häuser auf der Fargo waren evakuiert worden. Den Bewohnern hatte man versprochen, die Hotelkosten zu erstatten und die Spesen zu übernehmen. Kearney wußte allerdings, wie schwierig es war, das Geld einzufordern.

Er rasierte sich, vergaß dabei alles um sich herum und verspürte eine gewisse Traurigkeit, als er fertig war. Unter dem Kinn und neben dem Ohr entdeckte er Stellen, die er übersehen hatte. Bedächtig fuhr er mit dem Apparat über die Bartstoppeln, schaltete den Rasierer aus und fuhr mit der Hand über die Wange.

Ein sauberes Hemd, einmal Unterwäsche zum Wechseln und eine Zahnbürste waren für Notfälle im Kofferraum deponiert. Darum würde er sich später kümmern. Mit einem Styroporbecher lauwarmem Kaffee stieg Kearney aus dem Wagen und spazierte zum See hinunter. Der Himmel war klar, die Septembersonne erstaunlich warm für diese Tageszeit. Vor einer Stunde hatte sich Kearney mit dem Wetteramt in Verbindung gesetzt. Die Chance, daß es im Lauf des Tages regnete, war gleich Null. Kearney hätte schwören können, daß Shepard genauso verfahren war, ehe er entschieden hatte, daß die gestrige Nacht der richtige Zeitpunkt war, um seine Frau und ihren Liebhaber zu erledigen.

Er ging zum Strand, blieb neben einer überquellenden Mülltonne stehen, hob den Blick zu den leeren Fenstern, spürte die Verlassenheit der Wohnungen und fragte sich, ob es Hunde und Katzen gab, die – falls die Ausnahmesituation noch länger fortdauerte – demnächst in den Gebäuden vor Angst und Hunger heulten.

Er hatte es lange genug vor sich hergeschoben. Kearney kehrte zu seinem Wagen zurück, griff nach seinem Funkgerät, drückte auf die Taste und sagte: »Bernie, hörst du mich?«

Nach einer längeren Pause antwortete Shepard: »Ja, ich höre dich.«

»Wie wäre es, wenn du mich jetzt zu dir hochläßt?« fragte Kearney. »Ist für uns beide eine lange Nacht gewesen.«

»Und der Tag, den wir vor uns haben, wird uns noch länger vorkommen«, antwortete Shepard.

»Bernie . . .«

»Jetzt nicht. Nicht über Funk. Du wirst es aussitzen müssen. Ich verlange allerdings eine Planänderung. Komm eine Stunde eher, um Mitternacht. Du kommst um Mitternacht hier hoch. An diese Uhrzeit werden die Menschen sich erinnern. An Mitternacht.«

»Warum, Bernie?«

»Du weißt, warum«, sagte Shepard gleichgültig. »Und wenn ich mit dir fertig bin, wird jeder in der Stadt wissen, warum. Wenn du heute nacht hier raufkommst, wirst du wie ich sein. Dann hast du keinen guten Ruf, keine Zukunft, nichts mehr zu verlieren. Mehr habe ich dir nicht zu sagen. Das war's.«

Kearney hörte ein Klicken, statische Geräusche und dann Stille. Er schüttelte den Kopf. Kurz darauf erwachte das Funkgerät zu neuem Leben. Hanrahans Stimme meldete: »Der Übertragungswagen von *Channel 4* ist da.«

Kearney warf einen Blick auf den weißen Kombi, der ein Stück weiter die Straße hinunter parkte. Aus Erfahrung wußte er, daß seitlich ein Blitz und eine große gelbe Vier aufgemalt waren.

»Ich sehe ihn. Bin schon unterwegs.«

Zuvor öffnete Kearney noch schnell den Kofferraum, holte das saubere Hemd und die neue Krawatte heraus. Er vermied es, Spekulationen darüber anzustellen, was der Tag wohl bringen würde.

Bernie Shepard brauchte etwas Ruhe. Er schloß die Augen, achtete aber darauf, nicht richtig einzuschlafen. Er mußte auf der Hut sein.

Mit geschlossenen Augen erinnerte er sich daran, daß er früher mal einen Bruder und einen Hund, eine Mutter und einen Vater gehabt hatte. Und er dachte an sein achtzehntes Lebensjahr und daß sie dann alle tot gewesen waren.

Bernies Eltern, Lorna und Harold, hatten eine Reinigung und Wäscherei auf der 22. Straße, unweit der Farragut High, gehabt. Hatten mit den Leuten aus der Gegend Geld verdient und einen Vertrag zur Reinigung der High-School-Uniformen ergattert. Harold, der vor den Minen in Cardiff geflohen war, war der Meinung, es geschafft zu haben. Die Menschen in seiner alten Heimat waren derselben Ansicht. Knapp ein Jahr in den Staaten, heiratete er ein Mädchen aus Schottland. Er träumte nicht von einem Imperium, sondern von einem soliden Haus, drei herzhaften Mahlzeiten pro Tag, einer treuen Ehefrau und von Söhnen, die gehorchten. Weiter reichten seine Ambitionen nicht. Irgendwann begann sich das Viertel zu verändern. Daheim in Cardiff passierte so was nicht.

Als zunehmend mehr Schwarze und Lateinamerikaner zuzogen, lief das Geschäft im Grunde genommen besser. Im Gegensatz dazu verschlechterten sich die Lebensbedingungen für Bernie und seinen Bruder Don.

Donnie war der große Bruder oder, besser gesagt, der drei Jahre ältere Bruder. Die beiden Jungs waren gleich groß. Wenn es nur irgend ging, hingen die zwei Brüder zusammen. Sie hatten einen Hund. Harold hatte ihnen mit lauter Stimme und gelebtem Vorbild eingebleut, sich von niemandem »verarschen« zu lassen. Und so kannte man die Shepard-Brüder. Die Leute kapierten, daß es besser war, den beiden Jungs und ihrem streunenden Hund, der ein bißchen verrückt reagierte, nicht in die Quere zu kommen.

Dem Hund hatten die Brüder absichtlich keinen Namen gegeben, zumal sie *Hondo* gesehen hatten. John Waynes Hund trug in diesem Film keinen Namen. Und *Der Regenmacher.* Wendell Corey gab seinem Hund auch keinen Namen. Ein Hund ohne Namen, ein Hund, der nichts zu verlieren hatte, hatte etwas Beängstigendes.

Die Shepard-Jungs und ihr Hund wurden immer mal wieder herausgefordert, um zu beweisen, daß sie nicht nur eine große Klappe hatten. Don verbrachte vier Monate in der Jugendhaftanstalt, weil er einen schwarzen Jungen beinah umgebracht hatte. Der Hund wurde in eine Gasse hinter einem Lebensmittelgeschäft auf der Ogden Avenue gescheucht und dort von einem Polizisten erschossen, weil er einem irren Jungen namens Ollie, der Bernie verprügeln wollte, ein Ohr abgebissen hatte.

Einen neuen Hund legten sie sich nicht zu. So um diese Zeit beschlossen die Shepards, nach Norden zu ziehen. Der erste Umzug von vielen, bis sie irgendwann den nordwestlichen Stadtrand erreichten. Harold Shepard, ein leicht begriffsstutziger Stier von einem Mann, der selbst seine Söhne überragte, schwor, nie wieder umzuziehen, eine Steinmauer ums Haus zu bauen und sich und seine Jungs zu bewaffnen, denn ein weiterer Wohnungswechsel kam nicht in Frage.

Shepards Eltern starben bei einem Autounfall auf der Higgins Road im Jahr 1960. Damals war Bernie siebzehn, und sein

Bruder wurde gerade aus dem Gefängnis entlassen. Nachdem sie das Haus verkauft hatten, zogen sie zusammen nach North Uptown. Bernie fuhr für die *Chicago Tribune* Zeitungen aus. Donnie versuchte sich im Verkauf von Fahrzeugen, mußte aber bald feststellen, daß es ihm nicht gegeben war, das Vertrauen der Kunden zu gewinnen.

Donnie fand andere Möglichkeiten, zu Geld zu kommen, und sogar eine, draufzugehen. Bernie verfolgte den Abstieg seines Bruders, kannte dessen Freunde, wußte, daß er drogenabhängig war. Er wußte Bescheid und verschloß die Augen vor der Wahrheit.

Und dann stand eines Tages ein Bulle vor seiner Tür, ein Bulle mit pockennarbigem Gesicht, in einem verschwitzten Anzug. Der Bulle klärte ihn darüber auf, daß Donnie tot war. Der Mann namens Dickerson hätte einfach »Es tut mir leid« sagen und schnell abhauen können, doch das tat er nicht. Er kam herein, unterhielt sich väterlich mit dem zornigen jungen Mann und lud ihn zu sich nach Hause zum Abendessen und einem Gespräch ein.

Zuerst lehnte Bernie das Angebot ab. Dann ging er doch hin. Dickerson lebte allein, war unverheiratet, ein großartiger Koch und ordentlicher Hausmann. Anfangs, kurz nach dem ersten Besuch, dachte Bernie, Dickerson wäre schwul, doch in diesem Punkt irrte er sich gewaltig. Dickerson hatte zwei Frauen. Beide waren genauso häßlich wie er. Jede der beiden hätte ihn auf der Stelle geheiratet, aber er wollte keine von beiden.

»Ist nicht mein Ding«, erklärte er Bernie. »Manche sind dafür geschaffen. Andere nicht. Du? Ich würde sagen, du hast es nicht drauf, aber ein Versuch könnte es schon wert sein.«

Mit Dickersons Hilfe wurde Bernie Polizist. Und er beschloß – ohne Dickersons Zutun und noch vor seinem zwanzigsten Geburtstag –, daß er eine Frau, eine Familie, wieder einen Hund haben wollte. Er wollte die perfekte Familie, genau wie die, die man ihm genommen hatte.

Er sah den Unrat in der Stadt, Menschen, die sich gegenseitig vernichteten, Unschuldige, die zu Opfern wurden. Er träumte davon, sich seine eigene Welt zu erschaffen. Mit siebenundvierzig Jahren gelangte er zu der Überzeugung, daß er diese Welt mit einer jungen Frau namens Olivia wahr werden lassen konnte, mit der ihn sein Partner Alan Kearney, der ihn an seinen Bruder Donnie erinnerte, bekannt gemacht hatte.

»Nova schmeckt gut, nicht wahr?« fragte Maish, das ernste Bulldoggengesicht seinem Bruder zugewandt. Maish, ein übergewichtiger, weißbeschürzter Mann im Alter von sechsundsechzig Jahren war der Besitzer von Maishs T&L Deli auf der Devon. Seit zwanzig Jahren führte er das T&L. Davor hatte er ein Restaurant auf der Roosevelt Road gehabt und so lange durchgehalten, bis er der letzte Weiße in der Gegend und diese nicht mehr sicher gewesen war.

»Nova schmeckt gut«, stimmte Lieberman zu und machte sich über sein Lachs-Zwiebel-Frischkäse-Omelett her, zu dem er einen getoasteten Zwiebelbagel aß.

Kearney hatte Lieberman geraten, zwei, drei Stunden freizunehmen, sich etwas auszuruhen und sich dann wieder zu melden. Lisa und die Kinder waren inzwischen garantiert aufgestanden und machten sich für die Arbeit oder für die Schule fertig. Vielleicht war Bess auch schon aus den Federn. Abe Lieberman hatte keine Lust, in das morgendliche Chaos zu geraten, von seinen Enkeln mit Fragen bombardiert zu werden oder sich mit seiner von Widersprüchlichkeiten geplagten Tochter auseinanderzusetzen. Er wartete lieber, bis sie das Haus verlassen hatten. Er liebte sie, war aber im Moment viel zu müde.

»Und? Was ist es diesmal?« fragte Maish und schenkte seinem Bruder Kaffee ein.

Bis auf Abe und drei Frauen war der Laden leer. Melody Herschels Tochter, die ein Stück die Straße hinunter bei Bass's Children Shop als Verkäuferin arbeitete, schaute täglich auf einen getoasteten Bagel mit Kaffee herein. Gert Bloombach, ein unförmiger Sack von Frau, die in einer Rechtsanwaltskanzlei in Downtown arbeitete, kam jeden Dienstag- und Donnerstagmorgen ins T&L und bestellte ein Lachsomelett und eine Tasse Tee. Und Sylvie Chen, Howies Tochter, war da. Sie war ein gutaussehendes Mädchen mit dicken Brillengläsern, die immer etwas anderes aß.

Die frühen Morgenstunden in T&L gehörten berufstätigen Frauen und den Polizisten, die Lieberman mit dem Restaurant seines Bruders bekannt gemacht hatte. Die Alten Knacker, allesamt entweder Rentner, Pensionäre oder gerade arbeitslos, trudelten erst gegen zehn Uhr ein.

»Ein Bulle namens Shepard hat seine Frau und einen Kollegen umgebracht«, antwortete Lieberman.

Maish nickte und schenkte Sylvie Chen Kaffee nach. Sylvie war der einzige andere Gast an der Theke. Gert und Melody hockten jeweils allein in ihren Sitznischen.

»Ach, *der* Fall. Hab' davon im Radio gehört, auf der Fahrt hierher«, sagte Maish. »Shepard? Ist er jemals hier gewesen? Sein Name kommt mir irgendwie bekannt vor.«

»Könnte sein«, sagte Lieberman und überlegte, ob er noch einen Bagel essen sollte.

Maishs Miene verriet nichts. Maishs Miene verriet nie etwas. Vor etlichen Jahren hatte Syd Levan ihm den Spitznamen Maish-haut-nichts-um verpaßt, der hängengeblieben war. Lieberman wußte, wie sehr sein Bruder den Spitznamen mochte. Schon früher, in der High School, hatte er sich verzweifelt darum bemüht, seine Freunde und Bekannte dazu zu bringen, ihn Studs zu nennen, zu Ehren seiner Lieblingsfigur.

»Meinst du, sie werden die 500er-Marke erreichen?« wollte Maish wissen.

Die *Cubs* waren Liebermans Lieblingsthema.

»Sehe ich so mies aus, daß du den Eindruck hast, mich mit einem Gespräch über Baseball aufmuntern zu müssen?«

»Ja«, antwortete Maish.

Jedes Jahr änderten sich in der Mitte der Spielsaison Liebermans Ziele für seine *Cubs*. In einem guten Jahr warfen sie so gut, daß sie Aussicht auf den Meisterschaftswimpel hatten. In einem durchschnittlichen Jahr erreichten sie die 500er-Marke. In einem schlechten Jahr zählten nur die individuell eingeheimsten Punkte. Vielleicht hundert RBIs für Dawson oder Daniels. Womöglich dreißig oder mehr Home-runs für Sandberg, Dawson oder Daniels und ein 300er-Jahr für Sandberg und Grace. Vielleicht Sutcliffes Rückkehr zu den *Cubs*. Sutcliffe war der Held von Liebermans Enkel Barry. Vor vier Jahren hatte Lieberman Barry zu einem *Cubs*-Spiel mitgenommen. Dank Andy Frain, dem Begründer der uniformierten Platzanweisertruppe, hatten sie Plätze in der vordersten Reihe, gleich hinter der dritten Base, gekriegt. Lieberman hatte Frain in der Vergangenheit ein- oder zweimal einen Gefallen erwiesen. Nach dem Aufwärmen hatte Sutcliffe Barry seinen Trainingsball zugeworfen, war dann losgestürmt und hatte den Gegner mit fünf Treffern ausgeschaltet.

Die Erinnerung an diesen Tag bewirkte, daß Lieberman sich gleich etwas besser fühlte.

»Geht es Yetta gut?« erkundigte Abe sich.

»Yetta ist Yetta«, antwortete Maish und nickte Gert zu, die angedeutet hatte, daß sie zahlen wollte. »Sie hat jetzt Probleme mit dem Bein. Hin und wieder kommt es vor, daß es nicht das tut, was sie möchte.«

Maish schrieb Gerts Rechnung.

»Dr. Lerner?«

»Dr. Lerner«, stöhnte Maish und riß die Rechnung vom Block. »Er behauptet, sie wird alt. Im Alter muß man damit rechnen, daß die Gliedmaßen eigensinnig werden. Das, sagte er, dürfte ihr größtes Problem sein.«

»Beruhigend zu wissen«, fand Abe und schob seinen Teller weg.

Maish brachte die Rechnung. Gert kramte in ihrem riesigen Geldbeutel rum und zog schließlich eine Fünf-Dollar-Note raus. Mit dem Geldschein kehrte Maish zur Theke zurück.

»Tag für Tag bestellt sie dasselbe«, flüsterte er seinem Bruder zu. »Und es kostet dasselbe. Was sie nicht daran hindert, jedes Mal eine Rechnung zu verlangen und mir immer eine Fünf-Dollar-Note zu geben, damit sie Kleingeld für den Bus hat. Das sind die kleinen Ironien, die das Leben für uns bereithält.«

Abe gab seinem Bruder auch eine Fünf-Dollar-Note und stand auf. Abe bezahlte immer, und Maish gab ihm fast immer eine Tüte mit irgend etwas »für Bess, Lisa und die Kinder« mit.

An diesem Tag hatte er – das sagte Liebermans Geruchssinn – Ruggalah in die Tüte getan.

»Arbeitet Sam heute?« fragte er auf dem Weg zur Tür.

»Warum sollte er nicht arbeiten?« fragte Maish zurück.

Sam war Maishs einziges Kind. Und arbeitete als Produzent bei *Channel 4*.

»Ich denke, ich werde kurz telefonieren und dann daheim vorbeischauen.«

Maish holte unter der Theke das Telefon hervor. Abe zog sein Adreßbuch aus der Tasche, suchte die entsprechende Nummer heraus und rief Kraylaw an. Lieberman ließ es sechsmal läuten, ehe er wieder auflegte.

»Komm doch, wenn möglich, mit den Kindern am Sonntag zum Mittagessen.«

»Werde ich machen«, sagte Lieberman und verließ das Restaurant.

Die meisten Geschäfte auf dieser Seite der California Avenue hatten noch geschlossen. Leons Obst- und Gemüseladen und Hempels Bäckerei waren geöffnet. Die Türen von Hinkys Fahrradladen, der Sparkasse und allen anderen waren noch verrammelt. Weiter westlich, in Richtung Michigan-See, hinter der Western Avenue, lag die Devon, auf der hektisches

Treiben herrschte. Die Immigranten standen früh auf. Sogar die Kung-Fu-Akademie gewährte zu dieser frühen Stunde dürren Kindern und verträumten Erwachsenen Einlaß, die eine Portion Selbstachtung tankten, ehe sie zur Schule oder Arbeit gingen oder die Straßen hoch- und runterschlenderten.

Kurz nach acht war Lieberman daheim. Lisas Wagen war weg. Dafür stand ein weißer Buick, ein nicht ganz neuer, weißer Buick vor dem Haus. Am liebsten wäre Lieberman weitergefahren, aber wenn Todds Auto dastand und er nicht darin saß, war er bei Bess im Haus. Lieberman stellte seinen Wagen ab, schnappte die süß duftenden Ruggalah, stieg aus und betrat sein Haus.

»Abe«, rief Bess, als sie hörte, daß die Tür aufging. »Du hast Besuch.«

»Du hast Besuch«, murmelte Lieberman. Sie hatte nicht gesagt, »wir haben Besuch«. Bess war offenbar im Begriff, sich zu verdrücken.

»Ich hab' den Wagen gesehen«, verkündete Lieberman, kam in die Küche und musterte seine Frau und seinen Schwiegersohn, die zusammen am Tisch saßen.

Bess trug ihr schwarz-rotes Kostüm, was hieß, daß jemand ernste Probleme bekam. Die silberne Halskette, die Lieberman ihr vor vier Jahren während eines gemeinsamen Urlaubs in Mérida, Mexiko, gekauft hatte, verriet Lieberman, daß es nicht nur Wichtiges zu regeln gab, sondern sie auch damit rechnete, den Sieg davonzutragen.

Todd schaute auf und lächelte. Sein Lächeln kündete von ewigwährendem Leid. Todd Cresswell war hager und hatte sandfarbene Haare. Er trug einen dunklen Pullover, marineblaue Hosen, eine rote Krawatte und einen gequälten Gesichtsausdruck. Liebermans fand, daß sein Lächeln immer so aussah, als würde sich eine böse Verstopfung ankündigen.

»Ich habe Ruggalah mitgebracht«, sagte Lieberman und legte die Tüte auf den Tisch.

»Freut mich, daß du da bist«, sagte Bess, ehe sie sich erhob. »Ich muß los. Frühstücksbesprechung in der Synagoge. Irving Hamel möchte uns davon überzeugen, einen beachtlichen Kredit bei der Bank aufzunehmen und den Renovierungsfond für zwei weitere Jahre ruhen zu lassen.«

»Und«, sagte Lieberman, der nun Gewißheit hatte, daß man ihn im Stich ließ, »verfügst du über die notwendigen Stimmen? So wie du aufgezäumt bist, kann es doch gar nicht anders sein.«

»Die von Ida Katzman und Rabbi Wass«, triumphierte sie.

»Rommel hat nicht die geringste Chance«, meinte Lieberman und holte ein honigsüßes, klebriges Ruggalah aus der Tüte.

Bess gab ihm einen Kuß auf die Wange und tätschelte Todds Schulter. Todd warf seiner Schwiegermutter ein trauriges Lächeln zu.

»Auf Wiedersehen«, sagte sie.

»Auf Wiedersehen«, sagte Lieberman, und schon war seine Frau verschwunden.

Er wandte sich an seinen Schwiegersohn.

»Ich habe Irving Hamel ›Rommel‹ getauft«, erläuterte er in der Hoffnung, das Unausweichliche vermeiden zu können. »Er ist ein junger Anwalt. Zieht Blitzkriege durch.«

Todd nickte.

»Also«, sagte Lieberman und lenkte aufgrund der Belagerung ein. »Ich habe ungefähr zwanzig Minuten Zeit. Bin die ganze Nacht aufgewesen und brauche eine Dusche und etwas Ruhe. Nimm doch ein Ruggalah.«

»Geht in Ordnung«, sagte Todd. »Ich habe um neun Uhr Unterricht.«

Todd griff in die Tüte und zog einen kleinen Honigkuchen heraus. Mit einem Blick darauf zitierte er: »Dunkelheit liegt über meinen Augen.«

Lieberman stöhnte leise auf.

»Euripides«, sagte er.

»Stimmt.« Todd blickte interessiert auf. »*Herakles.* Woher wußtest du . . .«

»Er ist dein Lieblingstragiker«, sagte Lieberman. »Doch eine Grundregel darfst du niemals vergessen, Todd. Zitier nicht aus griechischen Tragödien. Ich will nichts von toten Griechen hören, die ich nicht begreife. Ich bin ein müder Bulle.«

»Ich habe alles versucht, Abe«, sagte Todd und warf einen Blick in den Kühlschrank.

Lieberman widerstand dem Verlangen, seinem Beispiel zu folgen.

»Vielleicht solltest du dir noch mehr Mühe geben«, schlug Lieberman vor.

»Ich will Lisa zurück. Ich will die Kinder zurück. Die *Detektiv Rockford*-Wiederholungen im Fernsehen hab' ich gründlich satt. Ich muß dir was erzählen. Ich hab' sogar versucht, mit einer neuen Assistentin aus Yale auszugehen.«

»Mit einer Frau?«

»Natürlich mit einer Frau«, meinte Todd.

»Tut mir leid«, sagte Lieberman. Was hätte er darum gegeben, seine Backen mit Ruggalah vollzustopfen und vor seinem Schwiegersohn komische Fratzen zu schneiden. Auch dieses Verlangen unterdrückte er.

»Ich weiß ja nicht mal, was ich falsch gemacht habe. Wenn ich nur wüßte, was ich tun soll. Ich bin ein häuslicher Mensch, Abe.«

Das Telefon läutete.

»Ich werde mich noch mal mit ihr unterhalten«, versprach Lieberman und ging zum Telefonapparat hinüber.

»Ein Mann wird gelobt nach seiner Klugheit«, zitierte Todd. »Aber wer verschrobenen Sinnes ist, wird verachtet.«

»Todd . . .«, warnte Lieberman.

»Dieses Zitat stammt nicht von den alten Griechen, sondern

aus dem Alten Testament. Lehrbücher und Psalme, Vers zwölf, Zeile acht. Stört es dich auch, wenn ich aus der Bibel zitiere?«

»Mir wäre lieber, du würdest überhaupt nichts zitieren«, sagte Lieberman. »Gott und Rabbi Wass, vergebt mir. Ich werde mit ihr sprechen.«

Lieberman nahm den Hörer ab und meldete sich mit Namen.

»Nestor, Abe«, sagte Briggs. »Du bist heute ein gefragter Mann. Zuerst will Bernie Shepard, daß du den Fall übernimmst, und nun behauptet Hal Querez im North, daß er dich ganz dringend braucht.«

»Hat er gesagt, warum?« fragte Lieberman, während er Todd anblickte, dessen Augen im Gesicht des Schwiegervaters nach Bestätigung suchten.

»Ich glaube, es ist El Perro«, sagte Briggs. »Aber ich kann's nicht beschwören. Hal möchte, daß du zügig ins North kommst.«

»Ruf Bill Hanrahan an. Sag ihm, daß ich einen Notfall hatte. Ich werde so schnell wie möglich dort sein.«

Lieberman hängte ein und musterte Todd.

»Du wirst nicht aufgeben?« wollte Todd wissen.

Lieberman gab Todd mit einem Zeichen zu verstehen, daß er sich erheben sollte. Widerstrebend folgte Todd seiner Aufforderung.

»Ich schlafe nicht viel«, sagte Todd.

»Ich auch nicht«, meinte Lieberman.

»Ich schaue fast die ganze Nacht lang fern«, gestand Todd. »Alte Spielfilme, Wiederholungen von *Andy of Mayberry.* Ich tu alles, nur um mich nicht einsam zu fühlen. Und ich esse alles, wirklich alles mögliche. Diese Geschichte wird mich umbringen, Abe.«

Lieberman führte seinen Schwiegersohn aus der Küche, geleitete ihn zur Haustür.

»Es wird dich nicht umbringen, Todd. Eure Trennung mag

dir den Schlaf rauben und dafür sorgen, daß du Fett ansetzt, aber umbringen wird sie dich nicht.«

»Ich vertraue dir, Abe.«

»Dein Vertrauen ehrt mich«, sagte Abe und öffnete die Haustür.

»Du scherzt«, behauptete Todd. »Mir ist es aber ernst.«

»Tut mir leid«, entschuldigte Abe sich. »Menschen ermorden ihre Mitmenschen, und ich muß mich ein, zwei Stunden aufs Ohr legen. Morgen bin ich wieder ganz der alte, fröhlich und gutgelaunt.«

Todd ging die Stufen hinunter.

»Trink *V-Eight*«, riet Lieberman ihm. »Wenig Kalorien, viel Vitamine. Füllt den Magen.«

Todd hielt inne, drehte den Kopf und warf ihm einen Blick zu.

»Ist das dein Rat?«

»Ja, und daß man keine braunen Schuhe zu marineblauen Hosen und einem dunkelblauen Pulli trägt.«

Lieberman schloß die Tür und steuerte auf schnellstem Wege das Schlafzimmer an.

Polizisten besaßen Häuser. Selbst wenn sie es sich nicht leisten konnten, besaßen sie Häuser. Selbst wenn die Häuser nur aus zwei Zimmern und ein bißchen Stauraum bestanden, schlugen sie zu und kauften. Ein Haus zu besitzen war gleichbedeutend mit Erfolg. Ein Haus zu besitzen stand für Stabilität, symbolisierte ein kleines Stück vom amerikanischen Traum.

Er parkte vor einem bescheidenen kleinen Backsteinhaus auf der Nordica. Die Nordica lag südlich der Foster, im nordwestlichen Ausläufer der Stadt, nur ein paar Meilen vom O'Hare Airport entfernt. Der Rasen war gemäht, die weißen Betonstufen gefegt.

Hanrahan machte diesen Gang nicht zum ersten Mal. Er hatte dies schon mindestens vierzig Mal gemacht, einmal sogar für einen anderen Bullen, an dessen Namen er sich nicht erinnerte. Das war zu einer Zeit gewesen, als er gerade angefangen hatte zu trinken. In jenen Tagen hatten ein doppelter J&B und eine Packung Pfefferminz ihm den Rücken gestärkt. Als er heute an die Tür klopfte, konnte er sich nur an der Erinnerung an das Molson-Bier in Shepards Kühlschrank und dem flüchtigen Geschmack von Velamint auf seiner Zunge festhalten.

Nach dem vierten Klopfen kam sie an die Tür, und da wußte er, daß sie es wußte.

»Mrs. Beeton?« fragte er.

Sie war eine korpulente Frau, blond, mit einem hübschen, runden Gesicht und viel zuviel Make-up. Vom Aussehen her schätzte man sie auf etwa dreißig. Ihre Haare waren kurz und nach hinten gekämmt. Sie trug ein dunkles Kleid, hatte einen verängstigten, defensiven Blick und machte große Augen, als rechne sie mit noch mehr schrecklichen Nachrichten.

»Ja«, sagte sie.

»Mein Name ist Hanrahan, Sergeant Hanrahan. Darf ich kurz reinkommen?«

Sie trat einen Schritt zurück, um ihm Platz zu machen. Beim Eintreten berührte er sie versehentlich, atmete ihr süßes Parfüm, ihre Angst ein. Er stellte sich rechts neben die Tür und drehte ihr das Gesicht zu.

»Möchten Sie nicht die Tür schließen, Mrs. Beeton?«

Die Frau musterte die Tür, nickte und stieß sie zu.

»Wissen Sie Bescheid?« fragte er.

»Andy«, sagte sie. »Er ist tot.«

»Ja.«

»Es kam im . . . Meine Mutter hörte es im Radio. Sie hat mich angerufen. Ich habe mich angezogen. Meine Mutter kommt. Sie wohnt in Palos Heights. Falls die Schnellstraße nicht allzu verstopft ist, müßte sie jeden Moment eintreffen.«

»Ja«, sagte Hanrahan. »Kann ich irgend etwas für Sie tun?«

»Ein Polizist hat ihn erschossen?« wollte sie wissen.

»Ja, Mrs. Beeton.«

»Connie, ich heiße Connie. Bevor ich Andys Frau wurde, hieß ich Connie Conroy.«

»Irisch«, sagte er.

»Nein, walisisch. Und Navajo«, führte sie aus. »Ein Polizist hat Andy umgebracht?«

»Ja, Ma'am.«

»Connie.«

»Connie.«

Sie ging an ihm vorbei ins Wohnzimmer. Hanrahan drehte sich um, um ihr ins Gesicht blicken zu können.

»Möchten Sie sich setzen? Möchten Sie ... Ich habe nur löslichen Kaffee, aber wenigstens *Taster's Choice.*«

»Nein, vielen Dank.«

Die Möbel im Zimmer erinnerten Hanrahan an sein eigenes Haus. Die Sessel und das Sofa waren alt, aber bequem. Auf dem Boden lag ein großer, farbenfroher indianischer Teppich, und an der Wand hing ein riesiges Gemälde, auf dem fünf oder sechs Navajo-Indianer in der Wüste abgebildet waren, die, um sich vor der Sonne zu schützen, die Hände über die Augen gelegt hatten und etwas in der Ferne, jenseits des Bilderrahmens, betrachteten.

»Ich habe mir gestern die Nägel machen lassen«, sagte die Frau. »Entschuldigen Sie. Ich weiß nicht, warum ich das gesagt habe.«

»Ist schon in Ordnung«, sagte Hanrahan.

»Ich habe koffeinfreien Kaffee«, sagte sie. »Würde es Ihnen etwas ausmachen zu bleiben, bis meine Mutter kommt?«

»Ich werde bleiben«, versicherte er ihr. »Und ich hätte gern ein Glas Eiswasser.«

Obwohl man ihn nicht aufgefordert hatte, Platz zu nehmen, setzte Hanrahan sich Connie Beeton gegenüber. Von dort aus konnte er die Navajos an der Wand sehen.

»Warum hat der Polizist ...?« fragte sie und legte die Hände flach auf ihre Knie in dem Versuch, ruhig zu bleiben.

»Er – Sergeant Shepard – hat auch seine Frau getötet.«

Connie Beeton machte keine Anstalten, ihm ein Glas Wasser zu holen, was Hanrahan nur recht war.

»Ich verstehe«, sagte sie. »Haben Sie Kinder, Officer ...?«

»Hanrahan. Und ich bin Sergeant. Ja, zwei Jungs, beide erwachsen, und eine Handvoll Enkel.«

»Wir haben keine Kinder«, sagte sie lächelnd. »Ich arbeite in einem Lebensmittelgeschäft, Eagle Grocery, auf der Harlem.«

Sie zeigte auf einen Punkt über seiner Schulter, um anzudeuten, wo die Harlem Avenue lag.

»Ich bin stellvertretende Managerin. Wir wollten auch ein Kind in der nächsten Zeit«, berichtete sie und tätschelte ihre Beine. »Ich habe Ihr Wasser vergessen.«

»Das hat Zeit«, sagte er.

Sie nickte, als ob er etwas überaus Wichtiges gesagt hätte, und verstummte.

»Er konnte nicht anders«, sagte sie schließlich mit feuchten Augen.

Hanrahan war sich nicht sicher, ob sie Shepard oder ihren Mann meinte.

»Ja«, sagte er und wünschte auf einmal, sie würde ihm das versprochene Glas Wasser holen.

»Ich wußte, daß er ... Ich wußte von den Frauen«, erzählte sie. »Andy hielt sich in Form. Er hat das College besucht. Den Bachelor in Politikwissenschaft gemacht. Das Diplom habe ich in unserem Schlafzimmer aufgehängt.«

Sie war gerade im Begriff aufzustehen.

»Ich glaube Ihnen.«

Connie Beeton sank in ihren Sessel zurück und musterte ihn.

»Ich denke, ich hätte jetzt gern das Wasser, das Sie mir angeboten haben.«

»Bitte entschuldigen Sie.«

Sie sprang auf und ging durch die offene Tür in die Küche. Er betrachtete die Navajos und fragte sich, was sie wohl sahen. Er hörte, wie die Kühlschranktür aufging, und dann das Klikken von Eiswürfeln.

»Mineralwasser«, sagte sie auf dem Weg ins Wohnzimmer.

»Danke.«

Während er das Glas in die Hand nahm und einen Schluck trank, setzte sie sich und ließ ihn nicht aus den Augen, gerade so, als wäre seine Meinung zu ihrem Wasser von großer Bedeutung.

Das Wasser war mit Kohlensäure versetzt. Hanrahan haßte mit Kohlensäure versetztes Mineralwasser.

»Sehr gut«, bescheinigte er mit einem Lächeln.

»Ich habe ihn geliebt«, gestand sie. »Beschämt es Sie, wenn ich das sage?«

»Nein«, antwortete er.

»Er war kein schlechter Mann.«

»Er war ein guter Polizist«, sagte Hanrahan und zwang sich, noch einen Schluck Wasser zu trinken.

Ein Schlüssel klirrte in der Haustür. Hanrahan stand auf und drehte sich um. Die Tür ging auf, und eine Frau von derselben Größe und Statur wie Connie kam ins Haus. Sie musterte zuerst Hanrahan und dann Connie Beeton, die in ihre Arme flog.

Hanrahan schaute der dunklen Frau, die ihre weinende Tochter in die Arme schloß, in die Augen und erkannte ihr Gesicht.

Er sah noch einmal auf das Bild von den Navajos in der Wüste und wußte, daß er sich nicht getäuscht hatte.

»Ich werde mich auf den Weg machen«, sagte er.

Die dunkle Mutter nickte und senkte die Lider. Ohne den genauen Grund dafür zu kennen, fühlte er sich besser als seit langem.

Der Fall hatte von offizieller Seite die Bezeichnung »Operation Sieben« verpaßt bekommen. Polizeichef Hartz hatte den Namen nach sorgfältiger Überlegung ausgesucht. Anfänglich hatte er mit dem Gedanken gespielt, der Operation eine Farbe zu geben, Operation Rot. Nein, rot suggerierte Blut. Blau, gelb? Auf keinen Fall gelb. Jede Farbe stand für irgend etwas. Namen waren auch nicht besser. Operation Tower? Verlieh dem Ganzen zu große Bedeutung. Operation Rouge? Shepard? Sollte man den Straßennamen verwenden? Hartz entschied sich für eine Nummer, die – wie er hoffte – keine Bedeutung hatte. Operation Sieben.

Die Wohnung von Zahnarzt Jason Belding, die mittlerweile zur Kommandozentrale von Operation Sieben umfunktioniert worden war, hatte sich in ein effizientes, aber auch irgendwie chaotisches Hauptquartier verwandelt. »Irgendwie chaotisch« beschrieb den Sachverhalt relativ ungenau. Die Möbel, auf denen praktischerweise alle möglichen Gegenstände abgelegt und aufgetürmt wurden, waren aus dem Weg geräumt worden. Die Küche diente als Lagerstätte für halbleere Kaffeebecher, große Coladosen und Burger-King-Tüten.

Im Augenblick testeten zwei Männer in dem Raum, der noch vor wenigen Stunden ein Wohnzimmer gewesen war, auf dem weißen Teppichboden ihre aufgemotzte, tragbare Fernsehkamera und die Aufnahmegeräte, während Janice Giles eine Liste von Fragen, die sie in ihrem Notizbuch festgehalten hatte, auswendig lernte. Kevorkian hatte ihr aufgetragen, auf das Dach zu gehen, ihre Fragen zu stellen und nach Möglichkeit sofort wieder runterzukommen. Zuerst hatten sie eine Sendeunterbrechung zugunsten einer Live-Übertragung ins Auge gefaßt, die Idee dann aber wieder verworfen, weil die Zuschauer auf die Idee kommen könnten, daß der Sender Janices Leben aufs Spiel setzte. Den Bericht erst hinterher zu senden, nachdem sie wieder in Sicherheit war, vermittelte einen völlig anderen Eindruck.

Sie konnte ein bißchen Dampf machen, aber nicht allzuviel. Dazu reichte die Zeit einfach nicht, falls sie bis zu den Nachrichten um zwölf Uhr mittags fertig sein wollten. Kevorkian hatte auch die Möglichkeit angedeutet, daß der Sender das Material eventuell übernahm, falls es gut werden sollte. Janice Giles war fest entschlossen, es gut werden zu lassen.

Als Alan Kearney durch die Tür kam, ging sie ihm rasch entgegen.

»Captain Kearney«, sagte sie und streckte die Hand aus.

»Miss Giles«, sagte Kearney und schüttelte die ihm dargebotene Hand.

»Könnten wir Sie unten auf der Straße interviewen anstatt hier drinnen, und am besten noch, bevor wir zu Shepard raufgehen?« fragte sie.

Kearney ließ ihre Hand los und schüttelte den Kopf.

»Sie überlassen mir die Wahl«, sagte er und schlenderte an dem Kameramann und Tontechniker vorbei, die sich bereithielten. »Das gefällt mir. Auf der anderen Seite geben Sie mir keine Möglichkeit, Ihre Bitte abzuschlagen. Gute Verhandlungstaktik. Die verwenden auch wir hin und wieder.«

»Na gut«, sagte Janice Giles mit ihrem gewinnenden Lächeln, das »Sie-haben-mich-erwischt« signalisierte, »werden Sie mit mir vor laufender Kamera sprechen?«

»Nein«, schlug Kearney ihre Bitte aus, trat ans Fenster und blickte zum Tower hinüber.

»Chief Hartz . . .«, begann sie.

». . . ist nicht anwesend«, sagte Kearney, ohne den Blick vom Fenster zu nehmen. »Der Mann, mit dem Sie sich dort oben unterhalten werden, hat vor wenigen Stunden seine Frau und einen Kollegen umgepustet. Er hat dort oben die Flinte, die er benutzt hat, und – wie wir glauben – noch weitere Waffen, mit denen er Sie und Ihre Männer in Fetzen reißen, in eine Blutlache verwandeln kann. Sie sind hier, weil Shepard mit Ihnen reden will und wir erfahren möchten, was in ihm vorgeht.«

Janice Giles, die ein grünes Kostüm, eine weiße Bluse und eine unechte Perlenkette trug, verschränkte die Arme und warf Craddock, dem Kameramann, und Nowitz, dem Tontechniker, einen Blick zu. Mit einem stummen Seufzer deutete sie an, daß sie alle wußten, was als nächstes kam. Craddock, ein korpulenter Mann in einem kurzärmeligen, blauen Pullover, feierte in einem Jahr seinen dreißigsten Geburtstag. Er bildete sich ein, alles gesehen, alles erlebt zu haben. Er senkte die Lider, um Janice klarzumachen, daß auch er wußte, was nun folgte. Nowitz, der seit dreißig Jahren in diesem Beruf arbeitete, war schnurzegal, was Kearney jetzt zu sagen hatte.

»Und«, sagte Janice Giles, »Sie möchten das Interview vor der Ausstrahlung sehen. Sie möchten die Presse zensieren.«

Kearney wollte gerade etwas sagen, als sie ihn mit einer Geste unterbrach. Sie hatte lange Finger.

»Nein. Ich nehme das zurück. Sie möchten sich das Band ansehen und dann entscheiden, ob Sie Zensur ausüben.«

»Sind Sie fertig?« fragte Kearney mit einem schiefen Lächeln.

»Fürs erste«, sagte Giles.

Vieles an ihr erinnerte Kearney an Carla Duvier. Die dünne Figur eines Fotomodells, die perfekten Brüste, der Stolz. Die Art und Weise, wie sie ihn ansah, ohne zu blinzeln. Voller Entschlossenheit. Diese Frau war gewohnt, ihren Willen durchzusetzen. Janice Giles war die blonde Ausgabe seiner dunkelhaarigen Verlobten.

Craddock und Nowitz hatten all dies schon häufiger erlebt. Nowitz ließ seine Sachen auf dem Teppich stehen und ging in die Küche. Craddock schmiß sich mit gelangweilter Miene in einen weißen Sessel.

»Sie werden hier keine Punkte machen, Miss Giles«, begann Kearney. »Niemand wird Ihre Arbeit beeinträchtigen, niemand wird den Versuch unternehmen, Sie davon abzuhalten zu senden, was und wann Sie es senden möchten. Würde ich oder Hartz etwas Derartiges versuchen, würde der Bürgermeister jedem von uns das Herz rausreißen und uns hinterher zwingen, das Blut aufzuwischen.«

»Farbenprächtig und plastisch, aber wenig originell«, meinte Giles und zog in einem Anflug von Genervtheit eine kleine Schnute.

»Sie begeben sich auf dieses Dach und werden vielleicht in einem Leichensack runtergetragen«, sagte Kearney. »Das ist auch nicht sonderlich originell. Darauf können Sie hinweisen, wenn der Reißverschluß vom Leichensack Ihres Kameramannes hochgezogen wird.«

»Ich gehe nicht davon aus, daß Shepard mir etwas antun möchte. Meiner Einschätzung nach will er mich benutzen«, bemerkte sie, während Kearney einen Schritt nähertrat.

»Und Sie werden ihn benutzen«, erwiderte Kearney.

»Ja«, gab sie zu. »Das ist mein Job.«

»Die Menschen haben ein Recht darauf, alles zu erfahren. Sie werden zu besser informierten, verantwortungsbewußteren Bürgern, wenn man ihnen zu ihrem Mikrowellenfraß ein bißchen Blut serviert, richtig?«

Giles hatte das Bedürfnis, einen Blick auf ihre Uhr zu werfen, sah aber davon ab. Fast im Flüsterton gab sie zurück: »Falsch. Ich arbeite in der Unterhaltungsbranche. Der Mann dort oben garantiert Einschaltquoten und ein paar Minuten Unterhaltung. Ich habe das nicht so festgelegt, aber ich kann auch nicht sagen, daß ich meine Arbeit nicht mag. Es gibt Geschichten, wo ich mir einbilde, Gutes bewirken zu können. Nicht oft, aber hin und wieder. In diesem Fall glaube ich das nicht. Jetzt möchte ich Ihnen eine Frage stellen, Captain. Ganz inoffiziell. Sind Sie Bulle, weil Sie die Welt retten möchten?«

»Könnte durchaus sein«, gestand Kearney.

»Danke.«

»Okay«, sagte Kearney. »Sie gehen aufs Dach hoch und kriegen Ihre Story, aber wir stellen eine Bedingung. Ihr Tontechniker wird durch einen von unseren Männern ersetzt, den Shepard nicht kennt.«

Nowitz, der ein belegtes Sandwich in der Hand hielt, kam aus der Küche gelaufen und brüllte: »Auf keinen Fall. Auf gar keinen Fall, verdammt noch mal.«

»Vergessen Sie's, Kearney«, sagte Janice Giles.

Während Kearney und Giles einander fixierten, Nowitz von einem zum anderen schaute und Craddock aussah, als würde er gleich einschlafen, ging die Wohnungstür auf, und Hanrahan kam herein. Instinktiv begriff er, was Sache war, blieb unvermittelt stehen und wartete, bis Kearney mit den Achseln zuckte.

»Dann«, meinte er, »vergessen wir es eben.«

»Chief Hartz . . .«, begann Janice Giles.

»Miss Giles, das war seine Idee.«

»Das ist doch hirnrissig«, rief Nowitz und legte sein Sandwich auf einen von Jason Beldings bestickten, weißen Eßstühlen.

»Lassen Sie mich das klarstellen«, sagte Giles. »Und zwar ganz offiziell, Captain. Sie möchten einen Bullen auf dieses Dach hochschicken, der sich als Tontechniker ausgibt, dann die Waffe zieht und Officer Shepard erschießt.«

»Sofern sich die Gelegenheit dazu bietet«, räumte Kearney ein.

Giles sah erst zu Craddock, der die Augen fest geschlossen hatte, und dann zu Hanrahan, der offenbar vollauf damit beschäftigt war, mit der Zunge Essensreste aus seinen Zähnen zu pulen. Nowitz hingegen war richtig erbost.

»Läuft das nicht darauf hinaus, daß Sie mich und meinen Kameramann in Gefahr bringen?« wollte Janice Giles wissen. »Shepard könnte . . .«

»Das könnte er so oder so«, behauptete Kearney. »Unser Mann schießt nur dann, wenn die Situation es verlangt. Und falls er schießt, haben Sie alles auf Band und können es um zwölf Uhr senden. Entweder Sie stimmen zu oder . . .«

»Ihr Mann wird nicht wissen, wie man mit unseren Geräten umgeht«, wandte Giles ein.

»Er ist früher Techniker beim Film gewesen«, sagte Kearney. »Hat bei einem Chuck Norris- und einem Arnold Schwarzenegger-Film mitgearbeitet.«

»Warten Sie mal«, platzte Nowitz mit einem hilfesuchenden Blick auf Craddock dazwischen. Craddock machte sich nicht mal die Mühe, gleichgültig mit den Achseln zu zucken.

»Er wird warten, bis ich mit meinem Interview fertig bin, ehe er loslegt?« fragte sie, ohne auf Nowitz einzugehen.

Kearney nickte zustimmend.

»Wartet. Wartet. Wartet«, rief Nowitz. »Giles, Sie dumme Ziege. Er legt Sie rein. Wer wird Ihnen in Zukunft noch vertrauen? Ihr Wort wird nur noch einen Dreck wert sein.«

»Sind wir jetzt endlich fertig?« fragte Craddock, schlug die Augen auf und schwenkte den Blick von Alan Kearney zu Janice Giles.

»Fragen Sie die Lady«, schlug Kearney vor.

»Wir sind fertig«, sagte sie und richtete das Wort an Nowitz.

»Norman, lassen Sie uns nach nebenan gehen und reden.«

Nowitz ging zur Küchentür hinüber und stieß sie mit dem Fuß auf. Janice Giles folgte ihm. Craddock schloß sich den beiden an. Kearney und Hanrahan blieben im Wohnzimmer zurück.

»Haben Sie mit Beetons Frau gesprochen?«

»Ja.«

Kearney öffnete den Mund, um weiterzusprechen, doch Hanrahans Miene hielt ihn davon ab.

»Ist Lieberman zurück?« wollte Kearney wissen.

»Querez brauchte ihn im North«, sagte Hanrahan. »Irgendeine Gang-Sache. Ein Notfall.«

»Na, ich würde das hier als einen Notfall bezeichnen, Sie nicht, Sergeant?« fragte Kearney.

»Sergeant Lieberman wird so schnell wie möglich herkommen«, meinte Hanrahan.

Kearney blickte wieder aus dem Fenster.

»Mit seinem Vorschlag hat Hartz vielleicht gerade das Leben dieser Frau aufs Spiel gesetzt«, sagte Hanrahan.

Kearney musterte ihn nachdenklich.

»Sergeant, unter uns gesagt, Chief Hartz ... Vergessen Sie's. Ist Ballentine dort draußen?«

»Ja, ist er.«

»Sind Sie sicher, daß Bernie ihm nie begegnet ist?«

»Ballantine behauptet es jedenfalls. Ist erst vor drei Wochen zur Truppe gestoßen. Kommt aus Houston«, sagte Hanrahan. Er fixierte die Küchentür. An der Stelle, gegen die Nowitz getreten hatte, war ein Schuhabdruck zu erkennen. »Er hat keine Ahnung von Tontechnik. Besitzt nicht mal ein Heimvideo.«

»Soweit wird es nicht kommen«, behauptete Kearney.

»Das hoffen Sie, Captain.«

»Ich bete darum, Sergeant.«

»Denken Sie, daß Ballentine überhaupt eine Chance hat?«

»Na, Sie haben's drauf, die Dinge in Worte zu packen, Sergeant«, sagte Kearney in dem Wissen, daß sie beide, er und Hanrahan, Polizeichef Hartz für ein ausgemachtes Arschloch hielten.

Auf dem Dach der Shoreham Towers trank Shepard einen Schluck aus seinem Krug und schenkte für den Hund etwas Wasser in eine Tasse. Der Hund trank langsam, machte dabei aber eine Menge Lärm. Als es an der Stahltür klopfte, war die Tasse fast leer. Der Hund kippte sie mit seiner Schnauze um und wartete gespannt.

Shepard erhob sich, schnappte seine Waffe, vergewisserte sich, daß kein Hubschrauber am Horizont herumschwirrte und marschierte mit dem Hund im Schlepptau zur Tür hinüber.

Nach dem zweiten Klopfen rief Shepard: »Schießen Sie los.«

»*Channel 4* ist hier, Bernie«, verkündete Abe Lieberman. »Janice Giles, ein Kameramann und ein Tontechniker.«

Gerade als Kearney mit dem Team in die Lobby ging, kehrte Lieberman zum Shoreham zurück. Er nahm Kearney beiseite, um ihm einen Vorschlag zu machen, wie man Bernie Shepard vom Dach kriegte. Kearney willigte ein, Hartz die Idee zu unterbreiten. Daraufhin sagte Lieberman: »Ich freue mich schon auf ein friedliches und glückliches Rentnerdasein. Im Frühling in Scottsdale bei den *Cubs*, im Winter in Georgia.«

»Das freut mich zu hören, Sergeant«, erwiderte Kearney ungeduldig.

»All das setze ich aufs Spiel, indem ich Ihnen einen Rat gebe, Captain«, sagte Lieberman. »Wie ich hörte, schicken wir anstelle des Tontechnikers von *Channel 4* einen von unseren Leuten rauf.«

»Da haben Sie ganz richtig gehört, Sergeant«, gab Kearney zu. »Und nun lassen Sie Ihren Rat hören.«

»Tun Sie das nicht. Jemand wird verletzt werden. Vielleicht Shepard. Womöglich eine Menge Menschen.«

»Wenn Sie mich fragen, haben Sie recht mit Ihrer Vermutung, Sergeant«, flüsterte Kearney, »aber die Chance, daß ich das zugebe, ist gleich Null. Hartz will es so. Und der Bürgermeister vermutlich auch.«

Kearney ließ Lieberman stehen und ging zum Fahrstuhl.

»War es das wert?« fragte Hanrahan, als Lieberman sich zu ihm gesellte. Die beiden Männer zwängten sich als letzte in den Lift.

»Vater Murphy, es brannte mir auf der Seele. Ich mußte es einfach loswerden.«

»Ganz genau wie bei der Beichte, Rabbi«, flüsterte Hanrahan, der neben Janice Giles stand. »Ist ganz gut für die Seele. Aber dem Leib bringt es erfahrungsgemäß nicht viel.«

»Sie sind ja unerhört jovialer Stimmung, Sergeant.«

»Was weißt du über Navajos?« fragte Hanrahan seinen Kollegen.

Kurze Zeit später hielten sich Lieberman, Hanrahan, Giles, Craddock und Ballentine dichtgedrängt auf der dunklen, schmalen Treppe vor der Tür bereit. Auf dem unteren Treppenabsatz warteten ein mißmutiger Nowitz und ein bewaffneter, uniformierter Scharfschütze vom Sondereinsatzkommando. Der Schütze hatte seine Waffe entsichert, zielte damit aber nicht auf die Treppe, wo fünf Personen auf Shepard warteten.

»Namen, Lieberman«, war Shepards Stimme zu hören.

»Giles, Craddock und Ballentine«, zählte Lieberman auf.

»Abe, wie lange kennst du mich nun schon?« fragte Shepard.

»Wir sind seit fünfundzwanzig, dreißig Jahren miteinander bekannt«, sagte Lieberman. »Aber das ist nicht dasselbe wie jemanden kennen, Bernie.«

»Richte Kearney aus, er soll den Scheiß lassen«, befahl Shepard. »Giles arbeitet mit einem Tontechniker namens Nowitz oder mit einem alten Sack, der Trout heißt. Bei *Channel 4* gibt es keinen Ballentine.«

»Er ist neu«, behauptete Lieberman.

»Falls er scharf drauf ist, noch ein paar Jahre zu leben, kommt er besser nicht durch diese Tür. Ihr habt drei Minuten, die richtigen Leute hier raufzuschaffen, dann fange ich mit Zielschießübungen an. Ich weiß, wie die Leute von *Channel 4* aussehen.«

Lieberman tippte Ballentine auf die Schulter und zeigte nach unten. Der Polizist stieg die Stufen hinunter und händigte Nowitz den Rekorder aus, den der Tontechniker ihm beinah aus der Hand riß. Ballentine baute sich neben dem Scharfschützen auf.

»Wir sind fertig, Bernie«, rief Lieberman. »Mach die Tür auf.«

Auf der anderen Seite der Tür befahl Shepard dem Hund, sich hinter der Betonbarrikade zu verstecken.

»Wenn ich aufmache«, sagte er, »kommt Giles als erste durch, dann der Tontechniker und danach der Kameramann. Wenn sie hier sind, machst du die Tür zu, Lieberman. Du bleibst, wo du bist. Geht was schief, schreiben wir neue Schlagzeilen.«

»Mach auf«, verlangte Lieberman.

»Bestelle Kearney, er hat noch fünfzehn Stunden.«

Shepard klemmte die Waffe unter einen Arm und riß die Metallstange von den geschwungenen Stahlplatten. Das war nicht einfach. Die Stange quietschte, als Metall über Metall schrammte – wie der Fingernagel eines zornigen Riesen über eine überdimensionale Kreidetafel. Als die Stange aufs Dach schepperte, rief Shepard: »Wartet.« Er kehrte zum Betonbunker zurück, richtete die Waffe aus und brüllte: »Kommt jetzt.«

Janice Giles ging voran. Wegen des grellen Sonnenlichts mußte sie die Augen zusammenkneifen. Nowitz folgte ihr mit Craddock im Schlepptau.

»Stehenbleiben«, rief Shepard. »Sie, mit der Kamera. Legen Sie das Ding auf den Boden.«

Craddock kniete sich hin und stellte die Kamera aufs Dach. Giles musterte Shepard und ermahnte sich, nicht zu blinzeln, was ihr leichtfiel. Bei Nahaufnahmen wirkte Blinzeln wie ein Zeichen von Schwäche.

»So«, befahl Shepard, »jetzt verrammeln Sie die Tür mit dem Riegel.«

Craddock zögerte keine Sekunde, wenngleich er Probleme hatte, den schweren Metallgegenstand hochzuheben und zu bewegen.

»In Ordnung«, meinte Shepard. »Ihr beide macht euch oben herum frei, zieht die Schuhe aus und krempelt die Hosenbeine hoch.«

Janice Giles wartete, während die beiden Männer Shepards

Aufforderung nachkamen. Hinterher richtete Shepard sich auf und ging mit dem Hund an seiner Seite durch die Betonbarrikade.

»Wenn Sie sich beeilen«, sagte er, »schaffen Sie es noch bis zu den Zwölf-Uhr-Nachrichten.«

5

Der Bürgermeister der Stadt Chicago, Aaron Jameson, war nicht nur der erste Schwarze, der zum Bürgermeister einer Großstadt gewählt wurde, sondern auch einer der landesweiten Führer der Demokratischen Partei. Damals hielten viele es für möglich, daß er irgendwann (für vier Jahre) zum ersten schwarzen Gouverneur gewählt und später wenigstens als Präsidentschaftskandidat aufgestellt werden würde. Zu diesem Zeitpunkt würde er kein junger Heißsporn mehr sein, aber immerhin sechs Jahre jünger als Reagan bei seiner Nominierung.

Seine Wiederwahl lag vier Jahre zurück, die er mit ein paar tausend Stimmen Vorsprung und kurz vor einer Untersuchung durch die Grand Jury gewonnen hatte.

Nicht, daß Jameson diese hochgesteckten Ziele wirklich ernstgenommen hätte. Er hatte nie ernsthaft geglaubt, irgendwann in das Anwesen des Gouverneurs in Springfield zu ziehen. Auf der anderen Seite konnten derlei Spekulationen nie schaden.

Was einem schadete, waren Wahnsinnige – egal, ob schwarz oder weiß – wie der Typ im Fernsehen.

»Stellen Sie lauter«, sagte Jameson und lehnte sich in seinem Lederdrehstuhl hinter dem riesigen Mahagonischreibtisch zurück.

Ty Wheeler, groß, schwarz, vierzig Jahre alt, Brillenträger, ehemaliger Notre Dame-Spieler und nun persönlicher Assistent des Bürgermeisters, drehte den Ton lauter und kehrte auf seinen Platz gegenüber von Jameson zurück. Wheeler preßte die Fingerspitzen aneinander und sah stumm fern. Der Bürgermeister, der seit knapp zwei Monaten keinen Tropfen Alkohol mehr anrührte, trank eine Diätcola, in die er fettfreies Milchpulver gerührt hatte.

Auf dem alten Ledersofa an der Wand saß Chief Marvin Hartz, fixierte den Bildschirm und wußte nicht so recht, ob er sich überaus zuversichtlich oder extrem nervös geben sollte. Für einen Moment schweifte er in Gedanken ab und dachte an *Die Fischerei*, sein Lieblingsrestaurant auf Key West, wo er auf ein Bier und ein kaltes Barschsandwich reinschauen und sich mit Pete Stowell über die schlechten alten Tage unterhalten konnte.

»... heute morgen«, sagte Janice Giles mit ernster Miene und blickte direkt vom Bildschirm ins Wohnzimmer von einer Million Zuschauer, »auf dem Dach des Shoreham-Towers-Apartmenthauses am Rand der North Side.«

Giles berichtete von einer Polizeibarrikade aus, hinter der sich uniformierte Beamte bereithielten und die ständig größer werdende Menschenmenge zurückdrängten. Nach einem Schnitt war Giles zu sehen, wie sie sich mit einem kräftigen Mann mit grauem, windzerzaustem Haarschopf unterhielt, der sein Gewehr wie ein Baby in die Armbeuge gebettet hatte.

»Dieses Gespräch wird nicht lange dauern«, sagte Shepard mit tiefer, kontrollierter Stimme. »Ich bin mitten in der Nacht heimgekommen, habe meine Frau mit einem anderen Mann im Bett erwischt. Er hat nach einer Waffe gegriffen, und ich habe beide erschossen.«

»Dann«, fragte Janice Giles, »plädieren Sie auf Notwehr ohne Vorsatz?«

»Miss Giles«, sagte Shepard mit sanfter Stimme. »Ich kam mit einer geladenen Waffe in meine Wohnung. Schauen Sie sich um.«

Janice Giles drehte sich zur Kamera um und gab dem Kameramann zu verstehen, daß er einen Schwenk übers Dach machen sollte. Die Kamera und die Augen der Zuschauer von *Channel 4* erblickten den Betonbunker, die Lebensmittel und Waffen, das Funkgerät und den Schlafplatz.

»Nicht gerade einfach, jeglichen Vorsatz abzustreiten«,

meinte Shepard, als die Kamera wieder auf ihn und Janice Giles gerichtet war.

»Warum denn . . .?« fragte Giles.

»Junge Dame«, sagte Shepard.

»Jetzt ist er jedermanns Lieblingsonkel«, stöhnte der Bürgermeister, nippte an seinem Drink und warf Chief Hartz einen Blick von der Seite zu, der vorgab, so sehr ins Interview vertieft zu sein, daß er Jamesons Sarkasmus nicht bemerkte.

»Diese Stadt«, sagte Shepard und blickte unverwandt in die Kamera, »verdammt, das ganze Land befindet sich seit Jahren auf dem absteigenden Ast. Als wir heirateten, sagte meine Frau ein paar Dinge. Der Typ, den ich erschossen habe, sagte auch ein paar Dinge, als er heiratete. Heute zählt nichts mehr. Man tötet jemanden oder verkauft Drogen, die töten, und kommt ungeschoren davon. Frauen, verheiratete Frauen, ledige Frauen springen mit jedem Kerl ins Bett, den sie im Supermarkt aufgabeln, anstatt daheim zu sein . . .«

»Die Zeiten haben sich geändert«, sagte Giles einigermaßen irritiert. »Frauen sind nicht mehr . . .«

»Sie hätten sich nicht ändern sollen«, erwiderte Shepard ruhig und richtete seinen traurigen Blick nicht auf Janice Giles, sondern auf die Kamera.

»Herrje«, schimpfte Bürgermeister Jameson, »der ist besser als dieser republikanische Clown, den sie gegen mich aufgestellt hatten. Hätten die Shepard nominiert, würde der Mistkerl jetzt hier sitzen und ich mit einem räudigen Hund auf irgendeinem Dach.«

»Ich habe irgendwelchen verdammten Veränderungen nicht zugestimmt«, fuhr Shepard fort. »So wie ich es sehe, bleiben Frauen ihren Männern und beste Freunde einander treu und ziehen nicht los . . . und steigen mit der Frau ihres Freundes ins Bett . . . Drücke ich mich Ihrer Meinung nach deutlich genug aus?«

»Beste Freunde?« hakte Giles prompt nach.

»Mein ehemaliger Partner«, sagte Shepard. »Der jüngste Captain in dieser Stadt.«

»Alan Kearney?« fragte Janice Giles.

»Alan Kearney«, bestätigte Shepard. »Dieser blondhaarige Junge aus der Polizeibehörde, der vorhat, in die Chicagoer Gesellschaft einzuheiraten, der Mann, der mir Livy vorgestellt – Olivia, meine Frau – und sie hinterher zur Hure gemacht hat.«

»Und Sie möchten ...«

»... Kearney um Mitternacht auf diesem Dach sehen. Heute nacht. Ich will Gerechtigkeit. Wissen Sie noch, was Gerechtigkeit ist? Die Waagschalen ausbalancieren, die Dinge richten.«

»Lieutenant Shepard«, hakte Giles in humorvollem Ton nach. »Erwarten Sie tatsächlich, daß Alan Kearney hier hochkommt und sich Ihnen wie in einem Westernfilm stellt?«

Shepard legte eine Pause ein, lächelte traurig und langte mit der Hand nach unten, um den Kopf des Hundes zu kraulen.

»Der Hund ist ein verdammt genialer Handstreich«, verkündete der Bürgermeister mit einem Seitenblick auf Ty Wheeler, der die Mattscheibe fixierte.

»Nein, das nicht«, behauptete Shepard. »Ich will mich einfach nur mit ihm unterhalten, sein Leben ruinieren, wie er meins ruiniert hat.«

»Und wie werden Sie das anstellen?«

»Lady«, sagte Shepard und nickte in die Kamera, »damit habe ich schon begonnen.«

»Und was, wenn er nicht kommt?«

Shepard zuckte mit den Achseln. Das Achselzucken deutete tiefe Trauer an.

»Dann«, sagte er, »jage ich dieses Haus, mich und vielleicht ein, zwei Blocks am Seeufer hoch. Und die Stadt wird wissen, daß Alan Kearney, wäre er Manns genug gewesen, dies hätte verhindern können.«

Plötzlich wurde das Dach ausgeblendet. Auf dem Bildschirm war das vertraute Nachrichtenstudio von *Channel 4* mit Jim Amacor zu sehen. Der Moderator saß auf der rechten Seite eines geschwungenen Schreibtischs, Janice Giles links von ihm.

»Trotz seiner schrecklichen Taten«, sagte Giles, »seiner verworrenen Vorstellungen, kann man den Schmerz, die Trauer aus Bernie Shepards Gesicht herauslesen. Und man kann nur hoffen, daß er irgendwie von diesem Dach heruntergeschafft wird, ohne daß jemand verletzt wird.«

»Faszinierende Geschichte, Janice«, sagte Amacor. »Und was haben die Polizei und das Büro des Bürgermeisters zu dieser Situation zu sagen?«

Giles stapelte ihre Notizen zu ordentlichen Häufchen.

»Bislang«, gab sie Auskunft, »hat die Polizei keinen offiziellen Kommentar abgegeben, und das Amt des Bürgermeisters reagiert nicht auf . . .«

»Schalten Sie aus«, ordnete der Bürgermeister an und drehte sich vom Bildschirm ab.

Ty Wheeler nahm seine langen Finger auseinander, stand auf, war mit zwei Schritten beim Fernseher und tat, wie ihm geheißen.

»Warum heuern wir nicht Shepard an, damit er für uns die Öffentlichkeitsarbeit erledigt?« spottete der Bürgermeister und legte die Hände auf den Schreibtisch. »Er kann das weitaus besser als Harley und seine ganze verfluchte Mannschaft. Haben Sie das mit dem Hund mitgekriegt? Wenn dieser Mann das überlebt, kann er sich zum Gouverneur aufstellen lassen. Was werden wir in dieser Sache unternehmen?«

»Uns stehen verschiedene Optionen zur Verfügung«, meinte Hartz.

»Das ist ja ungeheuer beruhigend, Marvin«, sagte der Bürgermeister und musterte Ty Wheeler, der sich nicht wieder setzte und keinerlei Reaktion zeigte.

»Ich habe einige meiner Männer abgestellt, an der Tür zum

Dach zu arbeiten«, erläuterte Hartz. »Sie gehen äußerst vorsichtig vor, leise, aber das dauert seine Zeit. Mit einem Hubschrauber kommen wir nicht nah genug heran.«

»Das ist mir schon zu Ohren gekommen«, sagte Jameson.

»Aber«, fuhr Hartz mit vorsichtigem Optimismus fort, »wir können ganz hoch reinfliegen und eine kleine Bombe abwerfen, die minimalen Schaden anrichtet, es sei denn, er hat das Dach tatsächlich mit Sprengstoffsätzen überzogen.«

»Hat er das?« wollte der Bürgermeister wissen.

»Wissen wir nicht genau«, gestand Hartz.

»Keine Bomben«, schallte Wheelers Stimme durch den Raum. Er hatte eine eindrucksvolle Stimme und war sich dessen durchaus bewußt. Früher hatte er beim Radio als Discjockey Nachtschichten geschoben und dieses weiche, nachdrückliche Timbre kultiviert. Er wußte auch, daß er es nur selten, in ganz dramatischen Momenten einsetzen durfte. Es war eine Fähigkeit, die der Bürgermeister besonders an ihm schätzte.

»Denken Sie nur an die Bombe in Philadelphia. Dabei sind nicht nur diese Sektenanhänger draufgegangen«, führte Wheeler aus. »Bürgermeister Wilson Goodes politische Karriere war von einem Tag auf den anderen futsch. Keine gottverdammten Bomben. Wie wird die Öffentlichkeit reagieren, wenn wir einen ganzen Block in die Luft jagen, nur um einen Bullen fertigzumachen, der seine Frau mit einem anderen Mann im Bett erwischt hat?«

Hartz hatte das Gefühl, im Sitzen im Nachteil zu sein. Daher stand er auf, trat an den Schreibtisch des Bürgermeisters, ignorierte Wheeler und wandte sich direkt an Jameson. »Falls er blufft und das Dach nicht verdrahtet ist, können wir einfach abwarten und ihn aushungern. Sollte er sich zeigen, warten die Scharfschützen schon auf ihn.«

Wie ein geduldiger Schullehrer faltete Bürgermeister Jameson die Hände auf dem Tisch und warf Ty Wheeler einen fragenden Blick zu.

»Das könnte Wochen dauern«, lautete Wheelers Einschätzung. »Er hat dort oben Lebensmittel deponiert. Da die Gegend total abgeriegelt ist, müssen wir allein heute nacht eintausend Menschen von ihren Häusern fernhalten. Wenn die Situation zwei, drei Tage andauert und nicht friedlich beigelegt wird, können wir Flüchtlingslager für die Mittelschicht einrichten, und die Stadt muß Millionen hinblättern, um die Hotelrechnungen zu bezahlen. Jeder Tag, den er dort oben ausharrt und an dem wir ohnmächtig zuschauen, wird uns Wählerstimmen kosten. Eine Woche kann den Ausgang der Wahl verändern. Der Hurensohn hat sich ausgerechnet Ryan Conners Wahlbezirk als Schlafstätte ausgesucht.«

»Die Vorwahl findet erst in einem Monat statt«, gab Hartz zu bedenken. Ein Blick auf den Bürgermeister sagte ihm, daß Wheeler im Begriff war, diese Schlacht zu gewinnen.

»Wäre sie morgen oder übermorgen«, führte der Bürgermeister aus, »könnten wir den Wählern erzählen, daß wir vorhaben, ihn am Morgen nach der Wahl – ohne Blut zu vergießen – runterzuholen. Würden wir die Sache dann vermasseln, könnten Sie, Marvin, Ihren Hut nehmen und nach Florida ziehen, und die Öffentlichkeit hätte zwei Jahre Zeit, Shepard zu vergessen. Doch diese Sache hier hat das Potential, sich zu so was wie Aaron Jamesons letztem Fehler zu entwickeln.«

»Hören Sie«, sagte Hartz mit durchgedrücktem Rücken. »Ich bin . . .«

». . . ein politischer Kompromiß«, warf Wheeler ein, »ein sauberes Zugeständnis an die Polizei und die Menschen, die nicht für uns gestimmt haben.«

Hartz warf dem Bürgermeister einen hilfesuchenden Blick zu. Da ihm jede Unterstützung verwehrt wurde, setzte er eine zornige Miene auf und wiederholte: »Ich bin nicht . . .«

Diesmal schnitt ihm der Bürgermeister das Wort ab. »Was ist mit Kearney?«

»Kearney?«

»Wird Captain Kearney sich dazu durchringen, oder kann man ihn überreden, heroisch zu handeln?« wollte Wheeler wissen. »Für den Fall, daß andere Optionen fehlschlagen?«

»Ich kann doch nicht einem Mann befehlen, dort hochzugehen und einem Irren gegenüberzutreten«, entgegnete Hartz mit schwindender Entrüstung.

»Selbstverständlich nicht«, erwiderte Wheeler, trat ebenfalls vor den Schreibtisch des Bürgermeisters und baute sich neben dem Polizeichef auf, der einen halben Kopf kleiner war, »aber ein wirklich heldenhafter und ambitionierter Polizeibeamter, der seinen Namen reinwaschen möchte, könnte doch von ganz allein auf die Idee kommen, sich der Herausforderung zu stellen.«

Hartz musterte zuerst Wheeler, dann den Bürgermeister, bis ihm dämmerte, worauf die beiden Männer anspielten.

»Captain Kearney ist am Tatort. Er leitet den Einsatz«, sagte Hartz bedächtig, vorsichtig. »Gleich auf der anderen Straßenseite haben wir eine provisorische Kommandozentrale eingerichtet. Ich werde dort höchstpersönlich erscheinen, mich von Captain Kearney ins Bild setzen lassen und ihn daran erinnern, daß ich ihn für die Handhabung dieser Krise voll zur Verantwortung ziehe.«

»Der Bogen wird so weit gespannt wie nur irgend möglich, Marvin«, erklärte der Bürgermeister. »Das nennt sich Politik.«

»Es gibt noch eine andere Möglichkeit«, gab Hartz zu bedenken. »Sie ist etwas ungewöhnlich. Einer von Kearneys Männern kennt jemanden, der . . .«

»Ergreifen Sie die Initiative, Chief«, ordnete der Bürgermeister an und erhob sich. »Die Details einer professionellen Handhabung interessieren mich nicht. Sie genießen mein uneingeschränktes Vertrauen. Aber unterhalten Sie sich unbedingt mit Captain Kearney über die Verpflichtungen, die er – moralisch und als Bürger – hat.« Im Stehen griff der Bürgermeister nach dem Telefonhörer. »Ich halte es für wünschenswert, daß die Dinge so schnell wie möglich in Gang kommen«, fuhr Jameson fort. Damit war Hartz endgültig entlassen.

Während Ty Wheeler ihn zur Tür begleitete und er hörte, wie der Bürgermeister am Telefon lachte, verfluchte Hartz stumm jenen Tag, an dem er sich entschlossen hatte, Aaron Jamesons politische Karriere zu unterstützen.

Vor zwei Stunden hatte Abe Lieberman Schwiegersohn und Heim verlassen, war mit dem Wagen in Richtung Schnellstraße gefahren und hatte die zulässige Höchstgeschwindigkeit um zehn bis fünfzehn Meilen überschritten. Innerhalb von acht Minuten gelangte er zur Kennedy und fuhr zwölf Minuten später von der North Avenue ab. Vierzig Minuten, nachdem er daheim weggefahren war, betrat er das Revier auf der North Avenue, von dem er vor gut einem Jahrzehnt abgezogen worden war.

Das Revier roch wie eh und je. Jedes Polizeirevier hat seinen ganz eigenen Geruch. Es dauert Jahre, bis er sich durchgesetzt hat, und das Ergebnis ist ein aufdringliches Potpourrie aus Schweiß, Verfall, Schimmelpilz, Säufern, vergessenen Burgern und Pizzas, steinalten Donuts und den Tränen von Müttern und Kindern. Selbst ethnische Veränderungen fordern ihren Tribut. Im North hing der Duft von Tacosoße und Zwiebeln, für Liebermans Nase zweifelsohne eine Verbesserung gegenüber früher.

Am Empfang schoben zwei Beamte hinter kugelsicherem Glas Dienst. Einer der Polizisten war ein uniformierter Glatzkopf namens Fullmeister, der kurz vor der Pensionierung stand. Seit dreißig Jahren zupfte Fullmeister an seinem Kragen herum in der Hoffnung, einen Hals zu finden, den es nicht gab. Seine Partnerin war eine junge, lateinamerikanisch aussehende Frau, ebenfalls in Uniform, mit praktischer Kurzhaarfrisur und ernster Miene.

»Der Bluthund kehrt zurück«, rief Fullmeister.

»Wie ist es dir ergangen, Sid?« erkundigte Lieberman sich.

»Hab' den Krieg überlebt. Mehr kann man vom Leben nicht erwarten«, sagte Fullmeister und machte sich an seinem Kragen zu schaffen. »Hal wartet auf dich.«

»Was liegt an?« fragte Lieberman auf dem Weg zu der schmalen Holztreppe rechter Hand.

»Del Sol«, sagte Fullmeister, als Lieberman die Stufen erklomm. »Hast du in letzter Zeit mit dem X-Man gesprochen?«

Der X-Man war Xavier Flores, Liebermans erster Partner, der vor sechzehn Jahren, gleich nach seiner Pensionierung, nach Atlanta gezogen war.

»Verbringt seine Zeit im Zoo«, sagte Lieberman. »Und die Abende auf dem Baseballfeld. Sein Enkel ist inzwischen ein erfolgreicher Anwalt.«

»Ich bin als nächster dran«, sagte Fullmeister. »Stehe kurz vor der Rente.«

»Viel Glück«, wünschte Lieberman.

Er hörte, wie Sid Fullmeister hinter seinem Rücken flüsterte: »Kannst du glauben, daß dieser kleine Mistkerl eines Sonntagmorgens direkt vor der All Saints Church die beiden Guttierez-Brüder verdroschen hat?«

»Nein«, ertönte die ungläubige Stimme der lateinamerikanisch aussehenden Frau.

So entsteht ein Mythos, dachte Lieberman und ging langsam die Holztreppe hoch. Er hatte die Guttierez-Brüder vor zwölf Jahren nicht vor der All Saints Church verdroschen. Er hatte Manuel Guttierez, einen Drogenhändler, einen Block vor der Kirche abgefangen und ihm untersagt, sonntags Drogen zu verkaufen. Guttierez, der mit seinem jüngeren Bruder und Chinga Ramirez unterwegs war, lachte den kleinen Mann mit den Tränensäcken und dem Aussehen eines traurigen alten Hundes aus. Was ein Fehler war. Lieberman zog die Waffe, baute sich vor Guttierez auf, rammte dem Kerl den Pistolenlauf in den Bauch und drückte ab. Die Kammer war leer. Manuel Guttierez bekam einen Anfall. Konnte nicht mehr atmen. Sein Bruder und Chinga Ramirez eilten ihm zuhilfe, während Lieberman die Waffe hochriß und noch mal abdrückte. Diesmal löste sich ein Schuß in Hörweite der All Saints Church.

»Bei diesen Dingern weiß man nie«, sagte Lieberman und schüttelte launig den Kopf.

»*El viejo es loco*«, sagte der jüngere Guttierez.

»*Quisas*«, erwiderte Lieberman. »Sonntags dealt ihr nicht.«

So hatte sich der Vorfall in Wirklichkeit abgespielt. Die Geschichte war längst nicht der einzige Mythos, der sich in diesem Revier um El Viejo rankte. Er war eine Legende, die gerade noch rechtzeitig abgehauen war, ehe jemand auf die Idee kam, herauszufinden, was er in Wirklichkeit draufhatte. Die Armut der Hispanier auf der North Side hatte er gegen einen Randbezirk der Northeast Side, gegen Rogers Park, Edgewater und einen Teil von Uptown eingetauscht, wo die Chancen gleich hoch waren, daß der Fund einer russischen, vietnamesischen, hispanischen, chinesischen Leiche oder die eines weißen Südstaatlers gemeldet wurde.

Lieberman erinnerte sich an diese Stufen. Heute kamen sie ihm höher als früher vor. Seit er sie das letzte Mal erklommen hatte, waren die Bänder in seinen arthritischen Knien noch stärker ausgeleiert. Oben legte er eine Pause ein – nicht um Luft zu holen, sondern um sich zu vergewissern, daß seine Knie nicht rebellierten und sich weigerten, ihn zu tragen.

Im Flur herrschte Dunkelheit. Daran hatte sich seit 1933 nichts geändert. Zum Glück wußte Lieberman, wo er sich befand und wohin er wollte. Er folgte den spanischen Stimmen. Sie führten ihn zum Ende des Korridors, vorbei an der Flügeltür des Dezernats. Er hatte keine Lust, sie um der alten Zeiten willen zu öffnen. Er verspürte nicht mal das Bedürfnis, einen Blick auf seinen alten Schreibtisch zu werfen, der in der Ecke neben dem kaputten Heizkörper stand.

Querez' fensterlose Holztür, die dringend einen neuen Anstrich brauchte, war zu, aber nicht abgeschlossen. Querez' Name stand in weißer Farbe darauf geschrieben. Wußte man, wonach man suchte, war gleich darüber der Name seines Vorgängers zu erkennen, der zwar entfernt worden war, aber einen unauslöschbaren Schatten hinterlassen hatte, den nur ein frischer Anstrich ausmerzen konnte. Früher hatte hier Liebermans alter Chef, Larry Doyle, ein Cousin eines ehemaligen Feuerdezernenten, seine Zelte aufgeschlagen. Captain Doyle war in Ausübung seiner Pflicht umgekommen. Er hatte einem zugedröhnten Ladendieb etwas zugerufen, der mit einem Lächeln auf den Lippen zuhörte, wie der Captain immer lauter brüllte, bis er einen Herzinfarkt erlitt.

Auf Liebermans Klopfen hin rief Hal Querez: »Herein.«

Lieberman trat ein. In dem gelbgestrichenen Raum saß Sergeant Hal Querez hinter seinem Schreibtisch. Der Mann hatte eine vage Ähnlichkeit mit George C. Scott. Außerdem war er so dünn, daß er tatsächlich Hosenträger anlegen mußte, so schmal war er um die Hüften. Seine Lippen umspielte ein ständiges Lächeln, so als hüte er ein Geheimnis. Hal Querez überlebte den Wahnsinn in seinem Revier, indem er das Leben als einen wunderbaren und gleichzeitig schrecklichen Scherz Gottes auslegte. Dies war sein Geheimnis, das er liebend gern preisgegeben hätte, hätte ihn nur mal jemand ernsthaft danach gefragt.

Querez gegenüber saß – oder, besser gesagt, hing – Emiliano »El Perro« Del Sol, der Lieberman angrinste. El Perros Lächeln vergaß niemand. Sein Gesicht war eine Straßenkarte abenteuerlicher Narben, die zu toten Augen führten. Eine Narbe, von Gott weiß was für einer Schlacht, verlief von seinem rechten Auge quer über die Nase bis unter seinen linken Mundwinkel. Sie war rot, schlecht verheilt, und es hatte wahrscheinlich einen ganzen Nachmittag gedauert, sie zu nähen. Die Nase war ihm so oft gebrochen worden, daß kaum noch Knochen und gar kein Knorpel übrig geblieben waren. Wenn El Perro ins Grübeln kam, was selten genug passierte und ungeheuer furchteinflößend war, spielte er mit seinem Nasenfleisch, quetschte es mit dem Daumen platt oder drückte es gedankenverloren auf eine Seite. Seine Zähne waren weiß und schief. Und er hatte einen viel zu langen Eckzahn, mit dem er wie ein Vampir aussah. Wie immer hatte Emiliano die schwarzen Haare glatt nach hinten gekämmt. Ihm gefiel die Vorstellung, Pat Riley, dem Trainer der *New York Knicks*, ähnlich zu sein.

»El Viejo«, sagte Emiliano und setzte sich aufrecht hin. »Meine Männer schuften sich krumm und bucklig.«

»Mir kommen gleich die Tränen, Emiliano«, sagte Lieberman und ließ sich auf der letzten freien Sitzgelegenheit nieder, einem Klappstuhl, unter dessen abblätterndem Anstrich das graue Metall zum Vorschein kam.

»Vielen Dank«, erwiderte El Perro in vollem Ernst. »*Este puerco ...*«

»Was habe ich dir gesagt«, unterbrach Querez ihn mit einem geduldigen Lächeln. »Hüte deine Zunge oder lern die Zeichensprache.«

»Ich mag ihn«, sagte El Perro und zeigte auf Querez.

»Wir haben zwei von Del Sols Gang erwischt. Bewaffneter Raub«, sagte Querez. »Wertzels Fernsehgeschäft auf der Crawford. Es gibt Zeugen und eine Videoaufzeichnung. Einer der Typen ist einmal vorbestraft, der andere gleich mehrfach.«

»He«, sagte El Perro, stand auf und setzte sich empört zur Wehr. »Wir sind keine Gang. Wir sind ein Club, die Tentáculos. Wir tun Gutes. Sie wissen das, Viejo. Wir spielen Baseball. Möchten Sie unsere Schläger und Bälle sehen?«

»*Sientase,* Emiliano«, rief Querez und kam hinter seinem Schreibtisch hervor.

Emiliano Del Sol saß einfach nur da und spielte mit seiner Nase.

»Sie haben Fernandez und Piedras hopsgenommen«, beklagte El Perro sich. »Die würden so was niemals tun. Das wissen Sie doch, oder?«

Arturo Fernandez war ein Besenstiel von einem Mann, der konsequent schwarz trug und eine Leidenschaft für ganz junge Mädchen hatte. Piedras, dessen richtiger Name Jesus Montoya lautete, war ein gewalttätiger Kasten mit einem nicht mehr meßbaren Intelligenzquotienten.

»Wie alt bist du, Emiliano?« wollte Lieberman wissen.

El Perro zuckte mit den Achseln.

»Du bist achtundzwanzig«, fuhr Lieberman fort. »Das letzte Mal, als ich dich verhaftet habe, warst du fünfzehn.«

»Sie waren der erste Bulle, der mich verhaftet hat«, sagte El Perro voller Stolz. »Damals bin ich ein kleiner Hosenscheißer von acht, neun Jahren gewesen, *verdad*, Rabbi?«

»Was willst du, Emiliano?« fragte Lieberman.

»Sie arbeiten doch an diesem Shepard-Scheiß mit, richtig? Dieser Bulle dort oben auf dem Haus, der seiner Frau und irgendeinem Bullen das Gehirn rausgeblasen hat?«

»Ja, stimmt«, sagte Lieberman.

»Ich kenne Shepard«, erklärte El Perro. »*Duro*, hart, hält sich für Gott. Wird für Sie kein leichtes Spiel sein, den dort runterzuholen. Vielleicht werden ein paar Leute draufgehen.«

»Jetzt kapiere ich«, sagte Lieberman. »Du hast beschlossen, dem Verbrechen abzuschwören. Du willst Nachrichten analysieren und verlangst von mir, daß ich dir einen Job bei der *Tribune* besorge.«

El Perro ließ von seiner Nase ab und lachte. Er musterte den immer noch grinsenden Querez und dann Lieberman, dem gar nicht zum Lachen zumute war.

»Ich kann ihn kriegen«, behauptete El Perro.

Lieberman und Querez schwiegen, woraufhin El Perro fortfuhr. »Als ich noch ein Junge war, als Sie mich hochgenommen haben, war ich damals nicht der gerissenste Einbrecher, der Ihnen je unter die Augen gekommen ist?«

»Du hattest Talent«, räumte Lieberman ein. »Trotzdem haben wir dich erwischt.«

»Damals war ich ja auch noch ein Kind«, erwiderte er ungeduldig. »Seit meinem fünfzehnten Lebensjahr bin ich nicht mehr geschnappt worden, was nicht heißen soll, ich hätte mir was zuschulden kommen lassen. Nur ein einziges Mal habe ich noch Schwierigkeiten gekriegt, wegen Shepard, konnte mich aus der Sache allerdings rauswinden. Nur Sie, Viejo, hatten es drauf, mich zu schnappen.«

»Ich fühle mich geehrt«, meinte Lieberman.

»Das sollten Sie auch. He, ich kann Dinge tun, die Cops nicht tun können«, flüsterte El Perro. »Das wissen Sie. Wenn ich dort raufgehe, muß ich mich nicht an Regeln halten.«

»Und was verlangst du im Gegenzug für diesen großzügigen Dienst an der Öffentlichkeit?« hakte Lieberman nach.

»Fernandez und Piedras kommen frei«, lautete El Perros Forderung. »Unschuldige Männer wandern nicht hinter Gitter.«

Lieberman warf dem nachdenklich blinzelnden Querez einen Blick zu.

Schweigen.

»*Pues, digame algo*«, wandte El Perro sich an Lieberman.

Querez drückte auf eine Telefontaste, ohne den Hörer abzunehmen. Knapp drei Sekunden später betraten zwei uniformierte Beamte den Raum. Die beiden Männer waren von beachtlicher Statur. Keiner der beiden lächelte.

»Bringen Sie in Erfahrung, wo wir Mr. Del Sol erreichen können, falls wir ihn brauchen sollten«, befahl Querez. »Und begleiten Sie ihn hinunter auf die Straße.«

El Perro erhob sich, warf Lieberman einen Blick zu und sagte: »Ich kann es schaffen, Viejo. Sie wissen, daß ich das kann.«

Nachdem die beiden Beamten mit El Perro verschwunden waren, warf Lieberman Querez einen fragenden Blick zu.

»Wenn du meine Meinung hören willst«, begann Querez, »ganz inoffiziell, weil mich das überhaupt nichts angeht, kann ich nur sagen, was haben wir denn zu verlieren? Dieser verrückte Idiot geht dort hoch, setzt Bernie schachmatt oder geht selbst drauf.«

»Was ist mit Fernandez und Piedras?« fragte Lieberman.

»Bei Wertzel wurde niemand verletzt. Und sie hatten keine Gelegenheit, was mitzunehmen.«

»Siehst nur du das so? Oder gehst du davon aus, daß Hartz es auch so sehen wird?«

»Abe, bleibt uns eine andere Wahl? Setzen wir Hartz nicht über dieses Angebot in Kenntnis, und er kriegt es später spitz, dann schiebst du wieder Dienst auf der North Side, und ich kann mich auf der West Side vor den herumfliegenden Kugeln in acht nehmen. Dazu sind wir beide zu alt.«

»Und du denkst, Hartz wird den Vorschlag ernsthaft in Erwägung ziehen?«

»Er wird zum selben Ergebnis kommen wie ich. Was haben wir schon zu verlieren?«

Als Lieberman eine halbe Stunde später wieder beim Shoreham eintraf, übermittelte er Al Kearney El Perros Vorschlag.

6

Alan Kearney musterte das Schlachtfeld, das noch vor wenigen Tagen als Dr. Jason Beldings gestyltes Apartment durchgegangen war. Papiere, Telefone, Aschenbecher und leere Imbißtüten müllten Tische, Stühle und den Boden zu. Der weiße Teppich war mit dunklen Schmutzflecken überzogen, die vermutlich nicht wieder rauszukriegen waren. Zwei Polizisten standen in einer Ecke des Zimmers, einer hing am Telefon, der andere trug Notizen in ein Buch ein.

»Hören Sie mir zu, Captain?« riß Alton Brooks ihn aus seinen Gedanken.

Kearney saß auf dem Sofa und überlegte, ob er noch einen Kaffee trinken sollte. Allein bei dem Gedanken drehte sich ihm schon der Magen um. Mit hinter dem Rücken verschränkten Händen baute Brooks sich wie ein dunkler Schatten neben ihm auf und wartete geduldig wie einst Pater Cronowyz von der St.-Ignatius-Kirche, wenn ein Junge zur Züchtigung vorgeführt wurde. Im Gegensatz zu Brooks war Pater Cronowyz im Lauf der Jahre allerdings dahintergekommen, wie sinnvoll eine Pause, eine Verzögerung war: Das Opfer wurde an den Rand der Verzweiflung getrieben, und die Pause bewirkte, daß der Betreffende jedes Verbrechen gestand in der Hoffnung, diesem anklagenden Blick entfliehen zu können. Kearney hatte sich stets gefragt, ob diese Taktik integraler Bestandteil der jesuitischen Erziehung war und ob Jesuiten im Zweifelsfall Anweisungen von irgendwelchen Beamten der Chicagoer Polizei befolgen würden. Brooks stünde weit oben auf der Liste.

»Er wird zu verhindern wissen, daß Ihre Männer von unten auf ihn schießen können«, behauptete Kearney.

»Ich denke, Sie sollten sich für ein paar Stunden aufs Ohr

hauen, Captain«, schlug Brooks mit gesenkter Stimme vor. »Wir spekulieren hier nicht darüber, was er tun wird und was nicht. Die Frage ist doch, ob meine Männer das Okay haben, ihn abzuknallen, für den Fall, daß sie ihn ins Visier kriegen, oder nicht.«

»Das Okay haben sie, aber sie werden ihn nicht ins Visier kriegen.«

»Was ist mit der Tür?« fragte Brooks nach.

»Hartz hat Ihnen schon gesagt, daß Sie sich darum kümmern sollen.«

»Er hat uns aufgetragen, daß wir uns um die Tür kümmern sollen. Was wir hinterher tun sollen, hat er nicht gesagt. Ich werde mich hüten, mich und meine Männer dem Zielfeuer unklarer Befehle auszusetzen. Was ist, wenn was schief geht? Was passiert, wenn diese Sache vorbei ist?«

»Kümmern Sie sich endlich um diese verfluchte Tür.«

»Wir haben . . .«

Jemand klopfte an Beldings Wohnungstür, wovon niemand Notiz zu nehmen schien.

»Machen Sie einfach keinen Lärm, und benutzen Sie unter keinen Umständen das Funkgerät«, riet Kearney und schloß die Augen.

»Kearney, was meinen Sie, mit wem Sie es zu tun haben?«

»Tut mir leid, Brooks. Es war eine lange Nacht, und der Tag verspricht kaum, besser zu werden.«

Wer immer draußen im Flur klopfte, verschaffte sich diesmal nachdrücklicher Gehör. Der Polizist am Telefon drehte sich um und rief: »Mach endlich die verdammte Tür auf, und komm rein.«

Carla Duvier kam seiner Aufforderung nach und trat ein. Wie auf Knopfdruck drehten der telefonierende Bulle, der Beamte, der Notizen machte, und Brooks die Köpfe in ihre Richtung. Sie hatte die Haare hochgesteckt, kein Make-up aufgelegt und trug eine weiße Seidenbluse zu einem gelben Rock.

Carla Duvier war es gewohnt, angestarrt zu werden. Normalerweise genoß sie es, doch heute war sie – sozusagen – geschäftlich unterwegs. Sie durchquerte das Zimmer und baute sich vor Kearney auf. Ihr Verlobter hob die Lider.

»Wir müssen uns unterhalten«, sagte sie leise.

»Du hast die Nachrichten gesehen«, konstatierte Kearney und erhob sich.

»Ist es wahr?«

Kearney drehte sich zu den beiden Polizisten und Brooks um, die nicht mal so taten, als ob sie mit etwas anderem beschäftigt wären. Mit einem Nicken deutete Kearney auf die Schlafzimmertür und ging voran. Carla folgte ihm, drehte sich noch einmal um und sagte, an den telefonierenden Bullen gewandt: »Keiner öffnet mir diese Tür. Wehe dem, der es wagt, hier reinzukommen.«

Dann warf sie die Tür zu und trat zu Kearney.

Bislang hatte Jason Beldings Schlafzimmer unter Operation Sieben noch keinen großen Schaden genommen. Ein paar Leute hatten sich kurz auf dem Bett ausgeruht und das Badezimmer benutzt, doch dieser Raum war noch zu retten. Alan Kearney war unsicher, ob man das von ihm auch behaupten konnte. Er drehte sich zu Carla um, die sich mit unter den Brüsten verschränkten Armen vor ihm aufgebaut hatte.

»Es ist wahr und auch wieder nicht«, begann er. »Ich habe Olivia gekannt, ehe sie Bernie heiratete. Ich bin mit ihr ausgegangen, habe einmal mit ihr geschlafen, aber keiner von uns beiden hatte Lust auf eine Wiederholung. Einmal. Mehr ist nicht gewesen, und das passierte, bevor ich sie Bernie vorstellte. Nach ihrer Eheschließung hielt ich mich von ihr, von den beiden fern, hab' um eine Versetzung gebeten, die bewilligt wurde. Und es dauerte nicht lang, dann wurde ich befördert.«

»Warum«, wollte Carla wissen, »tut er das dann?«

Kearney fuhr sich über die Bartstoppeln und hob abwehrend die Arme.

»Die Frage kann ich dir nicht genau beantworten«, meinte er. »Er möchte jemandem die Schuld geben, einem anderen, nur nicht sich selbst. So wie es aussieht, ist die Wahl auf mich gefallen.«

»Und das ist wirklich alles?«

»Das ist alles. Tut mir leid. Ich bin gewiß nicht glücklich über diese Situation.«

Carla machte einen Schritt auf ihn zu und legte die Hände auf sein Gesicht.

»Ich bin auch nicht glücklich, aber wir werden das schon durchstehen.«

Kearney betrachtete ihr hübsches Gesicht und registrierte die Anspannung, die ihre dünnen Lippen umspielte.

»Und dein Vater?«

»Er schaut nicht fern.«

»Er verfügt über Leute, die ihm diese Arbeit abnehmen.«

»Mit meinem Vater werde ich schon fertig.«

Damit küßte sie ihn.

»Brickass Brixton würde auf diese Weise abfahren«, sagte Carl, der mit seinem Gewehrlauf auf das Fenster zielte. Die Sonne flutete in den gerippten Tunnel, und Carl war glücklich. Chuck Norris, friß dein verfluchtes Herz. Dave hatte sein Gewehr auf den Schoß gelegt. Leise atmend schaute er sich *Divorce Court* im Fernsehen an und warf einen Blick auf die Eistütentätowierung auf seiner Brust, die sich mit jedem Atemzug bewegte.

Dave McAulife war nicht sonderlich scharf auf die ganze Aktion, hatte aber, seit er vor vier Jahren Carl über den Weg gelaufen war, keinen einzigen eigenständigen Gedanken mehr zuwege gebracht. Carl hatte ihn überredet, in die Armee einzutreten, nach Chicago zu ziehen, und zu allem möglichen anderen Mist, auf den sie sich einließen. Auf einmal machte Dave etwas, was Nachdenken gleichkam, und das ging Carl gründlich gegen den Strich.

»Was ist denn so hart? Ich meine, was ist hier denn so gottverdammt schwierig?« fragte Carl. »In Saudi hatten wir viel schlimmere, verschissenere Patrouillen durchzustehen. Erinnere dich an diese Stadt. An diese Stadt, scheiße, an diesen Bohrturm mit den Blechhütten? Wie hieß die noch gleich, Alki Khan? So irgendwie. Und was haben wir dafür gekriegt? Aufkleber für die Stoßstangen.«

»Das liegt 'ne Weile zurück, Carl.«

Carl legte sein Gewehr weg, richtete sich auf und zeigte auf den Fernsehapparat.

»Hast du ferngesehen? Hast du hingeschaut, Dave? Hattest du die Augen offen?«

»Ja, ich hab's gesehen, aber ...«

»Aber ... leck mich doch am Arsch«, schoß Carl zurück und zeigte auf sein Hinterteil für den Fall, daß David mit seiner frischerwachten Skepsis nicht mehr wußte, wo es war. »Wir gehen dort rauf, erledigen diesen Kerl und sind verfluchte Helden. Interviews. *Geraldo, Oprah, Donahue.* Frauen. Was hat dieser Typ über Joan Rivers gesagt? Der *Enquirer* wird uns, ohne mit der Wimper zu zucken, zwei Riesen für ein Interview zahlen. Vielleicht wird es sogar ein Buch geben.«

»Glaub' ich nicht«, sagte Dave und sah aus dem Fenster.

»Glaubst du nicht ...« Carl trat auf eine verknitterte Kartoffelchipstüte und schüttelte angewidert den Kopf. »Wir haben keinen Job, uns geht die Kohle aus. Die Cops versuchen, uns aus unserer Wohnung zu werfen und schimpfen uns Schweine, und du glaubst nicht. Hast du 'ne bessere Idee auf Lager?«

Die paar Ideen, die Dave heute morgen im Kopf rumgegeistert waren, hatten Kopfschmerzen ausgelöst. Es war ihm unmöglich, einen besseren Vorschlag zu machen.

»Nun ...«, gab Dave nach. »Was soll schon passieren, nicht wahr? Ich hab' meine Schuhe gefunden.«

Carl nickte grimmig, griff nach seinem Gewehr, kontrollierte den Lademechanismus und zeigte auf die Strickleiter auf einem Tisch gleich neben der Spüle, die randvoll mit dreckverkrustetem Geschirr war. Dave stand auf und näherte sich der Leiter. Ein Gedanke war im Anmarsch. Fluchend schüttelte er ihn ab und sah sich schon als Gast bei *Geraldo*. Carl saß auf der einen Seite, Hulk Hogan auf der anderen und applaudierte, als Phil David McAulife, den Rambo von Chicago, vorstellte.

Auf der Treppe hinter der Stahltür, die aufs Dach des Shoreham führte, stemmte Officer Anthony Spiza schweißgetränkt eine Brechstange unter das obere Scharnier. Officer Donnie Howell war eine Stufe weiter unten und sprühte Öl auf die Brechstange und das Scharnier. Auf der obersten Stufe stand eine batteriebetriebene Laterne, die die Tür ausleuchtete. Im Lichtschein der Laterne wirkte Tonys dunkles Gesicht hohläugig. Ginge es nach Donnie Howell, sah sein Partner wie ein Zombie aus einem dieser Lebende-Tote-Filme aus. Genau dasselbe hätte Tony Spiza über Donnies schwarzes Gesicht gesagt.

Bei dem Gestank von Schweiß, Öl und Staub auf der schmalen Treppe konnte man problemlos auf die Idee kommen, daß es durchaus sinnvoll wäre, eine Pause einzulegen und zu kotzen.

Tony verstärkte den Druck, langsam, gleichmäßig, vorsichtig. Diese ehrenhafte Aufgabe hatten er und Donnie übertragen bekommen, weil sie das stärkste Team auf der North Side waren. Beide gingen täglich zum Fitneßtraining. Beim Gewichtheben hatten sie die von der Abteilung ausgegebenen Pokale gewonnen. Donnie war, ehe er sich für die Polizistenlaufbahn entschieden hatte, Mitglied der *Golden Gloves* und Mittelgewichtsboxer gewesen. Mit einem Punktestand von 32 zu 2 hätte Dancing Donnie Howell eine Profikarriere einschlagen können, doch er war klug genug gewesen zu wissen, daß er niemals ein echter Herausforderer gewesen wäre, daß er niemals das große Geld gemacht hätte.

Die Brechstange rutschte ab, ratschte über die Metalltür. Sie spürten, wie die Anspannung des Scharfschützen auf dem nächsten Treppenabsatz wuchs.

»Verfluchte Scheiße«, murmelte Tony.

Mit angehaltenem Atem spitzten sie die Ohren. Auf dem Dach jenseits der Tür hörten sie nichts – keinen Mann, keinen Hund.

»Schweiß«, erklärte Tony.

Donnie reichte seinem Partner ein schmutziges Handtuch.

Sergeant Lieberman hatte sie um eine Einschätzung gebeten, wie lange es wohl dauerte, die Tür aufzubrechen. Mit der Antwort hatte Donnie Howell nicht lange auf sich warten lassen. »Zwölf Stunden. Mit etwas Lärm könnten wir es in ein, zwei Stunden schaffen.«

Mit zustimmendem Nicken untermauerte Tony die Aussage seines Partners. In Wahrheit konnte Donnie gar nicht abschätzen, ob die Sache in sechs Stunden oder sechs Tagen erledigt war. Aber Donnie war ambitioniert. Er hatte eine strahlende Zukunft vor sich, und Tony beschloß, ihm nicht von der Seite zu weichen. Hätte Donnie behauptet, sie würden die Tür in drei Minuten aufkriegen und Shepard eine Minute später gefesselt ausliefern, hätte Tony auch zustimmend genickt. Zwar hätte er sich gefragt, ob sein Leben im Begriff war, sich in einen riesigen Scherbenhaufen zu verwandeln, und er hätte sich auch gefragt, ob Donnie gerade eben durchdrehte, aber wie hatte sein Vater immer so schön gesagt: Wenn du dich an einen Torpedo gurtest, dann gibt es kein Entrinnen mehr.

Nachdem Donnie Lieberman eine verbindliche Auskunft gegeben hatte, hatte Abe Lieberman sie ermuntert: »Weiter so. Und kein Lärm. Meldet euch kurz vor dem Durchbruch bei mir.«

»Ich kann dieses Scharnier mit ein oder zwei Schlägen abkriegen«, flüsterte Tony. »Wir machen eh viel zuviel Lärm, also . . . was soll's?«

Donnie dachte über Tonys Frage und seine Zukunft nach.

Just in dem Moment, wo die Brechstange abrutschte, schlichen Carl und Dave in der obersten Etage des Shorehams durch die Treppenhaustür am Ende des Flurs. Hätte der Scharfschütze sich nicht voll und ganz auf den dunklen Raum zwischen den Beamten Spiza und Howell konzentriert, hätte er die beiden Männer mit den Gewehren und der Strickleiter, die sich hinter seinem Rücken zu schaffen machten, vielleicht gehört, gesehen oder ihre Anwesenheit gespürt.

Carl gab Dave ein Zeichen. Die beiden Freunde versteckten sich in einem Alkoven, damit der Scharfschütze sie nicht sehen konnte. Gleich vor ihnen lag eine Wohnungstür, genau wie sie vermutet hatten, obwohl sie noch nie hier oben gewesen waren. Die Shoreham-Grundrisse waren in allen Etagen identisch.

»Was, verdammt noch mal, treiben die da?« wisperte Dave, während das kaum hörbare Quietschen der Brechstange, die über die Metalltür schabte, sein Innenohr malträtierte.

»Keine Ahnung«, flüsterte Carl. »Halt die Klappe.«

Carl nahm den Meißel aus seiner Tasche, reichte Dave sein Gewehr und widmete sich dem Türschloß. Dabei achtete er darauf, daß er seine Tätigkeit Spizas und Howells Arbeitsrhythmus anpaßte.

Auf dem Dach des Shoreham Tower richtete der Hund den Blick auf die Tür und knurrte leise. Bernie Shepard, der zurückgelehnt auf dem Boden saß und dessen wachsamen Augen trotz Sonnenbrille nichts entging, schaltete das Radio ab, drehte die Lautstärke des Funkgeräts hoch, griff nach seiner Flinte und näherte sich der Tür.

»Wer ist dran?« sprach er ins Funkgerät.

»Lieberman.«

Die Flinte hielt er in der rechten Hand, mit der linken drückte er auf eine Taste.

»Lieberman, du hast zehn Sekunden, um denjenigen, der sich an dieser Tür zu schaffen macht, zurückzupfeifen.«

»Beide Männer auf der anderen Seite der Tür sind verheiratet«, sagte Lieberman. »Einer hat zwei Kinder. Tony Spiza. Kennst du ihn?«

Auf ein Knie gestützt, stellte Shepard das Funkgerät neben sich aufs Dach. Der Hund fixierte die Tür, auf die sein Herrchen zielte. »Das ist einer der Gründe, warum ich dich hier oben haben wollte, Abe«, meinte Shepard. »Keine Lügen, keine gequirlte Hühnerkacke. Ich kenne Spiza. Sollte die Tür aufgehen, erschieße ich ihn und alle anderen, die sich dort zu schaffen machen. Dir bleiben noch fünf Sekunden. Diese Sache wird beendet, wenn ich es sage. Weder Kearney noch Hartz oder der Bürgermeister oder der Präsident beenden das hier. Die Sache ist erst gegessen, wenn Kearney hier hochkommt.«

»Ich blase das Aufbrechen der Tür ab«, stöhnte Lieberman. »Hör mir nur zu.«

Die zehn Sekunden waren verstrichen. Shepard brauchte nicht auf seine Uhr zu sehen. Er hatte gelernt, mit seinem Puls, mit seinem Herzschlag die Zeit zu messen.

»Spiza, Howell«, sagte Lieberman. »Hören Sie auf. Packen Sie ein und begeben Sie sich in die Kommandozentrale. Erbitte Antwort.«

»Wir haben verstanden«, ertönte Howels Stimme. »Wir sind gleich . . .«

»Die Operation ist abgeblasen«, sagte Lieberman.

»Die Operation ist abgeblasen«, wiederholte Donnie Howell und schaltete aus.

»Hast du gehört, Bernie?«

»Ja, hab' ich, Abe.«

»Ich verspreche dir nicht, daß wir es nicht wieder versuchen werden«, sagte Lieberman.

»Ich habe dich nicht gebeten, mir was zu versprechen«, stellte Shepard klar und richtete sich auf. Neue, andere Geräusche drangen von der Tür zu ihm herüber. Und dann dröhnte Captain Alton Brooks' Stimme aus dem Funkgerät.

»Lieberman, zum Teufel, was geht dort oben vor? Niemand, ich wiederhole, niemand hat die Befugnis, einen Anschlag auszuführen, und Sie brechen die gottverdammte Funkstille. Sorgen Sie dafür, daß diese Männer wieder auf ihre Posten zurückkehren.«

Shepard fixierte die Tür und musterte kurz den Hund, der sich zum Dachrand umgedreht hatte. Er nahm das Funkgerät hoch und sagte: »Netter Versuch, Abe.«

»Bernie, du hast es mit freiem Unternehmertum zu tun«, sagte Lieberman. »Mach die Lage nicht noch schlimmer.«

»Noch schlimmer gibt es nicht.« Mit diesen Worten schaltete Shepard das Funkgerät wieder aus und begab sich mit entsicherter Waffe zum Dachrand. Der Hund trottete hinter ihm her.

Im Korridor im obersten Stockwerk des Shoreham warfen sich Spiza und Howell gegen die Tür, nicht gegen die Dachtür, sondern gegen die Tür, durch die Carl und David erst vor wenigen Minuten verschwunden waren. Der Scharfschütze hatte sie doch gehört. Sie kriegten gerade noch mit, wie der Scharfschütze die beiden Polizisten auf der Treppe benachrichtigte, bevor sie die Tür verrammelten.

Tony und Donnie warfen sich mit voller Wucht gegen die Tür. Zu diesem Zeitpunkt war Carl schon zum Fenster rausgeklettert. Dave hatte ein Sofa vor die Tür geschoben, doch die Tür taugte nur dazu, den Mieter in Sicherheit zu wägen, einen zielstrebigen Einbrecher konnte sie nicht aufhalten. Die Tür erzitterte.

»Setz deinen Arsch in Bewegung, Carl«, rief Dave. Carl folgte seiner Aufforderung.

Von der Straße aus blickte Alton Brooks zum Shoreham-Dach hoch und sah, wie ein Mann mit einem Gewehr auf dem Rücken aus einem Apartmentfenster im obersten Stockwerk stieg. Zuvor hatte der Mann eine dünne Strickleiter auf einen schmalen Betonvorsprung dicht unter dem Dachrand geworfen, was ihm gleich beim ersten Mal gelungen war. Er schien so kompetent wie Brooks' Männer, eigentlich sogar noch besser, war aber keiner von ihnen. Der Mann kletterte jetzt die Strickleiter hoch. Kurz darauf tauchte ein zweiter, schmächtigerer Mann mit nacktem Oberkörper, ebenfalls mit einem Gewehr auf dem Rücken, in dem Apartmentfenster auf.

»Herrje, wer . . .« murmelte Brooks, bis er merkte, daß sein Funkgerät auf Sendebetrieb gestellt war.

Beim fünften Versuch merkten Spiza und Howell, wie das Schloß endlich nachgab. Beide Männer zogen ihre Waffen. Spiza trat die Tür ein, das Sofa schlitterte über den Holzboden.

Das Zimmer war leer, das Fenster stand offen. Im Gleichschritt näherten sich die beiden Polizisten der Fensteröffnung.

Alton Brooks wurde von kaltem Zorn und Furcht übermannt. Er haßte die beiden Idioten, die zum Dach hochkletterten, und fürchtete, daß – falls die beiden versagten – Bernie Shepard ausrastete und sein Team hinterher schlecht dastand.

Die beiden Männer erreichten den Vorsprung unter dem Dach und duckten sich. Zur gleichen Zeit tauchte ein schwarzer Polizist mit einem Funkgerät am Fenster auf.

»Zwei Zivilisten, bewaffnet«, gab Howell durch. »Ist gut möglich, daß sie hochgehen und sich Sergeant Shepard anschließen.«

»Die gehen dort rauf, um ihre Vorfahren zu besuchen«, prophezeite Lieberman und stieß einen Seufzer aus. »Pfeifen Sie die zurück. Und machen Sie sich keine Sorgen wegen des Lärms. Shepard hört uns zu.«

Auf dem Vorsprung, dicht unter der niedrigen Dachbrüstung, flüsterte Carl Dave zu: »In die Startlöcher.«

Dave war überhaupt nicht begeistert.

»Ihr beide«, drang eine Stimme zu ihnen hoch. »Kommt runter und zwar schnell.«

Carl warf sich über die Dachbrüstung, landete im Kies und kam mit der Waffe in der Hand hoch, wie man es ihm beigebracht hatte. Dave folgte seinem Beispiel und landete ein Stück weiter rechts. Mit nacktem Brustkorb schabte er über die Kieselsteine.

Nichts zu sehen. Nichts – nur ein Wasserspeicher und darunter eine niedrige Wand aus grauen Betonsteinen.

Carl gab Dave ein Zeichen, daß es nun losging, und stützte sich auf ein Knie. Bevor das andere den Boden berührte, machte der Hund einen Satz über die Betonwand, fiel über Carl her und bohrte seine Zähne in dessen Schulter.

»Mistkerl«, kreischte Carl, ließ das Gewehr fallen und versuchte, die Ohren und Augen des Hundes zu fassen zu kriegen. Gerade als Dave seine Waffe auf das Tier und Carl richtete, hörte oder spürte er, wie sich hinter der Betonwand eine Gestalt aufrichtete. Er versuchte noch, die Waffe hochzureißen, doch Bernie Shepard kam ihm zuvor. Schrotkugeln drangen in Daves Gesicht und Brust und verwandelten seine Eistütentätowierung in ein blutiges Etwas.

Während die Schrotladung durch die Luft spritzte, ließ der Hund von Carls Schulter ab. Carl ließ sich aufs Dach fallen und schaute zu Dave hinüber, der seinem Freund mit schmerzverzerrter Miene einen fragenden Blick zuwarf und dann nach vorn kippte.

Carl wimmerte leise. Unter Schmerzen langte er nach dem Gewehr, das er fallengelassen hatte. Die Sonne schien ihm ins Gesicht, als er seine Waffe auf die Gestalt hinter dem Betonbunker richtete. Bernie Shepard feuerte. Carl, der zum zweiten Mal einen höllischen Schmerz in der Schulter spürte, stolperte mit lautem Geschrei nach hinten und fiel über den Dachrand.

Der Hund behielt Shepard im Auge, der mit der Waffe in der Hand hinter seinem Schutzwall hervorkam und sich dem Mann näherte, den er gerade eben erschossen hatte. Er zielte mit der Waffe auf den Leichnam und drehte ihn mit der Fußspitze um. Der leblose Blick aus den offenen Augen überzeugte ihn, daß der Mann tot war. Shepard trat an den Dachrand, über den Carl gefallen war, legte die Waffe auf die Backsteinbrüstung, beugte sich vor und begann zu schießen.

Vom Türeingang des Shoreham aus betrachtete Alton Brooks den verdrehten, blutüberströmten Leichnam von Carl Binyon und sah, wie Bernie Shepard auf die blinkenden Lichtbalken von zwei Streifenwagen schoß.

Von seinem Standpunkt aus konnte er auch Abel Fernandez, seinen besten Gewehrschützen, erkennen, der auf dem Dach eines fünfstöckigen Gebäudes auf der anderen Straßenseite postiert war und hinter einem gemauerten Kamin Schutz suchte. Er warf Captain Brooks einen Blick zu und schüttelte langsam den Kopf, um anzudeuten, daß er Shepard nicht ins Visier kriegte.

Mit einem Nicken ließ Brooks ihn wissen, daß er verstanden hatte. Etwas krachte mit voller Wucht auf die Straße, und Brooks wußte, daß es sich um den Leichnam des zweiten Mannes handelte. Damit hatte er gerechnet. Womit er nicht gerechnet hatte, war das Flattern, das er nun hörte. Brooks verließ den schützenden Türeingang, um nach oben zu schauen. Die Strickleiter segelte nach unten, als wäre sie lebendig, als verfügte sie über einen eigenen Willen. Ein heißer Wind änderte ihre Fallrichtung. Mit einem metallischen Donnern landete sie auf dem Dach eines alten Buicks, der gleich gegenüber parkte, und fiel polternd auf die Straße.

Und dann stellte sich Ruhe ein.

Von Jason Beldings Wohnzimmerfenster aus beobachteten Abe Lieberman, Bill Hanrahan und Alan Kearney das blutige Spektakel. Wie die beiden Leichen vom Dach stürzten. Wie die Lichtbalken der Streifenwagen ausgingen. Wie die Leiter nach unten segelte. Wie zwei Männer des Sondereinsatzkommandos hinter einem Fahrzeug in Deckung gingen. Lieberman trank einen Schluck Kaffee und sprach, ohne Kearney anzusehen.

Bevor Shepard sie per Funkgerät davor gewarnt hatte, die Tür aufzubrechen, hatte Abe mit Nestor Briggs telefoniert, der ihm eine lange Liste Anrufe durchgab, die von »Rückruf nicht nötig« bis »dringend« rangierten. Die dringenden Anrufe stammten von seiner Tochter, seinem Schwiegersohn und Jeanine Kraylaw.

»Was hat sie gesagt?« wollte Abe über den Kraylaw-Anruf erfahren.

»Er hat es wieder getan«, meldete Briggs. »Diesmal ging es darum, unter welchen Umständen seine Schwester vor fünf Jahren verschwunden ist.«

»Keine direkte Todesdrohung?« fragte Lieberman.

»Danach hat es sich meiner Meinung nach nicht angehört«, sagte Nestor, »aber . . .«

»Ich weiß«, meinte Lieberman, »ich werde dort vorbeischauen, sobald ich hier weg kann. Todd, mein Schwiegersohn . . .«

Im selben Augenblick hatte Shepards Stimme aus dem Funkgerät getönt.

Drei Minuten und zwei Leichen später musterte Lieberman Alan Kearney.

»Denken Sie im Ernst daran, heute nacht auf dieses Dach hochzusteigen, Captain?« wollte Lieberman erfahren.

»Ja, eigentlich schon«, sagte Kearney. »Was würden Sie tun?«

»Die Gegend räumen und Shepard sagen, daß er die Gegend in die Luft jagen soll«, mischte Hanrahan sich ein. »Das nennt man städtische Erneuerung.«

Kearney war nicht in der Lage, den Blick von Daves Leichnam, der mitten auf der Straße lag, abzuwenden.

»Der Gedanke, daß Bernie Shepard dort oben mit einer Kugel im Kopf abtritt, behagt mir nicht«, gestand Kearney. »Was immer er getan haben mag, er hat ein Ende verdient. Ein besseres Ende.«

»Soll das heißen«, fragte Lieberman, »daß er Sie verdient hat?«

»Das soll heißen, daß ich nicht weiß, was er verdient hat«, sagte Kearney und zwang sich, nicht mehr aus dem Fenster zu sehen.

»Sie haben da was falsch verstanden, Captain«, meinte Hanrahan. »Er will, daß Sie aufs Dach kommen, damit er Ihnen eine Kugel ins Hirn jagen kann.«

Es klopfte leise.

»Ich gehe schon«, sagte Lieberman und ging zur Tür. Kearney und Hanrahan starrten wieder aus dem Fenster.

Draußen auf dem Flur stand ein Polizist in Uniform, an dessen Namen Lieberman sich nicht erinnern konnte.

»Sergeant«, sagte der Polizist, »das ist nicht der richtige Zeitpunkt.«

»Dem kann ich nur zustimmen«, meinte Lieberman.

»Ich wollte eigentlich nur sagen«, fuhr der Polizist mit gedämpfter Stimme fort und fixierte Kearney, »ich war gerade auf dem Weg, als ...«

»Worum geht es hier?« fragte Lieberman und stellte sich zu dem jungen Bullen in den Flur.

»Es geht um Olivia Shepard«, sagte der junge Mann, während Lieberman die Tür zuzog.

Der Korridor war nicht beleuchtet. Der Teppich war weich und schluckte alle Geräusche.

»Ich ...«, begann er. »Sie und ich ...«

»Warten Sie«, befahl Lieberman. »Wie heißen Sie?«

»Voyce. Raymond Voyce.«

»Wie alt sind Sie?«

»Sechsundzwanzig.«

»Meine Tochter ist zehn Jahre älter als Sie«, sagte Lieberman. »Sie bittet mich um Rat. Und den gebe ich ihr. Leider hört sie nicht auf mich. Jetzt werde ich Ihnen einen Rat geben, Raymond Voyce.«

»Aber ich habe ...«

»Sind Sie Katholik?«

»Ja.«

»Dann suchen Sie einen Priester auf.«

»Das habe ich getan.«

»Ich möchte Sie was fragen. Wem soll Ihr Geständnis helfen? Ich meine, Ihr Geständnis hier, an diesem Ort?«

»Ich weiß nicht ...«, begann Voyce verwirrt.

Lieberman legte dem jungen Mann die Hand auf die Schulter und drehte ihn sanft zur Treppe.

»Denken Sie mal darüber nach, Raymond Voyce.«

Im Apartment kam Hanrahan auf ihn zu und flüsterte: »Rabbi, um keinen Preis würde ich dort hoch gehen.«

Liebermans Blick fiel auf Kearneys Rücken. Er wußte, daß Captain Alan Kearney da ganz anderer Ansicht war.

7

Im Büro des Bürgermeisters von Chicago aßen Aaron Jameson und sein Assistent Ty Wheeler ein Sandwich am Schreibtisch des Bürgermeisters.

»Trocken«, monierte Seine Eminenz. »Zu trocken. Vielleicht sollten wir ein Glas Senf im Büro deponieren.«

»Sie essen nicht oft genug hier, als daß es sich lohnen würde«, behauptete Wheeler.

»Und es ist durchaus möglich, daß ich in zwei Monaten überhaupt nicht mehr hier essen werde, falls wir die Angelegenheit mit unserem Moralisten vom Dach nicht geregelt kriegen.«

Der Bürgermeister nahm einen Schluck Bier aus einer bernsteinfarbenen Flasche, während Wheeler sein Sandwich weglegte und seinen Aktenkoffer holte. Das Telefon läutete.

»Keine Anrufe, Harriet«, sagte er, »ich habe Ihnen aufgetragen, keine unwichtigen . . .«

Der Bürgermeister lauschte stumm den Worten seiner Sekretärin. Wheeler richtete sich auf und händigte ihm ein maschinenbeschriebenes Blatt Papier aus.

»Ja«, sprach der Bürgermeister ins Telefon. »Ich verstehe. Richten Sie Chief Hartz aus, ich werde mich so bald wie möglich melden. Nein, ich möchte weder mit *Channel 4, 7, 9* oder irgendeiner Zeitung, Radiostation, dem Papst, Jesse Jackson oder dem Präsidenten sprechen.«

Nachdem er eingehängt hatte, sagte er mit einem Blick auf Wheeler: »Wir kommen nicht umhin, eine Pressekonferenz einzuberufen. Unser guter Sergeant Shepard, unser Dachstuhlvigilant, hat gerade zwei Bürger erschossen, die ihm wahrscheinlich zu Leibe rücken wollten, um die Belohnung zu kassieren . . . Das Problem ist nur, daß, Herr im Himmel, keine

Belohnung ausgesetzt war. Wie hieß noch gleich dieser alte Western mit Gregory Peck, wo die jungen Typen ihn immer wieder herausforderten, weil er dermaßen berühmt ist?«

»*Der Scharfschütze*«, antwortete Wheeler. »Sollte Chief Hartz' Plan nicht funktionieren, hielte ich es für sinnvoll, daß sie Captain Kearney mit ganz schlichten Worten Ihr Vertrauen aussprechen und versichern, daß Sie dem guten Captain unter gar keinen Umständen erlauben, auf dieses Dach zu steigen.«

Aaron Jameson überflog das sauber getippte Blatt Papier. Er fand einen freien Platz auf seinem Schreibtisch, griff nach dem Füllfederhalter, den seine Tochter Sonia ihm zum letzten Geburtstag geschenkt hatte, setzte seine Unterschrift auf das Blatt und gab es Wheeler zurück.

»Nur zu«, forderte der Bürgermeister ihn auf. »Wenn ich Sie richtig verstehe, üben wir ein bißchen mehr Druck auf Hartz aus und sorgen somit dafür, daß Captain Kearney heldenhaft und ohne zu murren mein Vertrauen zurückweist und sein Vollmond-Rendezvous über den Dächern der Stadt einhält.«

»Heute nacht werden wir keinen richtigen Vollmond mehr haben«, korrigierte Ty Wheeler ihn. »Er ist schon dabei, wieder abzunehmen.«

»Dann bleibt uns ja noch etwas Hoffnung«, meinte der Bürgermeister, musterte wieder sein Sandwich und wünschte, er hätte Senf zur Hand. »Der Mann denkt nicht an alles.«

»Hartz ist nicht das Problem«, meinte Wheeler, legte das unterschriebene Dokument in seinen Aktenkoffer und schloß ihn. »Womöglich ist er nicht in der Lage, Kearney zu beeinflussen.«

Aaron Jameson war der Appetit vergangen.

»Ty«, sagte er. »Wollen Sie mir etwa nahelegen, mit Captain Kearney zu sprechen?«

»Nein«, sagte Wheeler. »Ich möchte Ihnen nur raten, Ihre nicht zu unterschätzende Überzeugungskraft einzusetzen und

Chief Hartz zu veranlassen, rhetorische Fähigkeiten an den Tag zu legen, von denen er bislang nicht mal wußte, daß er sie besitzt.«

Kopfschüttelnd veränderte Jameson die Position seines Ledersessels und warf einen Blick aus dem Fenster.

»Verraten Sie mir«, bat er, »sind wir tatsächlich besser als Wojeckski? Sind wir wirklich einen Deut besser als die verfluchten Republikaner?«

Wheeler ließ so lange mit einer Antwort auf sich warten, daß der Bürgermeister einen Blick über seine Schulter warf, um sich zu vergewissern, daß sein Assistent überhaupt zugehört hatte.

»Wäre ich nicht dieser Meinung«, sagte Wheeler schließlich, »würde ich nicht all die Drecksarbeit auf mich nehmen, damit Sie im Amt bleiben. Für den Fall, daß Sie im Amt bleiben möchten, müssen Sie einen Preis zahlen.«

Damit stand Wheeler auf, schnappte sich seinen Aktenkoffer und ging auf die Tür zu.

»Nein«, sagte der Bürgermeister, ohne den Blick vom Fenster zu nehmen, »Captain Kearney wird ihn bezahlen. Ich frage mich gerade, ob er überhaupt für mich gestimmt hat?«

»Soll ich das für Sie herausfinden?« fragte Wheeler emotionslos.

»Nein«, antwortete der Bürgermeister. »Veranlassen Sie nur, daß Harriet dieses Statement an die Presse weiterleitet. Und für morgen früh eine Pressekonferenz ansetzt. Und zwar sehr früh. Die Mistkerle sollen leiden.«

»Sechs Uhr?«

»Perfekt«, fand der Bürgermeister. »Sollten wir diese Sache überleben, schulde ich Ihnen ein Essen im *Escargot*.«

»Sollten wir diese Sache überleben«, sagte Wheeler mit einer Hand auf dem Türgriff, »werde ich ein Glas Senf in Geschenkpapier einwickeln und dafür sorgen, daß es morgen mittag um zwölf auf Ihrem Schreibtisch steht.«

»Ich werde Chief Hartz anrufen und ihn bitten, in einer Stunde hier zu erscheinen.«

»Dann haben Sie also nicht allzu großes Vertrauen in seinen Plan?« wollte der Bürgermeister wissen.

»Sie etwa?«

»Ich bin hier der Politiker, Tyrone. Warum antworten Sie mir mit einer Frage?«

»Das ist keine Frage von Vertrauen, Euer Ehren«, sagte Wheeler und machte die Tür auf. »Mein Job ist es, mich um unvorhergesehene Ereignisse zu kümmern.«

Vor vier Monaten hatte Frankie Kraylaw im Wohnzimmer seiner Zweizimmerwohnung unweit der Clark Street einen Arm um seinen Sohn Charlie und den anderen um seine Frau Jeanine gelegt. Sie sahen aus, als wollten sie jeden Augenblick ein fröhliches altes Lied wie »Side by Side« anstimmen. Frankie grinste breit und wirkte wie ein Blender, doch Lieberman überkam das ungute Gefühl, daß es dem jungen Mann ernst und er vielleicht mehr als nur ein bißchen irre war. Frau und Sohn wimmerten vor Schmerzen, und Lieberman sagte: »Ich habe den Eindruck, Sie tun Ihrer Familie weh, Frankie.«

Immer noch grinsend, betrachtete Kraylaw zuerst seinen Sohn und dann seine Frau. Frau und Sohn erwiderten sein Lächeln, doch Freude lag nicht darin. Die Frau war jung, hatte dunkelblonde Haare und trug ein weites Kleid. Ihre Augen waren rot und geschwollen vom vielen Weinen. Der Junge war seinem Vater wie aus dem Gesicht geschnitten. Glatte rote Haare, grüne Augen, blasser Teint. Auf seiner Stirn prangte ein großes Heftpflaster mit einem Motiv aus der *Sesamstraße*.

»Nein«, sagte er. Mit einer Kopfbewegung schüttelte er die glatten roten Haare, die ihm über die Augen fielen, aus dem Gesicht, um richtig sehen zu können.

»Lassen Sie sie los«, sagte Lieberman und trat näher. »Sofort.«

Kraylaw stieß einen kurzen, scharfen Seufzer aus und kam Liebermans Aufforderung nach. Jeanine Kraylaw führte ihren Sohn zum Sofa neben dem Fenster, ohne den Polizisten, der wie ein müder Hund aussah, aus den Augen zu lassen. Sie hegte die Hoffnung, daß Frankie diesen Mann nicht zum Narren halten konnte.

»Die Nachbarn behaupteten, daß Sie eine Menge Krach gemacht haben«, sagte Lieberman. »Hörte sich ganz danach an, als würden Sie Ihre Frau und Ihren Sohn verprügeln.«

»So was würde ich nie tun«, behauptete Frankie schockiert.

»Hat er Sie geschlagen?« wandte Lieberman sich an Jeanine und den Jungen.

»Habe ich dich je geschlagen, meine Liebe?« fragte Frankie todernst. »Liebe ich euch etwa nicht?«

»Frankie, setzen Sie sich«, befahl Lieberman.

»Nein, das hat er nie getan«, sagte Jeanine. Ihr Blick folgte Frankie, der sich auf einen Holzstuhl in der Ecke setzte.

»Nie«, stimmte Charlie zu, ohne seinen Vater aus den Augen zu lassen.

»Es muß sich um ein Mißverständnis handeln, Officer«, meinte Kraylaw. »Wir haben etwas Krach gemacht, möglicherweise den Fernseher zu laut gestellt. Gelacht. He, ist Charlie nicht gestern abend umgefallen und hat sich den Kopf am Tisch aufgeschlagen? Eine Menge Lärm, ein böser Wortwechsel. Ist es nicht so?«

Jeanine nickte. Lieberman wandte sich an Kraylaw, der lächelte und eifrig darauf bedacht zu sein schien, dieses schreckliche Mißverständnis aus der Welt zu schaffen.

»Haben Sie Arbeit?«

»Bei der *White Hen Pantry* auf dem Broadway«, sagte er. »Aber ich habe Ambitionen. Spare Geld. Um voranzukommen. Um mir einen von diesen Eiscreme-, Würstchen- oder Keksständen zuzulegen. Am richtigen Standort kann man damit eine Menge Geld machen. Und man ist sein eigener Chef.«

»Der amerikanische Traum«, sagte Lieberman. »Wie wäre es, wenn wir beide nach nebenan gingen und uns unterhielten?«

»Ich habe keine Geheimnisse vor meinen Lieben«, behauptete Frankie Kraylaw und zeigte auf seine Frau, seinen Sohn.

In diesem Moment dämmerte es Lieberman, daß er es mit einem äußerst gefährlichen und extrem durchgedrehten jungen Mann zu tun hatte.

»Männergespräch«, sagte Lieberman und gab Frankie mit einer Handbewegung zu verstehen, daß er ihm folgen sollte.

»Sie werden mich doch nicht nach nebenan schleppen, um mich dort zu verprügeln?« fragte er, ohne sich von der Stelle zu rühren.

»Ich möchte mich nur unterhalten«, versicherte Lieberman ihm.

»Schwören Sie das bei Gott?«

»Ich schwöre es bei Gott, ja.«

»Dann«, meinte Kraylaw und stand vergnügt auf, »ja dann, warum nicht?«

Das Schlafzimmer war klein, ein Doppelbett an einer Wand, eine abgenutzte Kommode an der anderen. Das Bett war gemacht. Eine dünne, aber hübsche Steppdecke war darüber ausgebreitet. An der Wand hing ein großes Bild von Jesus mit einem Heiligenschein.

»Wo schläft der Junge?« fragte Lieberman.

»Bei den Engeln«, sagte Frankie und schloß die Tür hinter ihnen.

»Bei den Engeln?«

»Damit meine ich«, sagte Frankie, der nervös im Zimmer umherging, »daß er im Wohnzimmer auf dem Klappsofa schläft. Und damit will ich auch sagen, daß er ein gesegnetes Kind ist, wie ich es früher war.« Mit der linken Hand auf der Brust betrachtete er das Jesusbild. »Sie sind Jude?« wollte er wissen.

»Ich bin Jude«, bestätigte Lieberman.

»Das wußte ich«, sagte Frankie voller Zufriedenheit.

»Sie verfügen ja wirklich über Beobachtungsgabe. Hören Sie, Frankie«, sagte Lieberman mit einem traurigen Lächeln. »Laufen Sie nicht dauernd auf und ab, und hören Sie mir zu.«

Frankie befolgte Liebermans Anweisung und musterte den Polizisten. »Ich bin ganz Ohr. Aber glauben Sie mir, das hier ist ein Mißverständnis gewesen.«

»Das ist ja das Problem«, meinte Lieberman. »Ich glaube Ihnen nicht. Ich möchte, daß Sie vor diese Wand treten und sich Jesus ansehen, sich von ihm inspirieren lassen, während ich mit Ihrer Frau und Ihrem Sohn spreche. Ich möchte nicht, daß Sie rauskommen. Falls Sie das trotzdem tun, werde ich das als Widerstand gegen die Staatsgewalt auslegen und Sie mit Handschellen an die Heizung fesseln. Haben Sie kapiert?«

»Ja, Sir«, sagte ein glücklicher Frankie. »Aber Sie sind kein großer Mann.«

»Ich bin ein kleiner Mann mit einer großen Waffe, der ein paar Überraschungen auf Lager hat. Treten Sie dort hinüber.«

»Wissen Sie«, sagte Frankie, »die Menschen mögen mich.«

»Ich mag Sie nicht, Frankie«, gestand Lieberman. »Und ich bin auch ein Mensch.«

Im Wohnzimmer saßen Jeanine und Charlie immer noch auf dem Sofa. Als Lieberman die Tür öffnete, zuckten die beiden vor Schreck zusammen.

»Hat er Sie geschlagen?« wollte Lieberman wissen. Im Grunde genommen war es gar keine Frage.

Jeanine sah zuerst ihren Sohn an, dann zur geschlossenen Schlafzimmertür hinüber und nickte.

»Erzählen Sie mir davon«, forderte Lieberman sie auf.

»Das kann ich nicht«, sagte sie, strich ihrem Sohn übers Haar und fixierte die Schlafzimmertür. »Er hört zu.«

Behend ging Lieberman zur Tür hinüber und öffnete sie. Dicht hinter der Tür lauerte Kraylaw.

»Frankie, gehen Sie jetzt auf die Toilette. Das ist Ihre letzte Chance. Und kommen Sie ja nicht wieder raus.«

»Sie sind zwar die Polizei und so«, meinte er, »aber dazu sind Sie wirklich nicht berechtigt.«

»Toilette«, wiederholte Lieberman.

»Ich füge mich dem Gesetz«, sagte er und verschwand im Badezimmer.

Lieberman zog die Schlafzimmertür zu und stellte sich vor die Frau, die allem Anschein nach zu einer Entscheidung gelangt war. »Er hat uns beide geschlagen«, gab sie zu. »Und er droht, mich und Charlie umzubringen. Uns aufzuschlitzen. Sagt, wir würden heimgehen.«

Lieberman musterte den Jungen, der den Blick jetzt auf den Boden heftete.

»Ich werde mit ihm reden«, sagte Lieberman. »Sie packen Ihre Sachen und denken ernsthaft darüber nach, heimzugehen.«

»Anfangs war er nicht so«, meinte sie. »Es liegt daran, daß er hier ist. An der Stadt. Er dachte, er wird damit fertig, wissen Sie? Doch jetzt macht sie ihn fertig. Er ist mein Mann. Er ist Charlies Vater. Er arbeitet hart. Ich möchte ihn nicht verlassen. Ich möchte nur nicht, daß er uns wehtut.«

»Mrs. Kraylaw«, argumentierte Lieberman. »Ich halte es für möglich, daß Ihr Gatte geisteskrank ist.«

Jeanine Kraylaw hob den Blick und lächelte.

»Unser gütiger Herr wird ihm helfen, wird uns helfen. Das glaube ich. Das glaube ich wirklich.«

»Würde es Ihnen etwas ausmachen«, fragte Lieberman, »wenn ich dem Herrn ein bißchen behilflich wäre?«

Wie sich herausstellte, bestand das bißchen Hilfe aus einer Verfügung gegen Frankie Kraylaw von Richter Roster Berrick, der außerdem einen zweitägigen psychologischen Test anordnete. Frankie wurde als grenzwertig psychotisch eingestuft und wieder entlassen.

»Lieberman«, hatte Anita Sachs, die junge Psychologin, gesagt, die mit dem Test betraut worden war, »die Stadt ist voll von Psychoten. Vielleicht kommt irgendwann der Zeitpunkt, wo die psychisch Gesunden zahlenmäßig unterliegen und die Irrenanstalten übernehmen müssen. Wenn es soweit ist, werde ich wahrscheinlich draußen stehen und reingucken.«

»Reicht es nicht, um ihn in Verwahrung zu nehmen?«

»Reichen würde es lange«, sagte sie und strich sich einen Büschel dunkler Haare aus dem Gesicht. »Aber darum geht es nicht. Die einzige Frage, die das Gericht von mir beantwortet haben möchte, lautet: Wie gefährlich ist er dort draußen? Höchstwahrscheinlich wird er weder jemanden umbringen, noch eine größere Straftat begehen. Und das antworte ich, falls die fragliche Person nicht gerade die gesamte vierte Klasse in der Roswell-B.-Mason-Grundschule ausgelöscht hat.«

Das war's. Kraylaw kehrte in den Schoß seiner Familie zurück, und Lieberman ging mit fast hundertprozentiger Sicherheit davon aus, daß Jeanine und Charlie Kraylaw das nächste Jahr nicht überleben würden.

Jetzt – vier Monate später – stand Abe Lieberman in Jason Beldings Apartment, trank seine fünfte Tasse Kaffee und fragte sich, wie wohl Anita Sachs' Profil von Bernie Shepard aussehen würde.

»Wo steckt er?« fragte der Polizeichef, als er durch die Eingangstür kam.

Lieberman sah sofort, daß Hartz sich für diesen Auftritt vorbereitet hatte. Seine frisch gereinigte Uniform war makellos gebügelt. Die Mütze saß unerschütterlich auf seinem Kopf. Die Hände waren an den Seiten, und er hatte seine Stimme um mehrere Dezibel gesenkt. Ihm folgten zwei uniformierte Beamte, deren militärisches Gehabe nichts zu wünschen übrig ließ.

»Das Büro des Bürgermeisters hat sich gerade eben telefonisch nach Ihnen erkundigt, Chief«, berichtete Lieberman. »Euer Ehren erwartet Sie im Rathaus.«

Hartz nickte und unterdrückte das Verlangen, sich den verräterischen Schweiß von der Stirn zu wischen.

»Danke . . .«

»Lieberman, Sergeant Abraham Lieberman. Er ist dort drüben.«

Abe Lieberman deutete auf einen Stuhl vor dem Fenster. Der Stuhl stand im Dunkeln. Als Emiliano »El Perro« Del Sol den Oberkörper ins orangefarbene Licht der tiefstehenden Sonne neigte, mußte Chief Hartz sich insgeheim eingestehen, daß der kleine Mistkerl ihn, was den Auftritt anbelangte, ausgebootet hatte.

Es bestand keine Notwendigkeit, Emiliano Del Sol einer Testreihe zu unterziehen. Seine Gewaltbereitschaft hatte sich in die Gesichtszüge eingegraben. Trotzdem bezweifelte Lieberman, daß Del Sol wahnsinnig war. Sollte es soweit kommen, daß die Gesunden Unterschlupf in den Irrenanstalten suchten, würde El Perro vermutlich draußen rumturnen und so tun, als wäre er verrückt.

El Perros Narbe leuchtete rot in der untergehenden Sonne und verlieh seinem Grinsen einen Hauch von Wahnsinn. Er hatte eine schwarze Fischermütze auf, wie die Griechen sie trugen, und sie schräg in die Stirn gezogen.

»Wissen Sie, wer ich bin?« fragte der Chief.

Unbeeindruckt nickte El Perro, nahm die Mütze ab und strich sich die Haare glatt.

»Wissen Sie, wozu ich in der Lage bin?« fuhr Hartz fort.

Mit einem Achselzucken antwortete El Perro: »Ich weiß, wozu Sie mit dieser Wampe nicht in der Lage sind. Kniebeugen können Sie keine mehr machen.«

»Ich kann dafür sorgen, daß dieser Abschaum, die beiden Gauner, die wir kassiert haben . . .« preßte Hartz leise zwischen den Zähnen hervor.

»Fernandez und Piedras«, sagte El Perro.

»Ihre beiden Handlanger, dieser Abschaum«, fuhr Hartz

fort, »werden so lange einfahren, daß Sie bei ihrer Entlassung Großvater sind. Falls Sie überhaupt so lange leben. Und Sie ...«

Hartz griff nach hinten, woraufhin einer der Beamte ihm – wie zuvor abgesprochen – eine Akte in die Hand drückte und zwar mit der Präzision einer Operationsschwester, die dem Chirurgen ihres Vertrauens das richtige Skalpell aushändigt.

»Wir haben ein paar offene Delikte entdeckt«, verkündete Hartz. »Ich denke, wir verfügen über genug Anhaltspunkte, um sie Ihnen in die Schuhe zu schieben. Die Frage ist nur, inwieweit der Richter mitspielt. Meiner Einschätzung nach dürften da problemlos fünf Jahre zusammenkommen.«

Wortlos musterte El Perro Lieberman, während Hartz die Seiten durchblätterte.

»Ich habe mich gerade eben mit den Beamten unterhalten, die die Verhaftung vorgenommen haben«, sagte Hartz. »Piedras und Fernandez müssen damit rechnen ...«

El Perro lachte und erhob sich.

»*Este hombre es un chiste*«, sagte er zu Lieberman.

»Was hat er gesagt?« wollte Hartz wissen.

»Er sagte, Sie sind ein Witz«, übersetzte Lieberman.

El Perro drehte sich Hartz zu und kam dann langsam auf ihn zu. Einer der beiden Uniformierten, die den Chief begleitet hatten, baute sich zwischen den beiden Männern auf. Hartz schob ihn beiseite, ohne auch nur einen Millimeter von seinem Platz zu weichen.

»Meine Männer werden ungeschoren davonkommen«, flüsterte El Perro. »Ich komme ungeschoren davon. Und ich erhalte zweitausend Dollar, in bar.«

»Kein Geld«, sagte Hartz laut. »Was, verdammt noch mal, erwarte ich Ihrer Meinung nach von Ihnen?«

»Sie erwarten, daß ich auf dieses verfluchte Dach steige und einen Ihrer Männer abknalle.«

»Jetzt machen Sie aber mal halblang«, empörte sich Hartz. »Ich möchte nicht, daß jemand getötet wird. Sie haben den

Ruf, Chicagos gerissenster Einbrecher zu sein. Bei einem Gebäude wie dem Shoreham, herrje, da bricht Ihnen ja noch nicht mal der Schweiß aus.«

»Ja«, stimmte El Perro zu. »Ich steige einfach dort hoch und überrede Shepard, runterzukommen.«

»Ähm . . .«

»Aber es stört Sie doch nicht, wenn ich ein, vielleicht zwei Messer mitnehme?«

»Falls das Ihrem Wohlbefinden zuträglich ist«, sagte Hartz und machte einen ganz und gar unwohlen Eindruck. »Diese Unterhaltung hier ist informeller Natur. Inoffiziell. Sie kriegen nichts schriftlich. Sie heimsen kein Lob ein. Wir wollen nur, daß Sie sich dort oben einen Überblick verschaffen, wieder runterkommen und uns verraten, ob es auf dem Dach Sprengstoff gibt und falls ja, wo die Sätze deponiert sind.«

»Und wenn ich das Messer benutzen muß? Die zweitausend will ich, bevor ich dort raufgehe.«

Hartz starrte wieder in die Akte.

»Offenbar haben Sie im Winter 1989 Widerstand bei einer Verhaftung geleistet, und da mußte Sergeant Shepard ein wenig Gewalt anwenden. Wollen wir mal sehen . . . drei gebrochene Rippen, ein paar lose Zähne, und . . .«

»Zweitausend, oder Sie können sich einen anderen dummen Arsch suchen, der da hochgeht. Das Problem ist nur, daß Sie keinen andern Arsch als das fette Ding haben, auf dem Sie sitzen, sonst kämen Sie erst gar nicht auf die Idee, mit El Perro zu quatschen.«

»Zweitausend, Sie Mistkerl«, gab Hartz nach. »Ich werde sie aus eigener Tasche zahlen, kann das Geld aber nicht vor morgen auftreiben.«

»Dann werde ich halt einen Scheck nehmen«, sagte El Perro mit breitem Grinsen. »Sie sind der gottverdammte Polizeichef. Wenn ich Ihnen nicht über den Weg trauen kann, wem dann? Wissen Sie, was ich meine?«

»In Ordnung«, sagte Hartz.

»Und Sie lassen die Anklagen gegen Piedras und Fernandez fallen.«

»Sie kriegen Shepard und den Scheck. Wenn es nicht funktioniert, dann . . .«

»Wenn es nicht funktioniert, werde ich die verdammte Kohle nicht mehr brauchen, sondern einen Leichensack. Aber es wird funktionieren. Mein Wagen steht auf der Sheridan, kurz vor der Morse. Ein schwarzer 88er Impala. Auf dem Nummernschild steht ›Perro‹. Auf der Rückbank liegt 'ne Tasche. Wie wäre es, wenn einer ihrer *azulitas* sie für mich holt?«

El Perro zog einen Schlüsselbund aus der Tasche und händigte ihn dem Chief aus, der ihn an einen der beiden Polizisten weiterreichte. Der Polizist mit den Schlüsseln verließ das Apartment.

»Ich werde Ihnen einen Scheck ausstellen, und Sie kriegen Ihre Tasche«, sagte Hartz. »Ich hoffe, es stört Sie nicht, wenn wir uns darauf nicht die Hand geben.«

»Ich halte mich an zwei Regeln«, erläuterte El Perro. »Ich tanze keinen Rumba, und ich schüttle Bullen – mit Ausnahme von Viejo – nicht die Hand.«

Hartz warf ihm einen verwirrten Blick zu.

»Damit meint er mich«, erklärte Lieberman.

Der Blick, mit dem Hartz ihn daraufhin durchbohrte, war alles andere als schmeichelhaft.

»Sie machen sich sofort auf die Socken«, ordnete Hartz an.

»Ich mache mich auf die Socken, wenn es dunkel ist«, hielt El Perro dagegen. »Selbstmord verstößt gegen meine Religion, müssen Sie wissen. Jetzt werde ich schlafen.«

Emiliano kehrte zu dem Stuhl am Fenster zurück, zog die Mütze über die Augen und lehnte sich in den Schatten. Hartz richtete das Wort an Abe Lieberman, der sich alle Mühe gab, sich nichts anmerken zu lassen.

»Ich komme gleich wieder«, sagte Hartz und warf einen drohenden Blick in Emiliano Del Sols Richtung, der den Eindruck erweckte, tief zu schlafen oder zu meditieren.

Nachdem Hartz und seine beiden Männer verschwunden waren, näherte Lieberman sich dem im Dunkel stehenden Stuhl.

»Wie war ich?« fragte El Perro, riß sich die Mütze vom Kopf und grinste breit.

»Charmant. Hast meiner Karriere einen beträchtlichen Schub verpaßt«, antwortete Lieberman trocken.

»*De nada*«, meinte El Perro. »Wenn ich Shepard erledige, wird mein Ansehen noch wachsen. Es wird keine Gang geben, weder Los Negros noch die Chinesen, die nicht weiß, daß ich einen Bullen und dann auch noch Shepard schachmatt gesetzt habe und davongekommen bin.«

»Emiliano«, sagte Lieberman, stellte sich hinter dem Sofa ans Fenster und warf einen Blick nach draußen. Daves und Carls Leichname waren entfernt worden. Auf dem Shoreham-Dach war nichts zu erkennen. »Ich habe ein Rätsel für dich. Der Teufel lügt immer. Doch wenn man ihn fragt, ob er der Teufel ist, muß er die Wahrheit sagen. Du begegnest zwei Männern, und du weißt, daß einer der Teufel ist, also stellst du den Männern die Frage: ›Bist du der Teufel?‹ Beide antworten mit ›ja‹. Woher weißt du, welcher von beiden der Teufel ist?«

»Das gefällt mir, Viejo«, meinte El Perro, richtete sich auf und fuhr sich über die lange Narbe auf seiner Wange.

»Das Problem ist, warum lügt einer der Männer und behauptet, er sei der Teufel, obwohl das nicht stimmt?«

»Genau das ist das Problem«, räumte Lieberman ein.

»Hast du dir das ausgedacht?«

»Nein, ein Rabbi, vor langer Zeit, in Polen.«

»Wenn der Teufel weiß, daß er die Wahrheit sprechen muß, falls ihn jemand fragt, ob er der Teufel ist«, spekulierte El

Perro, »dann wird er, sofern er klug ist, immer jemanden mitnehmen, der lügt und behauptet, der Teufel zu sein. Auf diese Art, glaubt der Teufel, kann ihm nichts passieren.«

»Und?«

»Immer mit der Ruhe, Viejo«, sagte El Perro. »Man erschießt beide.«

»Du hast es kapiert«, meinte Lieberman. »Wenn ein Mann mit dem Teufel herumzieht und für ihn lügt, dann behandle ihn, wie du den Teufel behandeln würdest.«

»Soll das eine Warnung an mich sein?« fragte Emiliano, nachdem er aufgestanden war.

»Leg dich hin und schlafe ein bißchen«, riet Lieberman. »In der Küche ist ein Beamter, und ein anderer wird draußen vor der Tür postiert. Du ziehst um neun los, okay?«

»Soll mir recht sein«, sagte El Perro, nahm wieder Platz und schloß die Augen. »Vielleicht werde ich von diesem Mann träumen, der mit dem Teufel herumzieht.«

Von der Rückbank seiner Limousine aus betrachtete D. Wayne Duvier die kastenförmige Patton-Sporthalle, die den nördlichen Rand der Northwestern University in Evanston markierte. Gleich würden sie an dem alten Leuchtturm vorbeikommen. Für gewöhnlich vermittelten ihm der Anblick seiner alten *alma mater* und die beruhigenden Wahrzeichen der Stadt ein Gefühl von Stabilität und gewährten ihm eine kurze Verschnaufpause, in der er sich nicht voll und ganz auf die vielen Verpflichtungen, die man ihm übertragen hatte, konzentrieren mußte. Heute jedoch war er sich nur der Gegenwart seiner Tochter, die neben ihm saß, bewußt.

Er ließ eine Bemerkung über seine Schwester Sarah und deren Pläne zur Neugestaltung des Hauses in Hilton Head fallen, wohlwissend, daß weder er noch Carla sich dafür interessierten.

»Das funktioniert nicht, Dad«, meinte Carla.

»Nein, ich glaube nicht«, stimmte er zu.

»Wir müssen uns darüber unterhalten.«

In Augenblicken wie diesen erinnerte Carla ihn besonders stark an ihre Mutter, seine Frau, die inzwischen gnädigerweise verstorben war. Rhea hatte sich der Realität stets kühn, offen, wehrhaft und unumwunden gestellt. Mißfiel ihr die Realität, beschuldigte sie andere, allen voran Wayne, sie zu manipulieren und unsensibel zu sein.

»Der Polizist auf dem Dach hat anscheinend alles gesagt, was gesagt werden muß«, meinte er.

»Sein Name ist Shepard«, sagte Carla. Sie betonte jedes einzelne Wort, um deutlich zu machen, wie sehr sie sich bemühte, ruhig und vernünftig zu bleiben. »Was Alan betrifft, lügt er.«

»Er lügt?« antwortete D. Wayne Duvier schließlich und drehte das Gesicht seiner Tochter zu. »Das glaube ich nicht. Ich erkenne die Anschauungen eines echten Gläubigen, wenn ich sie sehe und höre, und ich habe sie in den Nachrichten gesehen und gehört. Kann sein, daß er sich täuscht, aber gelogen hat er bestimmt nicht. Außerdem schenken die Medien seinen Worten Glauben, was unter diesen Umständen keinesfalls ignoriert werden darf.«

Der massive Turm des Baha'i-Tempels strahlte in der Spätnachmittagssonne. Wayne registrierte seine Schönheit, ließ sich aber nicht von ihr ablenken.

»Ich liebe ihn.«

»Und du denkst allen Ernstes, daß das relevant ist? Ich habe mal ein Mädchen namens Gina geliebt, die am Roller Derby teilgenommen hat. Und dann gab es da eine Sekretärin, die – falls mich mein Gedächtnis nicht im Stich läßt – Thelma hieß. Deine Mutter und der Lauf der Zeit haben mich davon überzeugt, daß ich in Wahrheit weder Gina noch Thelma geliebt habe. Nichtsdestotrotz . . .«

»Ich werde nicht zulassen, daß er diese Sache allein durchstehen muß«, unterbrach sie ihn.

Sie saß ganz aufrecht und blickte ihm voller Entschlossenheit in die Augen. Ihr Gesicht war schön, ihr Make-up perfekt. Das schwarze Kleid und die weißen Perlen sahen aus, als wären sie gerade gekauft worden. D. Wayne Duvier erkannte die Vorboten des Sieges: das letzte Durchdrücken des Rückgrates, die letzte Drohung, die letzte Herausforderung vor der märtyrerhaften Kapitulation.

»Dann«, konstatierte er, »gibt es eigentlich nichts zu diskutieren, oder?«

Carla veränderte ihre Position und wandte sich wütend von ihrem Vater ab.

»Ich werde Alan nicht im Stich lassen«, sagte sie.

»Das«, meinte ihr Vater, »liegt ganz bei dir, Carla. In den vergangenen Jahren hat dir an meiner Zustimmung nie viel gelegen.«

Wayne streckte die Hand aus und berührte die Schulter seiner Tochter. Wie er es vorausgesehen hatte, schüttelte sie sie ab und wich zurück.

»Wäre es dir«, fragte er, »aufgrund deiner Entscheidung lieber, heute abend nicht zum Empfang der Bakers zu gehen? Es würde mir nichts ausmachen, dich zu entschuldigen, und ich gehe davon aus, daß Anne und Sherman angesichts der Situation Verständnis aufbringen.«

»Ich werde auf den Empfang gehen«, sagte Carla. In ihrem Tonfall schwang Verärgerung mit.

Wayne sagte nichts. Er lächelte, doch das Lächeln verriet nicht Triumph, sondern einen bitteren Sieg, aber er hätte schwören können, daß seine Tochter das nicht so sah.

Da Emiliano Del Sol erst in drei Stunden auf das Dach des Shoreham ging, hatte Kearney Lieberman und Hanrahan aufgetragen, etwas essen zu gehen und sich auszuruhen. Hanrahan hatte zwei Stunden auf Jason Beldings Bett gelegen, über Navajos nachgedacht, gedöst, den aus dem Wohnzimmer zu ihm vordringenden Stimmen gelauscht. Er hatte mitgekriegt, daß Chief Hartz auf der Bildfläche erschienen war, hatte gehört, was El Perro sagte, und gewußt, daß er eigentlich aufstehen sollte, war dazu aber nicht in der Lage gewesen.

Den ganzen Schlamassel hatte er Lieberman überlassen, und nun schuldete er seinem Partner eine Pause.

Im Wagen fragte Hanrahan Lieberman: »Bist du jemals in New Mexico gewesen? In Santa Fe?«

»Bin einmal durchgefahren. Hat dort nett ausgesehen. Warum?«

»Die Navajos sind von dort, oder?«

»Keine Ahnung.«

»Ich habe überlegt, ob ich da mal Urlaub machen soll«, sagte Hanrahan.

Da Lieberman nichts erwiderte, betrachtete Hanrahan sich im Rückspiegel und fuhr sich über die Wange.

»Nimm den elektrischen Rasierer«, schlug Lieberman vor und fädelte sich in den Verkehr auf der Sheridan Richtung Süden ein.

Hanrahan öffnete das Handschuhfach und holte einen Reiserasierapparat von Braun heraus.

»Ich bräuchte eine richtige Rasur«, sagte er und schaltete den Apparat ein.

»Ich werde dir ein richtiges Sandwich in Maishs Restaurant besorgen«, versprach Lieberman. »Heute ist Donnerstag. Heute steht im T & L dein Lieblingsgericht auf der Tageskarte.«

»Rinderbrust?« übertönte Hanrahan das Summen des Rasierers, während er versuchte, die kleine geschützte Stelle unter seiner Nase zu erwischen.

»Genau das«, bestätigte Lieberman. »Und heute abend geht die Rechnung auf mich.«

Ohne sich fertigrasiert zu haben, schaltete Hanrahan den Apparat aus, denn das, was jetzt kam, mußte er laut und deutlich hören.

»Rabbi«, sagte er, »was führst du im Schilde?«

»Muß unterwegs noch mal kurz anhalten«, sagte er, als sie am *400-Theater* vorbeikamen. »Hast du dir mal diese *Rocky Horror Picture Show* angesehen?«

»Nein«, antwortete Hanrahan müde. »Und ich habe es auch in Zukunft nicht vor.«

»Vater Murphy«, sagte Lieberman und seufzte, »du wirst langsam alt.«

»Wohin schleppst du mich, Abraham?«

»Zu den Kraylaws. Dort gibt es ein Problem.«

»Gütiger Gott«, stöhnte Hanrahan nachdrücklich.

»Gütiger Gott, in der Tat, Vater Murphy«, stimmte Lieberman zu.

Weder auf der Clark noch auf der Albion gab es einen Parkplatz, auch nicht vor dem Feuerhydranten. Dort parkte schon ein Kombi. In der kleinen Gasse, die von der Albion abzweigte, waren alle Telefonmasten und Backsteinhauswände mit Schildern zugepflastert, auf denen in Englisch und Spanisch PARKEN VERBOTEN: WIDERRECHTLICH ABGESTELLTE FAHRZEUGE WERDEN ABGESCHLEPPT stand. Weit und breit gab es keinen legalen Parkplatz. Da parkte Lieberman eben illegal vor einem Hinterhof. Die verbleibende Lücke war gerade groß genug, daß sich ein dünner Mensch durch das Gartentor zwängen konnte. Mehr war nicht drin.

Die Polizisten gingen um das Haus zu *Tío Coreles Muebles.*

Vor knapp einer Stunde hatte Jeanine Kraylaw ihn unter Tränen angerufen und informiert, daß Frankie vor einer Woche alle Möbel in Kleinholz zerlegt hatte. Weil ihm Jeanine und Charlie Kraylaw leidtaten, hatte Tío Coreles während der letzten paar Tage die Möbel ersetzt und ihnen den einen oder anderen Gegenstand geschenkt, den er – wie er behauptete – eh nicht verkaufen konnte.

Diese Großzügigkeit war Coreles mit einem Besuch von Frankie Kraylaw vergolten worden, der eine schwarze Metallstange mitbrachte. Ein zeternder Kraylaw hatte dem alten Mann mit dem Tod gedroht, fünf Lampen und eine Vase zerdeppert, einen Holzstuhl kaputtgeschlagen und ihn beschuldigt, auf Jeanine scharf zu sein.

Der Besuch bei Tío Coreles war kurz. Nachbarn und Familienangehörige kümmerten sich um den verwirrten alten Mann. Tío Coreles sagte, er habe sich dazu durchgerungen, keine Anzeige zu erstatten. Statt dessen verkündete er, daß er sich einen Juniorpartner zugelegt habe, seinen Neffen Antonio, einen kräftigen Mann mit beschränkten intellektuellen Fähigkeiten, der – wie Hanrahan und Lieberman wußten – einer Reihe von Straftaten überführt worden war, unter anderem zweimal der Körperverletzung.

»Ich hoffe nur, daß dieser verrückte Kerl noch mal hier auftaucht und irgendwelche Anstalten macht«, gestand Tío Corles den Polizisten.

Nach dem Besuch mußten Lieberman und Hanrahan gerade mal drei Schritte bis zur Eingangstür zurücklegen, die zu den Wohnungen über Coreles' Laden führte.

Kaum hatten sie die Tür geöffnet, schlug ihnen der muffige Geruch des abgetretenen Teppichs im Treppenhaus entgegen. Lieberman drückte auf die Klingel, die zu einem der beiden Briefkästen gehörte. Über ihren Köpfen ertönte hohles Gebimmel.

»Die sind nicht da«, meinte Hanrahan.

Lieberman bedachte seinen Partner mit einem traurigen Lächeln und läutete nochmal. Diesmal ertönten Schritte auf dem Holzfußboden, und sie hörten, wie oben jemand die Tür öffnete.

»Wer ist da?« schallte Frankie Kraylaws Stimme zu ihnen hinunter.

»Sergeant Lieberman und Sergeant Hanrahan«, rief Lieberman.

»Herrje. Ich muß gleich zur Arbeit und so. Also, wenn . . .«

»Wir werden nur kurz bleiben«, sagte Lieberman und erklomm schon die Treppe.

»Das ist kein guter Zeitpunkt«, beklagte sich Kraylaw.

»Jetzt packen Sie mal aus, Frankie«, drängte Lieberman. »Wir gelten im allgemeinen als Männer, die eine Menge Anteilnahme und Verständnis aufbringen.«

»Was soll das? Ich meine, wieso . . .?«

»Zufälligerweise waren wir gerade in der Nähe«, behauptete Hanrahan, »und da dachten wir, daß wir mal bei Ihnen vorbeischauen und Ihnen und Ihrer Familie einen guten Tag wünschen sollten.«

»Sie sind immer in der Nähe«, sagte Frankie Kraylaw und lächelte gekünstelt.

»Wir denken häufig an Sie«, meinte Lieberman. »Als wir hier vorbeifuhren, sagte ich zu Sergeant Hanrahan, ›William, laß uns doch einen kurzen Besuch machen‹.«

Inzwischen standen sie vor ihm auf dem schmalen Treppenabsatz. Durch die Tür, die nur einen Spaltbreit offenstand, konnten sie sein fröhliches Gesicht, seine roten Haare erkennen, die ordentlich zurückgekämmt waren. Er war ein schlanker, gutaussehender junger Mann, daran bestand kein Zweifel, aber in seiner Seele flackerte der leere Blick des Wahnsinns. Kraylaw trug Jeans und ein graustichiges Hemd mit ausgefranstem Button-down-Kragen.

Hinter der Tür wimmerte Charlie Kraylaw.

Als Hanrahan die Tür aufstieß, fiel Kraylaw nach hinten in den Flur. Lieberman folgte seinem Partner in die Wohnung.

In dem vollgestopften Zimmer klapperte ein rostiger Ventilator hinter dem Sofa. Lieberman ließ sich in einen alten, aber noch ganz ansehnlichen grünen Sessel fallen. Die Möbel waren nicht dieselben wie bei seinem letzten Besuch. Jetzt paßte überhaupt nichts mehr in diesem Zimmer zusammen.

»Sie haben unten einen ganz ordentlichen Schaden angerichtet«, behauptete Lieberman.

»Unten?« fragte Kraylaw.

»Haben das Geschäft zu Kleinholz verarbeitet«, erläuterte Hanrahan.

»So was würde ich nie im Leben machen«, meinte Frankie in vollem Ernst. »Sergeant, Sie wissen, daß ich so was niemals tun würde.«

Er erinnerte Lieberman an Anthony Perkins am Ende von *Psycho,* wie er, in die Kleider seiner Mutter gehüllt, dasaß und mit einem Lächeln auf den Lippen behauptete: »Ich würde keiner Fliege was zuleide tun.«

In diesem Augenblick flog die Schlafzimmertür auf, und Jeanine Kraylaw stand in Jeans, Bluse und einer alten Windjacke im Türrahmen. An der einen Hand hing ihr Sohn, in der anderen hielt sie eine schwarze Kunstledertasche und einen kleinen, abgenutzten Koffer.

»Wir können gehen«, sagte sie. Ohne ihren Mann eines Blickes zu würdigen, zog sie ihren Sohn an sich heran.

»Jeanine«, sagte Frankie und starrte zuerst sie und dann den Polizisten an. »Was hast du . . .?«

Hanrahan baute sich vor Kraylaw auf, der im Begriff war, sich Frau und Sohn zu nähern.

»Was ist passiert?« wollte Liebermann erfahren.

Und da berichtete sie ihnen von den permanenten Drohungen ihres Mannes und seiner Freude, wenn er ihr vom »Verschwinden von Menschen« erzählte, die ihm Schwierigkeiten gemacht hatten. Seine Schwester Rachel gehörte auch zu diesem Personenkreis.

»Er hat erzählt, daß ihnen etwas im Schlaf zugestoßen ist«, berichtete sie mit gesenkter Stimme, ängstlich, ohne ihren Mann anzusehen. »Früher ist er ganz anders gewesen. Früher war er sehr klug. Aber ich glaube, daß sein Versagen Spuren in seinem Kopf hinterlassen hat.«

»Halten Sie es für möglich, daß er Sie umbringt?« fragte Lieberman.

»Ja, und Charlie auch«, sagte sie. »Er glaubt nicht, daß Charlie sein eigen Fleisch und Blut ist.«

»Ich habe nie behauptet . . .«, begann Frankie und versuchte, an Hanrahan vorbeizukommen, was der Polizist verhinderte, indem er ihn am Arm festhielt.

»Und hat er damit recht?« fragte Lieberman.

»Nein, wessen Sohn sollte er denn sonst sein?« sagte sie.

»In der Seitenstraße steht ein blauer Wagen. Mit einer Polizeiplakette im Fenster«, meinte Lieberman. »Packen Sie alles Nötige zusammen.«

»Das dürfen Sie nicht«, jammerte Frankie. »Meine Familie . . .«

»Ihrer Familie wird es gutgehen«, versprach Hanrahan.

Kaum waren die Frau und der Junge verschwunden, drehten Lieberman und Hanrahan mit Kraylaw draußen eine Runde und spendierten ihm im *I-HOP* eine Cola. Die Unterhaltung war kurz, die Warnung deutlich. Für den Bruchteil einer Sekunde nahm Frankie Kraylaw die Warnung nicht ganz ernst, doch dieser Moment verstrich schnell. Lieberman zog seine Waffe aus dem Holster und legte sie auf den Tisch. Grinsend musterte Frankie Kraylaw Lieberman, der seinen Kaffee trank.

»Wie viele Menschen habe ich erschossen, William?« hatte er gefragt.

»Vier«, antwortete Hanrahan.

»Und aus welchem Grund?« fragte Lieberman und beobachtete Kraylaws Augen.

»Aus verschiedenen Gründen«, antwortete Hanrahan mit einem leisen Achselzucken. »Harris war ein antisemitisches Großmaul. Die anderen drei waren durch die Bank Typen, die ihre Frauen mißhandelt haben. Spainner, Kleitman, Harley.«

»Warum reagiere ich besonders heftig auf die Mißhandlung von Ehefrauen?«

»Weil dein Vater deine Mutter totgeschlagen hat«, antwortete Hanrahan gleichgültig.

»Und welche Position beziehst du in Fällen von Mißhandlung?« fuhr Lieberman fort.

»He, du bist mein Partner. Du deckst mich. Ich decke dich.«

»Sie bluffen«, spekulierte Kraylaw.

Lieberman nahm die Waffe hoch, zielte mit ihr auf die grinsende Visage und drückte ab.

Das ohrenbetäubende Geräusch ließ Kraylaw das Blut in den Adern gefrieren.

Die Menschen verdrehten die Köpfe. Hanrahan rutschte aus der Sitznische, um sie zu beruhigen.

»Ein Unfall«, sagte er. »Polizei. Platzpatrone. Nichts, weshalb Sie sich Sorgen machen müßten.«

Lieberman steckte die Waffe ins Holster zurück und trank betont langsam einen Schluck Kaffee.

»Guter Kaffee«, sagte er. »Schlechte Gesellschaft. Können Sie mich verstehen, Kraylaw?«

Frankie Kraylaws Grinsen war verschwunden. Sein Gesicht war aschfahl. Mit großen Augen stierte er Lieberman an, als Hanrahan sich wieder zu ihnen gesellte und fragte: »Will einer von euch beiden noch einen Kaffee?«

»Sie sind verrückt«, sagte Kraylaw.

»Das habe ich Ihnen doch gerade eben gesagt«, meinte Hanrahan und tat so, als unterhielte er sich mit einem zurückgebliebenen Viertkläßler.

Die Kugel war eine Platzpatrone gewesen, und Hanrahans Geschichte war nur eine von vielen, die sie im Lauf der Jahre erzählt hatten. Abraham Lieberman hatte noch nie jemanden erschossen. Liebermans Vater, der im Alter von zweiundneunzig Jahren gestorben war, hatte sich in sechzig Jahren Ehe nicht mehr zuschulden kommen lassen, als ganz, wirklich ganz selten einen etwas rauheren Ton anzuschlagen.

»Sie schikanieren mich«, behauptete Frankie Kraylaw.

»Nein«, meinte Lieberman, »das haben wir versucht, und es hat nicht funktioniert.«

»Ich habe sie nicht angerührt. Ich habe ihr nicht gedroht.«

»Sie haben ihr Geschichten erzählt«, sagte Lieberman.

»Ja, das habe ich ... Ist das ein Verbrechen?«

»Sie haben ihr Geschichten erzählt, um ihr Angst zu machen«, sagte Lieberman. »Damit sie denkt, daß Sie sie töten könnten.«

»Das ist doch irre«, meinte Kraylaw.

»Da stimme ich Ihnen zu«, sagte Lieberman. »Chicago ist nicht gut zu Ihnen gewesen, Frankie, aber jetzt haben Sie endlich Glück. Sie haben gewonnen« – Liebermann öffnete seine Brieftasche, zählte und blickte dann zu Hanrahan hoch, der mit zwei Zwanzig-Dollar-Noten wedelte –, »und zwar genau dreiundvierzig Dollar im Clark-Street-Greyhound-Rundreisepreisausschreiben. Ich würde Ihnen raten, schnell eine Tasche zu packen, nach Downtown zu fahren und mit dem nächstbesten Bus den Bundesstaat zu verlassen.«

»Nein«, wandte Kraylaw sich an Hanrahan. »Wir können doch nicht einfach ...«

»Nicht ›wir‹«, korrigierte Lieberman ihn. »Sie. Nur Sie.«

Kraylaw lief nervös hin und her, was nicht allzu leicht war, weil er kaum Platz hatte.

»Für wen halten Sie sich eigentlich? Sie befehlen einem Mann, die Stadt zu verlassen ... wie ... wie in einem Western. Sie sind kein Sheriff. Dazu haben Sie nicht das Recht.«

»Ich werde Ihnen eine Geschichte erzählen, Frankie. Es ist keine lange Geschichte. Seit mehr als fünfunddreißig Jahren bin ich Bulle. Ich habe erlebt, wie Frauen und Kinder zu uns kommen und uns um Hilfe bitten. Wegen eines Vaters, eines Freundes, eines Onkels oder Nachbarn, der ihnen Angst macht. Dann ziehen wir los und jagen dem Typen Angst ein. Manchmal haut das hin. Manchmal nicht, und dann wird jemand verletzt.«

»Das ist ungesetzlich«, rief Kraylaw.

»Na, dann beschweren Sie sich doch über uns«, schlug Hanrahan vor. »Unser Chef heißt Kearney, Alan Kearney. Heute ist er zeitlich gerade ein wenig angespannt, aber morgen früh dürfte er zu erreichen sein. Sie warten einfach auf ihn und erzählen ihm, was wir gesagt haben. Ihre Akte wird auf seinem Schreibtisch liegen, wenn Sie dort eintreffen. Müßte ich raten, würde ich sagen, daß er Ihnen zu Ihrem Glück gratulieren wird.«

»Schließlich gewinnt nicht jeden Tag jemand den Clark-Street-Greyhound-Rundreisewettbewerb«, bemerkte Hanrahan neidisch.

»Das hier ist Amerika«, schrie Kraylaw. »Meine Rechte . . .«

Lieberman zog seine Waffe und legte sie auf seinen Schoß. »Da haben Sie nicht unrecht. Sie möchten nicht verschwinden. Niemand kann Sie dazu zwingen. Das Geld wird in die Taschen der großzügigen Spender zurückfließen, von denen man nicht erwarten kann, daß sie das Angebot wiederholen. Sie sind dafür bekannt, daß sie früher die verschiedensten Angebote zusammengestellt haben, die – und es tut mir leid, das zu sagen – nach Meinung der Gewinner wesentlich unattraktiver gewesen sind.«

Kraylaw musterte die beiden Polizisten. Das Lachen war ihm vergangen. Den beiden Polizisten auch.

»Ich werde in meine Wohnung gehen, meine Sachen packen«, gab Kraylaw nach.

Im Apartment verzog Kraylaw sich ins Schlafzimmer. Die Polizisten blieben mit Tío Coreles' Möbeln im Wohnzimmer zurück.

»Bist in diesem Fall ziemlich weit gegangen, Rabbi«, meinte Hanrahan sanftmütig.

»Wie hoch schätzt du die Chance ein, daß er ihr oder dem Jungen etwas antut?«

»Keine Ahnung. Fünfzig-fünfzig vielleicht. Der ist echt neben der Kappe.«

»Vielleicht sollte einer von uns ihm packen helfen, während der andere überlegt, wo sie und der Junge hingehen können.«

»Mein Sohn Mike, der in Buffalo – ich könnte ihn ja anrufen und fragen, ob er ihr einen Job in der Versicherungsfirma besorgen kann.«

Lieberman näherte sich der Schlafzimmertür, während Hanrahan auf die Eingangstür zuging.

»Ich treffe dich dann unten im Wagen«, sagte Hanrahan.

Es bestand die vage Möglichkeit, daß Hanrahan zur Clark Street hinüberging, eine von den drei Bars aufsuchte und einen Drink nahm. Lieberman überlegte, ob er etwas sagen sollte, überlegte, ans Fenster zu treten, um nachzusehen, ob sein Partner eine der Kneipen aufsuchte, befand aber, daß ihn das nichts anging.

Er öffnete die Schlafzimmertür. Frankie Kraylaw warf seine Klamotten in eine große khakifarbene Tasche. Und er tat auch so manches, was Lieberman überhaupt nicht gefiel. Er lächelte und sang. Eigentlich sang er nicht, denn Frankie schien den Liedertext nicht zu kennen, sondern summte nur so vor sich hin.

Mit verschränkten Armen lehnte Lieberman sich an die Tür und verfolgte müde, wie Frankie zusehends wilder wurde. Sein Gesumme schwoll an, wurde schneller, sein Grinsen breiter. Wann immer er einen Schuh, ein Paar nicht zusammenpassender Socken, ein verknittertes Hemd in die Tasche schleuderte, bombardierte er Lieberman mit Blicken.

»Das reicht«, warnte Lieberman leise.

Kraylaw ignorierte ihn und wurde noch wilder.

»Das reicht«, wiederholte Lieberman. »Die Tasche ist voll.«

Mit einem alten Tennisschläger in der Hand musterte Frankie Kraylaw die vollgestopfte Tasche.

»Ich bin mit dieser Situation nicht einverstanden«, sagte Kraylaw.

»Ihre Meinung ist nicht von Interesse«, entgegnete Lieberman. »Machen Sie den Reißverschluß zu, und lassen Sie uns gehen.«

»Das ist nicht fair. Gott ist mein Zeuge, das ist nicht fair. Es ist nicht gerecht. Und es ist nicht legal.«

»Aber es ist richtig«, sagte Lieberman.

8

Kurz vor neun Uhr, so gegen Geschäftsschluß, suchten Lieberman und Hanrahan Maishs T&L Deli auf. An der Theke saß einsam ein Fremder, ein vornüber gebeugter Mann, Anfang Vierzig, mit einem Cowboyhut. Am vordersten Tisch tranken drei Alte Knacker – Herschel Rosen, Syd Levan und Howie Chen – Tee und aßen Roggentoast.

»Spät nachts noch 'ne Hausdurchsuchung«, rief Herschel, der weithin als der Komiker der Truppe verschrien war. »Schnell, Howie, versteck das Opium.«

»Nein, Hersch«, entgegnete Howie mit regloser Miene, »heute abend war es eine Mohnsamensorte, die unter der Bezeichnung *haman tashen* läuft.«

Syd Levan, mit seinen achtundsechzig Jahren der Jüngste unter den Alten Knackern, riß die Hände hoch in einer Was-soll-ich-mit-diesen-Leuten-nur-anstellen-Geste und sagte: »Was ist? Gestehen wir schon, kaum daß diese Typen hier reinschneien? Warten wir nicht mal mehr, bis sie uns erpressen?«

Abe und Hanrahan steuerten auf ihre Lieblingssitznische im hinteren Teil des Restaurants zu, von wo aus Lieberman die Tür im Auge behalten und Hanrahan die Wand betrachten konnte, auf der ein verblaßtes Farbposter ein sagenumwobenes Sandwich mit heißem Wiener Würstchen anpries, das in Senf, Zwiebeln und würzigen Soßen ertrank.

»Syd«, meinte Abe müde, »ich habe dir schon des öfteren gesagt, daß du den doppelten Preis zahlen mußt, wenn du wieder erpreßt werden willst. In letzter Zeit lief es – was Erpressungen anbelangt – bei den Bullen ziemlich miserabel.«

»Hast du den Witz mit *haman tashen* kapiert?« fragte Chen mit zufriedenem Lächeln nach.

»Den hab' sogar ich kapiert«, meinte Hanrahan.

»Fällt Ihnen auf, wie sie mich meiden?« fragte Herschel den vornüber gebeugten Cowboy, der nickte und weiteraß. »Selbst die Polizei fürchtet die Schlagfertigkeit eines echten Rosen.«

Hinter der Theke wischte sich Maish, der sich nie aus der Ruhe bringen ließ, die Hände an seiner Schürze ab und fragte seinen Bruder: »Kaffee, Abe?«

»Kaffee«, stimmte Abe zu. »Was für warme Gerichte stehen heute auf der Tageskarte?«

»Atlanta Braves und das Corned Beef«, antwortete Maish nüchtern.

»Hört ihr das? Wie bitte? Hört nur«, ereiferte sich Herschel Rosen. »Jetzt versucht selbst Maish, sich als Komiker hervorzutun. Wie soll ich hier, bei dieser Konkurrenz, meinen Lebensunterhalt verdienen?«

»Mist«, sagte der Cowboy und warf ein paar Geldscheine auf die Theke. »Kann ein Mann denn nirgendwo mehr hingehen und in Ruhe eine Tasse Kaffee trinken und einen Hot Dog essen, ohne von einer Horde blöder . . .«

Bevor er seinen Satz beendet hatte, hatte Maish schon die Scheine genommen und hielt sie dem Cowboy vor die Nase.

»Das geht auf mich«, sagte er.

»Großzügige Juden«, höhnte der Cowboy, rückte seinen Hut zurecht, nahm das Geld aber zurück. »Jetzt kann mich nichts mehr umhauen.«

»O doch«, sagte Hanrahan und stand auf. »Sie haben noch nicht das Innere Ihres Arschlochs gesehen, aber in diesem Punkt können wir gleich, jetzt und hier, Abhilfe schaffen.«

Stumm genossen die Alten Knacker das Wortgefecht.

»Schießerei am Okey-dokey Coral«, meinte Herschel.

»Neun Uhr morgens«, konterte Howie Chen.

Mit einem höhnischen Grinsen stopfte der Cowboy die Geldscheine in seine Tasche. Er war von schlanker Statur und wahrscheinlich ein bißchen angetrunken.

»Mein Vater hat seinen Sohn nicht zum Trottel erzogen«, meinte der Cowboy. »Ich kämpfe nicht mit Bullen. Bin einfach nur in den falschen Laden gegangen.«

»Ein Cowboy unter Indianern«, rief Syd.

»Der ausgestorbene Stamm«, merkte Herschel, der sich von seinem Stichwortlieferer nicht übertrumpfen lassen mochte.

»Hat wohl Schiß, wir könnten ihn skalpieren«, spekulierte Howie.

Der Cowboy lüftete den Hut und entblößte seinen fast kahlen Kopf.

»Da sind euch die Gene zuvorgekommen«, konterte er, ohne eine Miene zu verziehen.

»Fremder«, sagte Abe Lieberman, »ich wünsche Ihnen einen schönen Abend.«

»Bin auf der Durchfahrt nach Cleveland«, verriet der Cowboy.

»Dann stammen Sie also nicht aus Texas?« fragte Chen.

»Cleveland«, sagte der Cowboy, schob seinen Hut zurecht und ging zur Tür hinüber. »Hab' ein paar Bier zuviel getrunken. Tut mir leid.«

»Glaubst du das, Abraham?« wollte Hanrahan wissen, als der Cowboy auf die Devon Avenue hinaustrat.

»Ich glaube sowohl an Gott als auch an den Teufel«, behauptete Lieberman, »und manchmal – das bringt unser Beruf so mit sich – sogar, daß die beiden unter einer Decke stecken.«

»Ich möchte einen Hot Dog mit allem Drum und Dran«, sagte Hanrahan, während er Platz nahm.

»Einen Hot Dog?« fragte Maish und räumte den Teller und die Kaffeetasse des Cowboys weg.

»Er ist auf Diät«, erklärte Lieberman.

»Ah, wenn da nicht eine Lady ihre Finger im Spiel hat«, spekulierte Herschel.

»Ist sie Jüdin?« fragte Howie Chen.

»Chinesin«, sagte Hanrahan.

Syd und Herschel lachten, als hätte er einen Witz auf Howies Kosten gemacht.

»Noch ein Komödiant im Anmarsch«, meinte Chen.

Weder Lieberman noch Hanrahan versuchten, sie vom Gegenteil zu überzeugen. Maish verschwand hinter der Kochzeile, und die Polizisten lehnten sich zurück und gönnten sich ein paar Minuten Frieden, ehe sie zum Shoreham zurück mußten.

»Der Kerl auf dem Dach?« fragte Levan. »Was wird passieren? Ohne Witz?«

»Wir werden ihn runterholen«, prophezeite Lieberman.

»Ich weiß. Ich weiß«, sagte Levan voller Ungeduld. »Vielleicht stirbt er ja an Altersschwäche, und ihr könnt ihn Anfang des nächsten Jahrhunderts runtertragen. Das ist nicht die Information, hinter der wir her waren. Schließlich verfügen wir über besondere Kontakte. Über eine Quelle. Wir möchten nach Hause gehen und damit protzen, daß wir vor dem Fernsehen und den Morgenzeitungen Bescheid wissen.«

»Rabbi«, sagte Hanrahan leise, »vielleicht haben wir nicht abgedrückt, aber das, was wir mit Frankie Kraylaw gemacht haben, unterscheidet sich nicht groß von dem, was Bernie Shepard seiner Frau und Andy Beeton angetan hat.«

»Macht dir das Kopfzerbrechen?«

»Was wir mit Kraylaw gemacht haben? Nein.«

»Mir schon«, behauptete Lieberman. »Aber ich kann damit leben. Bedenk die Alternativen. Nein, willst du wissen, was mir zu schaffen macht?«

»Del Sol«, vermutete Hanrahan.

»Du kennst mich gut, Vater Murphy.«

»Nun, Rabbi, betrachte es mal von der Seite. Falls wir ihn runterholen, muß er in den Knast, und zwar für lange Zeit. Bernie Shepard ist kein Junge mehr. Und dazu noch Bulle. Wenn ein Bulle, vor allem einer wie Bernie, hinter Gitter wandert . . . Na, da ist er womöglich mit El Perro besser dran.«

»Wäre es dir so lieber?« fragte Lieberman.

»Ja, mir wäre es so lieber«, meinte Hanrahan.

»Und trotzdem ist es nicht richtig.«

»Nein, ist es nicht.«

Maish stellte zwei Tassen Kaffee vor Abe und Hanrahan auf den Tisch.

»Geht es Yetta gut?« erkundigte Abe sich und trank einen Schluck.

»Selbstverständlich geht es ihr gut«, sagte Maish. »Sie ist kein junges Huhn mehr, aber ... Du arbeitest Samstag doch nicht, wieso bringst du nicht die Kinder vorbei? Ich werde meinen Sam bitten, mit Heather und David vorbeizuschauen, dann können die Kleinen miteinander spielen und wir uns unterhalten.«

»Wenn er vom Dach runter ist, werden wir weitersehen«, sagte Lieberman.

»Du bist auch eingeladen«, sagte Maish zu Hanrahan.

»Danke«, sagte Hanrahan, »aber ...«

»Kannst auch deine chinesische Lady mitbringen«, schlug Maish vor. »Meine Schwiegertochter spricht Mandarin, hat sie an der Universität von Chicago gelernt. Die beiden können sich unterhalten. Spricht deine Lady Mandarin?«

»Keine Ahnung«, sagte Hanrahan. »Ich werde sie fragen.«

»Es gibt Kantonesisch und Mandarin«, erklärte Maish. »Howie spricht Kantonesisch, nicht wahr, Howie?«

Howie antwortete ihm auf kantonesisch und handelte sich damit von Herschel einen Schlag auf den Rücken ein.

»Was habe ich dir gesagt?« fragte Maish. »Denk daran.«

»Meinst du, Kraylaw wird zurückkommen?« erkundigte sich Hanrahan mit gesenkter Stimme, nachdem Maish sich entfernt hatte, um nach ihrem Essen zu sehen.

Sie hatten Kraylaw nach Downtown gefahren, ihm eine Busfahrkarte gekauft und so lange gewartet, bis sie ihn mit einer Tüte Chee-tos und einem Frank-Roderus-Taschenbuch, einem Western mit dem Titel *Mustang War*, in den erstbesten Bus setzten, der nach Süden fuhr. Dann waren sie zurückgefahren, um ein paar Sachen für Jeanine und Charlie Kraylaw zusammenzupacken und sie nach Ravenswood zu bringen, wo Hanrahan wohnte. Das war nur eine vorübergehende Lösung. Sein Haus war geräumig genug. Bill und Maureen, die ihn vor vier Jahren verlassen hatte, weil er nach zwanzig Jahren das Trinken immer noch nicht aufgegeben hatte, hatten in diesem Haus zwei Söhne großgezogen. Jetzt stand das Haus leer, was Hanrahan normalerweise nicht unlieb war.

Der Aufenthalt im Krankenhaus hatte ihm geholfen, sich von der Flasche fernzuhalten. Das hatte in seinem Kopf keine dauerhaften Wunder bewirkt, aber Gott ging manchmal seltsame, nicht nachvollziehbare Wege.

Die Vereinbarung sah vor, daß Jeanine sich so lange um Hanrahans Haus kümmerte, bis sie wußte, wohin sie gehen wollte. Um bei der Wahrheit zu bleiben, Hanrahan hatte sich seit Maureens Auszug zu einem hervorragenden, einem fast besessenen Hausmann entwickelt. Innerhalb der ersten zwei Jahre hatte er Ordnung gehalten in der Hoffnung, daß sie zu ihm zurückkehren und beim Anblick des Hauses hocherfreut sein würde. Im darauffolgenden Jahr machte er so weiter, damit sie – falls sie überraschend auftauchte – sah, wie gut er ohne sie zurechtkam, und sich beschissen fühlte. Während des letzten Jahres hatte er das Haus saubergehalten, weil es ihm zur lieben Gewohnheit geworden war und er mit dieser Gepflogenheit genausowenig brechen konnte wie mit der Sitte, seinen Footballhelm immer wieder am selben Ort und im selben Winkel zu deponieren, wie er das schon während der High School und seiner Spielzeit im College getan hatte.

»Er wird wieder auftauchen«, sagte Lieberman. »Wäre er nur ein bißchen gemein und dumm, würde er wegbleiben, aber er ist irre und ganz schön ausgeschlafen. Er wird wieder auf der Bildfläche erscheinen.«

»Ja, da hast du recht«, stimmte Hanrahan zu. »Glaubst du, daß Bernie Shepard auch verrückt ist?«

»*Ich vais?*« antwortete Lieberman, mit einem Achselzukken. »Jiddischlektion für die Nacht, Vater Murphy. Das heißt ›wer weiß‹. Wer weiß schon, wozu eine Person fähig ist, wenn besagte Person gleichzeitig Liebe und Haß empfindet? Bernie, Kraylaw, mein Schwiegersohn Todd?«

Geschwind fuhr Lieberman mit der Hand über seinen Schnauzbart, um hervorstehende Härchen zu glätten.

»Ja«, schloß Hanrahan sich der Einschätzung seines Partners an.

Maish brachte die Sandwiches. Die beiden Polizisten aßen schweigend und hörten zu, wie die Alten Knacker sich über die Stärken und Schwächen von *Es war einmal in Amerika* stritten, einen Film, den sie gerade eben im JCC gesehen hatten.

Nach dem Essen warf Lieberman einen Blick auf seine Uhr.

»Es ist höchste Zeit«, sagte er.

»Ja«, stimmte Hanrahan mit einem lauten Seufzer zu.

»Wie geht es deinem Kopf?« fragte Lieberman.

»Gut, Rabbi, ganz gut.«

Sie standen auf und gingen an den Alten Knackern vorbei.

»Abe«, rief Herschel.

Lieberman und Hanrahan blieben stehen, damit Herschel seinen Witz noch loswerden konnte.

»Was ist denn, Herschel?« fragte Lieberman.

»Du und der Ire, seht euch vor.«

»Ja«, riefen die Alten Knacker unisono.

». . . keinen Schimmer, wo er steckt«, sagte der Beamte, der in Jason Beldings Apartment telefonierte. »Vor einer halben Stunde war er hier . . . Sicher, ich habe Captain Kearney gesagt, wer Sie sind. Niemals würde er einen Reporter belügen. Dazu hat er viel zu großen Respekt vor der Presse.«

Auf der anderen Seite des Raumes kam Alan Kearney, der

ein jeansblaues Button-down-Hemd ohne Krawatte trug, zu dem Ergebnis, daß es jetzt dunkel genug war. Sein Blick senkte sich auf den reglos dreinblickenden Emiliano Del Sol, der auf einem Stuhl saß.

»Machst du dir wegen irgendwas Sorgen, Dieb?« fragte Kearney.

El Perro fixierte den Polizisten, ohne auf dessen Frage einzugehen.

Der Polizist am Telefon fuhr fort: »Nein, ich denke gar nichts. Niemand hier denkt irgend etwas. Chief Hartz hat das Denken übernommen. Er ist unser Gott ... Ich habe Ihnen doch schon gesagt, daß er nicht hier ist. Was wollen Sie? Sie wollen, daß ich schwöre? Auf die Bibel schwöre? Na gut, ich schwöre auf die verfluchte Bibel ... Sicher, Sie können mich zitieren, nur zu, zitieren Sie mich. Sie wissen ja noch nicht mal, wer ich bin. Ich bin ein Penner, der direkt von der Straße hier reingeschlappt ist. Meine Augen werden schlechter. Ich bin halb betrunken und fast neunzig, und sogar ich kann sehen, daß Captain Kearney nicht anwesend ist.«

»Nie und nimmer wird es dir gelingen, Bernie Shepard zu überwältigen«, flüsterte Kearney Emiliano zu.

Mit einem Lächeln stand El Perro auf, ohne Kearney aus den Augen zu lassen.

Der Bulle am Telefon verfolgte den Wortwechsel interessiert, plauderte währenddessen aber weiterhin mit dem Reporter. »Na gut. Jetzt haben Sie mich überzeugt. Mein Name? Steve Carella, 87. Polizeirevier ... Wenn das kein Zufall ist ... Beschweren Sie sich bei Ihrem Stadtrat ... Ja, ja ... Stopfen Sie's in einen Frühstücksbeutel, und schlafen Sie damit.«

Mit diesem Ratschlag legte der Bulle auf und schenkte seine ganze Aufmerksamkeit der Auseinandersetzung in der gegenüberliegenden Zimmerecke.

»Du weißt, wie man sich einen Ruf zulegt, Emiliano«, meinte Kearney, »aber das hier ist Bernies Show.«

»He«, fragte Emiliano nach, »wie kommt es, daß Sie nicht auf meiner Seite sind, neuer Captain? Ich mache mir für Sie die Hände schmutzig, Mann. Komme ich nicht mit Shepards Skalp nach unten, sind Sie der nächste, der aufs Dach hoch muß. Sind Sie scharf drauf, diesen Gang anzutreten, Polizist? Plagen Sie irgendwelche Schuldgefühle?«

»Du bist nicht meine Idee gewesen, Dieb«, verkündete Kearney.

»Mann«, sagte Emiliano, »ich war niemandes Idee, nicht mal die meiner Mutter, darauf können Sie Gift nehmen. Ich bin niemandes Idee. Ich bin ein verdammter Schatten.«

Kearney und El Perro standen nur wenige Zentimeter voneinander entfernt, als die Tür aufflog und ein uniformierter Beamter mit einer Sporttasche in der Hand reinkam. El Perro verlor jegliches Interesse an Kearney, zwängte sich an ihm vorbei und nahm dem Beamten die Tasche ab.

»Hast du dich verlaufen?« spottete Emiliano Del Sol. »Wieso hast du nicht einen Bullen nach dem Weg gefragt?«

Bevor einer der Polizisten im Zimmer etwas erwidern konnte, war El Perro im Schlafzimmer verschwunden und hatte die Tür hinter sich geschlossen. Dort erlaubte er sich ein breites Grinsen und berührte seine Narbe. Ja, daran gab es keinen Zweifel, El Perro amüsierte sich. Jetzt brauchte er eigentlich nur noch ein paar Tentáculos, ein paar Weiber, die ihm zusahen. Hinterher mußte er ihnen alles ganz haargenau erzählen.

Das Badezimmer war dunkel. El Perro fand den Lichtschalter, klappte den Klobrillendeckel herunter und stellte seine Sporttasche darauf. Langsam zog er den Reißverschluß auf, läutete damit die rituelle Vorbereitung auf die bevorstehende Aufgabe ein. Kaum daß er die Tasche geöffnet hatte, dämmerte ihm, wieso der Bulle so lange gebraucht hatte, um sie hierherzuschaffen. Obenauf lag ein zugeklebter Briefumschlag. Er nahm ihn in die Hand und spürte, daß Geld, Bargeld darin war. Hartz war viel zu klug, um El Perro einen Scheck mit seiner Unterschrift, um einem Berufsdieb einen Scheck auszuhändigen. Es drängte ihn nicht, den Umschlag aufzumachen. Zweitausend Dollar waren gar nichts. Das Geld hatte er nur gefordert, um diesen fetten Cop Hartz kriechen zu sehen.

Er packte den Umschlag weg, kramte ein Paar schwarze Hosen und ein schwarzes Hemd heraus, zog sich aus, legte Hose und Hemd an und warf einen Blick in den Spiegel, um zu kontrollieren, wie er aussah.

Gut, gut, befand er und strich seine Haare glatt, ehe er eine schwarze Strickmütze aufsetzte. Dann zog er liebevoll zwei Messer in Scheiden aus der Tasche, legte sie vorsichtig auf den Waschbeckenrand und prüfte jedes Messer auf seine Balance.

El Perro hielt ein Messer in der rechten Hand, nahm mit der anderen eins von Jason Beldings gelben, mit Monogrammen bestickten Handtüchern ab und schleuderte es in die Luft. Das Handtuch landete auf der Messerspitze und war zweigeteilt, ohne die kleinste Bewegung von El Perros Hand oder Handgelenk. Zufrieden schob er das Messer zurück in die Scheide, ehe er das zweite herauszog, es ins Neonlicht über dem Handwaschbecken hielt, konzentriert inspizierte, ans Ohr legte, mit dem Nagel seines kleinen Fingers an die Klinge tippte und horchte. Dann wurde auch dieses Messer wieder in die Scheide gesteckt. Als nächstes befestigte er beide Scheiden an seinem Gürtel und streifte einen dünnen Pullover über. Erst dann lächelte sich Emiliano »El Perro« Del Sol im Spiegel zu und flüsterte: »Ein gottverdammter Schatten.«

Als er ins Wohnzimmer kam, waren Lieberman und Hanrahan zurückgekehrt und unterhielten sich gerade mit Kearney.

»Na, wie sehe ich aus, Viejo?« fragte El Perro.

»Brandon Lee würde vor Neid in Tränen ausbrechen, wenn er dich sehen könnte«, behauptete Lieberman.

Hanrahan, der stämmige Ire, schüttelte den Kopf. Kearney wandte sich zum Fenster um.

»Findest du?« fragte Emiliano in vollem Ernst.

»Leg endlich los«, schimpfte Kearney, ohne sich umzudrehen.

Auf dem Dach von Shoreham Towers stand Bernard Shepard und betrachtete die aufgehenden Sterne am Himmel. Er wußte nichts über Sterne und konnte sich nicht entsinnen, jemals zu ihnen hochgesehen zu haben, nicht mal als Kind. Sterne sagten ihm nichts. Dazu waren sie zu fern, zu unwirklich. Tief in seinem Innern hatte er das Gefühl – ein Gefühl, das er weder leugnete noch freisetzen mochte –, daß die Weite ihn in Panik versetzen, daß er spüren würde, wie er unendlich schrumpfte. So sehr schrumpfte, daß er nicht mehr existierte, falls er zuließ, daß er sich über den Himmel Gedanken machte. Er wandte den Blick von den Sternen ab und aß die Dose Thunfisch leer. Die Gabel wischte er am Hemd ab, steckte sie in seine Tasche und warf die Dose über den Dachrand in die Nacht hinaus. Der Hund blickte kurz von seiner Dose auf, als er das metallische Klappern unten auf der Straße hörte, und widmete sich dann wieder seiner Mahlzeit.

Bernie Shepard ging in seinen Bunker, wo er einen Blick auf die grünleuchtenden Ziffern seiner Uhr warf. Danach stellte er die richtige Funkfrequenz ein. Nichts als statisches Rauschen.

Er setzte sich unter den rostigen Wasserspeicher, hörte das statische Knistern, hörte, wie der Hund etwas aufschlabberte, und vermied es, an den weiten Himmel zu denken, zu ihm hochzuschauen.

9

In der Eingangshalle von Shoreham Towers marschierten Lieberman und Hanrahan mit El Perro in ihrer Mitte zum wartenden Fahrstuhl. Die diensthabenden Beamten in der Lobby sprachen nicht weiter, sondern beobachteten die drei näherkommenden Männer. El Perro trat in den Fahrstuhl und drehte sich wie ein Verkehrspolizist mit ausgestreckter Hand um.

»Halt, weiter geht es nicht«, sagte er.

Hanrahan packte El Perro am Ärmel, woraufhin Lieberman sich gezwungen sah, die Hand seines Partners behutsam wegzuziehen.

»Ihr werdet hier warten«, sagte El Perro und strich langsam die Stelle des Ärmels glatt, wo Hanrahan ihn angefaßt hatte. »Ich hab' was zu erledigen und will nicht, daß mir ein Bulle zusieht. Ihr wißt schon, es handelt sich um so was wie Berufsgeheimnisse. Sieben Minuten, Mann, vergiß nicht, in sieben Minuten das Funkgerät einzuschalten – du, Viejo. Du drehst es voll auf und erzählst dem Mann dort oben eine Geschichte.«

»Ach ja, und was für eine?« wollte Lieberman wissen.

El Perro streckte die Hand nach dem Fahrstuhlknopf aus. »Was für eine?« sagte er und dachte nach. »Was weiß ich denn? Daß seine Alte doch nicht tot ist. Daß er gerade im Lotto gewonnen hat. Dir wird schon was einfallen. Du bist ja nicht auf den Kopf gefallen. Wirst ihm schon was zu sagen haben. Dir vertraue ich mehr als unserem Herrn Jesus Christus.«

»Ich weiß nicht, Zorro«, mischte sich Hanrahan voller Sarkasmus ein. »Wenn Abe anfängt, wie ein afroamerikanischer Discjockey zu plappern, wird Bernie wissen, daß da was im Busch ist.«

»He, hören Sie auf, den Miesepeter zu spielen, Mann, und

machen Sie Ihren Job. Lieberman weiß schon, was er tun muß.«

»Laß ihn gehen, Bill«, sagte Lieberman.

»Ja, ich mach jetzt 'ne Fliege«, sagte El Perro leise und drückte auf den Knopf. Die Türen glitten langsam zu. »Es ist mein gottverdammter Arsch, der dort oben auf dem Spiel steht. Schließlich muß ich mich um diesen Irren mit dem Hund und der Maschinenpistole kümmern.«

Hanrahan griff in den Fahrstuhl und stemmte die Tür auf.

»Da kommt man doch ins Grübeln, nicht wahr?« behauptete er und warf einen Blick auf seine Uhr. »Du hast sechs Minuten.«

El Perro lachte.

»Wenn Sie diese Sache vermasseln, werde ich Sie suchen. Ich werde Sie suchen und Ihre Gedärme auf der Wäscheleine Ihrer Mutter aufhängen«, versprach El Perro.

Hanrahan hielt die Fahrstuhltür immer noch auf.

»Meine Mutter hat einen Wäschetrockner von General Electric. Den habe ich ihr von dem Geld gekauft, das ich toten Dieben abgenommen habe.«

Hanrahan zog seine Hand zurück und hielt seine Uhr hoch, während die Fahrstuhltüren sich langsam schlossen.

»*El chingo tiene cojones*«, ertönte El Perros Stimme.

Lieberman und Hanrahan behielten die Lichter über dem Fahrstuhl im Auge, die die Stockwerke anzeigten. Eins, zwei und dann drei. Das Licht sprang nicht auf vier. Der Fahrstuhl war im dritten Stockwerk stehengeblieben. Hanrahan warf Lieberman einen fragenden Blick zu.

»Die Nacht ist voller Überraschungen, Vater Murphy.«

»Ja, so ist es, Rabbi. Wirst du an Bernie denken, wenn dein Kumpel ihm die Kehle aufschlitzt?«

»Denk mal an die Alternativen«, riet ihm Lieberman.

Shepard lehnte sich an das rostige Bein des Wasserspeichers.

Die Dunkelheit hatte sich schnell über die Stadt gesenkt. Der Vollmond strahlte hell am Himmel. Shepard fingerte an der Skala seines Funkgeräts herum, hörte aber nur gedämpftes, statisches Knistern. Etwas abseits schlug der Hund die Augen auf und knurrte leise. Widerwillig griff Bernie Shepard in seine Tasche und holte eine Brille heraus. Danach schaute er sich auf dem Dach um, konnte aber nichts entdecken. Der Hund knurrte immer noch. Shepard griff nach seiner Waffe und trat einen Schritt aus dem Schatten des Wasserspeichers, hinaus ins Mondlicht. Inzwischen war der Hund aufgestanden und hatte den Kopf in Richtung des Kamins, der hinter dem Wasserspeicher war, gedreht.

»Verdammt, es ist zu ruhig«, flüsterte Shepard. »Wie früher im Krieg . . .«

Die Geräusche aus dem Funkgerät rissen ihn aus seinen Gedanken.

»Bernie«, erschallte Abe Liebermans Stimme. »Bernie? Wir haben hier unten einen Notfall.«

»Und hier oben vielleicht auch«, sagte Shepard und sah sich um.

Gespannt, mit der Waffe in der Hand, hörte er, wie Lieberman fortfuhr: »Kearney ist angeschossen worden. Von irgendeinem Idioten, der dich im Fernsehen gesehen hat. Ist mit einer Knarre aus dem Pfandleihhaus aufgetaucht und hat auf Kearney geschossen, auf der Straße. Sieht nicht so aus, als würde Kearney . . .«

Mit leisem Knurren näherte sich der Hund der Betonbarrikade. Shepard ließ das Funkgerät fallen, wirbelte auf dem Absatz herum, riß die Waffe hoch und zielte über den Kopf des Hundes hinweg auf die Schatten unter dem Wasserspeicher. Da weder eine Bewegung in den Schatten zu erkennen war, noch irgendwelche Geräusche aus ihnen drangen, bildete Shepard sich – nur für einen kurzen Augenblick – ein, der Schmerz in seiner Seite rühre von seinem rebellierenden Magengeschwür her. Doch dieser Augenblick verstrich schnell. Als Shepard den Messergriff sah, wußte er sofort Bescheid. Noch während er fiel, feuerte er. Die Kugel zischte über den Kopf des Hundes hinweg, ratschte über den Beton und bohrte sich in den Wasserspeicher. Verwirrt starrte der Hund auf den zusammengebrochenen Shepard hinunter, dessen Brille nur noch an einem Ohr baumelte.

»Pfeif ihn zurück, Mann«, sagte Emiliano »El Perro« Del Sol, als er mit dem zweiten Messer in der Hand über die Barrikade stieg. »Pfeif ihn zurück, oder du kriegst Hundefleisch zum Abendbrot serviert.«

Der Hund setzte zum Sprung an. El Perro drehte das Messer in der Hand, um sich gegen den bevorstehenden Angriff zu wappnen. Unter Qualen kniete Bernie Shepard sich hin, rückte die Brille zurecht. Sein Blick wanderte zur Waffe, die außerhalb seiner Reichweite lag.

»Zurück«, sagte Shepard. Widerstrebend befolgte der Hund seinen Befehl und kehrte zu seinem Herrchen zurück.

El Perro bewegte sich vorsichtig mit dem Messer in der Hand. Mit dem Fuß schob er die Waffe noch weiter von Shepard weg.

»Du hast noch Waffen in deinem Gürtel und Schuh«, sagte El Perro. »Hol sie raus, langsam. Und wirf sie vorsichtig rüber, sonst kannst du meine Klinge aus deinem Hals ziehen.«

Ganz langsam und unter Schmerzen zog Shepard die Pistolen aus Gürtel und Schuh und schob sie zu El Perro hinüber. Der Hund winselte.

»He«, sagte El Perro im Flüsterton und beugte sich vor, als könne sie jemand belauschen, »verflucht, du hast ja tatsächlich Dynamit hier oben gebunkert. Dann hast du sie also nicht verarscht, Mann.«

Shepard antwortete nicht. Vor Schmerz wimmernd, kniete er auf dem Boden und griff nach dem Messer, das in seiner Seite steckte.

»Wenn ich du wäre, würde ich es nicht rausziehen«, lautete El Perros Rat. Er hob eine Pistole auf, katapultierte die andere mit einem Fußtritt übers Dach. »Könntest verbluten.«

Shepard blinzelte kurz, grinste El Perro an, biß die Zähne zusammen, zog das Messer mit leisem Grunzen heraus und drehte es in der Hand.

»Laß es jetzt fallen«, befahl El Perro und zielte mit der Pistole auf ihn.

Shepard, dessen Gesicht urplötzlich schweißüberzogen war, überlegte, wie seine Chancen standen, als El Perro schnell nach vorn gestürmt kam und ihm das Messer aus der Hand trat.

Der Hund lief nervös auf und ab. Tief aus seiner Kehle drang ein frustriertes Heulen.

»Na, wenn du nicht ein verfluchter Macho-Bulle bist«, sagte El Perro voller Bewunderung. »Aber jetzt bist du kein Bulle mehr. Jetzt bist du wie ich. Mir ähnlicher, als du denkst. Kratzt du ab oder was?«

Immer noch auf Knien preßte Shepard die Hand auf die offene Wunde und blickte zu Del Sol hoch, der seinen Standort änderte, um einen besseren Blick auf Shepards Gesicht und dessen Wunde werfen zu können.

»He, was du getan hast, Shepard«, sagte er, »was du deiner Alten und dem Bullen angetan hast? Ich würde dasselbe tun. Nur damit du's weißt. Jeder Mann mit Mumm in den Knochen würde so handeln. Weißt du was? Scheiß doch auf die Leute dort draußen. Ich habe meine Arbeit getan. Meinen Lohn erhalten. Und jetzt werde ich von hier verschwinden, verdammt noch mal. Wenn sie dich fertig machen wollen, sollen sie's doch selbst erledigen. Wie gefällt dir das?«

Emiliano streckte die Hand aus, hob sein Messer auf und wischte die blutige Klinge mit einem dunklen Taschentuch ab, das er aus seiner Tasche zog.

»Hier«, sagte er und warf Shepard das Taschentuch zu, der es auffing, ehe es auf dem Dach landete.

Shepard stieß einen Zischlaut aus. Der Hund verstummte.

»Ich hoffe, du schaffst es, alter Mann«, sagte El Perro, bevor er in den Schatten eintauchte. »Ich hoffe, daß du es schaffst und diesem Arschloch Kearney, der deine Alte zur Hure gemacht hat, das Herz rausreißt.«

Shepard konnte ihn kaum mehr erkennen, doch El Perros Stimme war im Dunkeln gut zu verstehen.

»Ich hoffe, du jagst die verdammte Stadt in die Luft.«

El Perro ließ die Pistole fallen, warf die rasiermesserscharfe Klinge in die Luft, fing sie auf, ohne Shepard aus den Augen zu lassen, und verstaute das Messer in der Scheide an seinem Gürtel, während er drei Schritte zurückwich, in die Schatten, und verschwand.

»Er ist weg«, sagte Shepard zu dem Hund.

»Bernie?« meldete Liebermans Stimme sich.

Das Funkgerät lag ungefähr vier Meter vor ihm.

Mit dem winselnden Hund an der Seite setzte Shepard die Brille ab, biß die Zähne zusammen und rutschte langsam, unter Schmerzen, über das Dach, um sich hinter der Betonbarrikade zu verstecken.

»Bernie?« ertönte Liebermans Stimme wieder.

Das Funkgerät war jetzt in unmittelbarer Reichweite. Shepard griff danach und drückte auf den Sendeknopf.

»Ich bin noch am Leben«, meldete Shepard. Er gab sich große Mühe, sich den Schmerz nicht anhören zu lassen.

»Das habe ich mir schon gedacht«, meinte Lieberman.

»War einen Versuch wert, Lieberman«, sagte Shepard. »Ich hätte dasselbe getan.«

»Laß uns reden, Bernie.«

»Heute abend nicht mehr«, sagte Shepard. »Ich hab' noch eine Menge zu tun. Bestell Kearney, daß wir in knapp drei Stunden eine Verabredung haben. Falls du Del Sol findest, was ich nicht annehme, wird er dir bescheinigen, daß ich in puncto Sprengstoff nicht geblufft habe.«

»Das war mir von Anfang an klar«, sagte Lieberman.

»Richte das Hartz aus. Und melde dich nicht wieder.«

Shepard schaltete das Funkgerät aus und sah zu, wie die Leuchtanzeigen langsam verblaßten. Er legte das Gerät, an dem sein Blut klebte, oben auf die Barrikade, kroch dann durch die Öffnung, schaltete eine Taschenlampe ein und kramte den Erste-Hilfe-Kasten aus der Leinentasche. Die Tasche war klitschnaß vom Wasser aus dem beschädigten Speicher.

»Die Tür«, sagte Shepard und nickte in Richtung Stahltür.

Zuerst begriff der Hund nicht, was er von ihm wollte.

»Dort drüben«, wiederholte Shepard. »Die Tür.«

Diesmal kapierte der Hund, hatte aber keine Lust, sich in Bewegung zu setzen.

»Los«, rief Shepard nachdrücklich. Endlich trottete der Hund los und nahm seinen Wachposten ein.

Shepard zog das Hemd hoch, um das blutige Loch in seiner Seite zu begutachten. Aus dem Kasten nahm er einen großen Mulltupfer, den er fest auf die Wunde drückte. Er mußte die Zähne zusammenbeißen, um nicht vor Schmerzen aufzuschreien. Während er mit der einen Hand den Tupfer auf die Wunde preßte, zog er leise stöhnend mit der anderen eine Rolle Heftpflaster heraus. Mit den Zähnen riß er ein Stück Pflaster ab, legte es über den Tupfer und fixierte den Verband provisorisch. Danach – nun hatte er beide Hände frei – riß er noch mehr Pflaster ab, um den Mulltupfer richtig an seinem Körper zu befestigen. Mit aller Macht kämpfte er gegen die nahende Ohnmacht an. Zuerst mußte er weitere Streifen über den Tupfer kleben und an seinem Fleisch fixieren, damit der Verband nicht durchsuppte.

»Noch drei Stunden«, stieß er zwischen zusammengebissenen Zähnen hervor. »Laß mir noch drei Stunden.«

William Hanrahan lehnte sich in Jason Beldings Wohnzimmer an die Wand. Er und Alan Kearney hatten Abe Liebermans

Worte im Gespräch mit Shepard gehört, das Gewehrfeuer mitbekommen. Jetzt legte Lieberman das Funkgerät auf den Tisch neben dem Fenster. Chief Hartz fegte ins Zimmer.

»Was waren das für Schüsse?« brüllte er. »Wo steckt Del Sol?«

»Er ist vor zehn Minuten raufgegangen«, gab Kearney Auskunft. »Bernie hat geschossen.«

»Woher wissen Sie . . .?«

»Emiliano hat keine Schußwaffe mitgenommen«, sagte Lieberman.

»Hat er nicht . . .?« fragte Hartz ungläubig nach, trat ans Fenster und blickte nach draußen, als rechne er damit, El Perro unten auf der Straße liegen zu sehen.

»Ist ja durchaus möglich«, meinte er optimistisch, »daß er Shepard eine Waffe abgenommen und ihn erschossen hat.«

»Bernie lebt noch«, behauptete Kearney. »Und wir haben allen Grund zur Annahme, daß es auf dem Dach mehrere Sprengsätze gibt.«

Hartz drehte sich vom Fenster weg. Mittlerweile machte seine Uniform einen leicht schäbigen Eindruck. Das Hemd war verknittert, der Krawattenknoten gelockert.

»Drei Stunden«, verkündete Hartz mit einem Blick auf seine Uhr. Mit wenig überzeugendem Tonfall wandte er sich an Alan Kearney und sagte: »Sie werden nicht dort raufgehen, Kearney. Diese beiden Beamten können bezeugen, daß ich Ihnen untersagt habe, dort hochzugehen.«

Hartz' Blick schweifte von Hanrahan zu Lieberman, während Kearney ein kurzes, verbittertes Lachen ausstieß.

»Ach nein? Wenn ich nicht auf dieses Dach hochsteige, wird Bernie Shepard das ganze verdammte Viertel in die Luft jagen. Und dann stirbt er einen beschissenen Märtyrertod oder so was, und ich bin der Arsch, der überlebt, obwohl ich Olivia Shepard zur Hure gemacht habe. Der Bulle, der sich davor fürchtete, dem rechtschaffenen Ehemann, der ungerecht behandelt wurde, gegenüberzutreten.« Hartz vermied es tunlichst, Hanrahan und Lieberman anzusehen, und gab sich urplötzlich betont mitfühlend. »Sie gehen mit sich zu hart ins Gericht. Es wird uns bestimmt gelingen, diese Tür aufzubrechen und dann . . .«

»Und dann wird Bernie das Haus in die Luft jagen«, beendete Kearney den Satz.

»Welche Alternativen stehen uns sonst zur Verfügung?« fragte Hartz, ganz Vernunftmensch, nach.

»Lassen Sie uns den Vierten Juli doch gleich zweimal feiern«, schlug Lieberman vor. »Räumen Sie das Viertel, brechen Sie den Kontakt zu Shepard ab, und sagen Sie ihm, er soll loslegen und auf den Knopf drücken.«

»Ähm . . .«, sagte Hartz und gab sich große Mühe, so zu tun, als zöge er den Vorschlag tatsächlich in Betracht.

»Wollen Sie, daß wir so vorgehen, Chief?« fragte Kearney. »Ist es Ihnen ernst damit? Lautet Ihr Befehl wirklich, daß ich nicht dort hoch darf? Werden Sie das den Zeitungen und den Fernsehfritzen sagen, und wird es sich so anhören, als ob Sie es ernst meinen?«

Hartz schwieg. Kearney sah zu Lieberman hinüber, der gerade in dem Augenblick den Mund öffnete, als das Telefon läutete. Hanrahan nahm den Hörer ab. Die anderen warteten stumm und spitzten die Ohren.

»Hanrahan«, sagte er. »Nein . . . Nein.«

Er hängte auf und drehte sich um.

»Anxman«, sagte er. *Channel 9* möchte sich mit Captain Kearney unterhalten. Ich sagte . . .«

»Wir haben's gehört«, unterbrach Hartz ihn ungeduldig. »Sie haben richtig reagiert. Captain Kearney, ich habe Ihnen schon mal gesagt, daß Sie nicht . . .«

Kearney schüttelte den Kopf. Ziemlich entnervt ging er auf Hartz zu, der nicht vor ihm zurückwich.

»Das hier läuft ganz genau so, wie Bernie Shepard es geplant hat. Von Anfang an, seit er dort draußen geparkt hat, seit er dieses Gebäude betreten und seine Frau und einen anderen Polizisten getötet hat. Er will mich dort oben sehen. Sie möchten, daß ich dort hochgehe. Der Bürgermeister will, daß ich raufgehe. Ich könnte mir denken, daß jeder anständige Bürger mich dort oben haben will. Ein Duell auf dem Dach, der Gute gegen den Bösen. Welcher von beiden bin ich, Chief? Auf wen setzen Sie, Chief?«

Lieberman trat zwischen die beiden Männer.

»Dann soll er doch das Haus in die Luft jagen«, warf er mit sanfter Stimme ein. »Irgend etwas Kleineres, Häßlicheres kann dabei draufgehen. Eventuell ein Seven-Eleven. Und in zwei Jahren wird sich kaum jemand mehr richtig an diesen Vorfall erinnern.«

»Ist es das, was Sie im Sinn haben, Chief?« fragte Kearney.

Kearney und Hartz standen nun ganz dicht voreinander. Hartz antwortete nicht.

»Das habe ich mir gedacht«, sagte Kearney, ging an dem Polizeichef vorbei, verließ das Apartment und warf die Tür hinter sich zu.

Bürgermeister Aaron Jameson und Ty Wheeler tranken im Büro des Bürgermeisters Kaffee. Eine Zigarre glimmte im Aschenbecher neben dem Bürgermeister. Die Welt wußte nicht, daß der Bürgermeister rauchte. Daß dieses Laster geheimgehalten wurde, war nicht nur dem Herzinfarkt zuzuschreiben, den er vor ein paar Jahren erlitten hatte, sondern dem Image, das er haben würde, wenn man ihn mit einer langen Zigarre fotografierte. Die Nachrichten flackerten und summten beruhigend über die Mattscheibe. Der Bürgermeister hatte sich seiner Schuhe entledigt, und Wheeler zerbrach sich den Kopf darüber, ob Seine Eminenz sich den wartenden Mitgliedern der Presse lieber frisch rasiert stellen oder ob er so tun sollte, als habe er gerade einen langen und schwierigen Tag hinter sich gebracht. Wheeler nahm sich vor, erst später, wenn das Drama auf dem Dach beigelegt war, eine Entscheidung zu fällen. Zeitungen stapelten sich auf Schreibtisch und Boden.

». . . in weniger als dreieinhalb Stunden von jetzt an gerechnet«, verkündete die sanfte, vertraueneinflößende Stimme des Nachrichtensprechers. »Wie Sie eben gesehen haben, hat Chief Hartz vor wenigen Minuten Captain Alan Kearney sein volles Vertrauen ausgesprochen und gesagt, daß er sicher sei, daß Kearney die Situation richtig handhabe. Kearney ist der Mann, von dem Shepard behauptet, er habe seine Frau verführt und sei deshalb für die Ermordung von vier Personen innerhalb der letzten vierundzwanzig Stunden verantwortlich. Shepard, einer der am höchsten ausgezeichneten Beamten in Chicago . . .«

»Genug, genug«, rief der Bürgermeister. »Schalten Sie den Unsinn aus.«

Wheeler streckte die Hand aus und tat, wie ihm geheißen.

»In einer Minute werden Sie wieder einschalten.«

Der Bürgermeister lachte.

»Eine morbide Sucht. Ein masochistischer Akt. Zuzusehen, wie ein irre gewordener, abtrünniger Bulle dem eigenen kleinen Anspruch auf einen Platz in der Geschichte eine Fußnote anhängt. Würde ich annehmen, daß es was nutzt, ginge ich selbst dort rauf.«

»Nein, das würden Sie nicht, Aaron.«

Der Bürgermeister hob das linke Bein und massierte seinen Fuß.

»Sie haben recht«, sagte er. »Ich würde nur gehen, wenn ich sicher wäre, daß ich lebend wieder runterkäme. Aber stellen Sie sich nur einmal vor, wieviel zusätzliche Stimmen es mir einbrächte, wenn ich diesen verrückten Mistsack überreden könnte, vom Dach runterzukommen.«

»An das, was unmöglich ist, verschwende ich keinen Gedanken«, behauptete Wheeler. »Wir haben Kearney und müssen dafür sorgen, daß er dort hochsteigt.«

»Und dann?« fragte der Bürgermeister und griff nach seiner Zigarre.

Wheeler gönnte sich eine lange, bedeutungsschwangere Pause, die er nutzte, um sich eine Tasse Kaffee einzuschenken.

»Und dann beten wir«, sagte Wheeler und machte sich daran, den Fernseher wieder einzuschalten.

Alan Kearney stand allein auf der Straße, nur einen Block entfernt von dem Gebäude, das er Shepards Tower getauft hatte. Von dort aus sah er zu, wie das Mondlicht auf die unruhigen Wogen des Michigan-Sees fiel.

Erbost schlug er mit der Faust auf das Dach seines Wagens. Irgendein Geräusch, womöglich Gelächter, veranlaßte ihn, sich umzudrehen. In einer dunklen Gasse, zwischen zwei Häusern auf der anderen Straßenseite, stand Emiliano Del Sol. Kearney behielt ihn für ein, zwei Sekunden im Auge, bis El Perro sich umdrehte und verschwand. Das Verlangen, ihm zu folgen, der Zorn, der ihn übermannte, führten dazu, daß er zwei Schritte in Richtung der Gasse machte. Schritte auf dem Bürgersteig hinter ihm ließen ihn innehalten.

»Alan«, sagte Carla Duvier. »Wir müssen miteinander reden. Jetzt.«

Abe Lieberman war müde. Das vertraute er William Hanrahan an, der ihm im Gegenzug verriet, daß er unter Kopfschmerzen litt. Die beiden Männer saßen in Jason Beldings Küche und tranken Jason Beldings artesisches Brunnenwasser.

»Weißt du, was das hier ist?« fragte Lieberman und hielt sein Glas hoch. »Mineralwasser für einen Dollar die Flasche. Früher haben wir uns das von Joey Schoenberg ins Haus liefern lassen, in Siphonflaschen, zu zehn Cent die Flasche und für fünf Cent Pfand.«

»Eine von diesen Flaschen, mit denen sie in Filmen den Leuten ins Gesicht spritzen«, meinte Hanrahan.

»Genau, ja«, bestätigte Lieberman. »Hast du mit einem Arzt über die Schmerzen gesprochen?«

Hanrahan zuckte mit den Achseln und verlagerte sein Gewicht.

»Er behauptet, das wäre eben so. Ist vielleicht schon immer so gewesen. Ich habe Tabletten bekommen. Denk mal über die Alternativen nach, Rabbi.«

»Denk mal über die Alternativen nach«, wiederholte Lieberman und prostete seinem Partner mit erhobenem Glas zu.

Sie stießen die Gläser aneinander.

»Hast du Bess angerufen?«

»Ja, habe ich«, sagte Lieberman. »Die Kinder möchten morgen, wenn alles vorbei ist, ins Einkaufszentrum gehen. Ich hasse Einkaufszentren. Da tun mir immer die Knie weh.«

»Ich hasse Disneyland und Disney World und all diesen Quatsch«, sagte Hanrahan. »Iris sagt, daß sie dorthin fahren möchte. Ich spiele mit dem Gedanken, nach New Mexico zu fahren.«

»Wirst du auch nach Disney fahren?«

»Ja, ich werde fahren«, sagte Hanrahan und betrachtete das fast leere Glas in seiner Hand. »Weißt du, Abraham, das Schlimmste an der Abstinenz ist, daß ich permanent ans Trinken denken muß. Früher habe ich getrunken und nicht darüber nachgedacht. Ich hatte Zeit für andere Sachen. Weißt du, was ich meine?«

Die beiden schwiegen lange, hörten dem Brummen des Kühlschranks zu und rechneten damit, nebenan Stimmen zu hören.

»Kearney wird hochgehen«, sagte Hanrahan.

»Ja, das wird er«, stimmte Lieberman zu.

Bernie Shepard hatte die Augen geschlossen. Schweißtropfen drangen unter seine Lider, hingen in den Augenwinkeln und rissen ihn ins Bewußtsein zurück. Der Karabiner auf seinem

Schoß rutschte aufs Dach. Er hatte sein Gewehr durch diese leichtere Waffe ersetzt, nachdem er festgestellt hatte, daß er in der linken Hand kaum noch etwas spürte. Hustend griff er nach einem Glas Wasser, das er sich vorhin eingeschenkt hatte, trank einen Schluck und hustete wieder. Beim Husten schmerzte seine Seite. Er biß sich auf die Unterlippe, rückte seine Brille zurecht, schaltete die Taschenlampe ein und warf einen Blick auf seine Armbanduhr.

Noch zwei Stunden, dann war es endlich soweit.

Er drehte sich auf die Seite und sah zu, wie der Hund das verschüttete Wasser aufschlabberte. Shepard bekam vage mit, daß sein Hosenboden feucht war. Blut, Urin, verschüttetes Wasser? Egal. Gerade als er wieder die Augen schließen wollte, spürte er etwas. Er griff nach seiner Waffe und richtete den Blick auf den Dachrand.

Die beiden Kopfgeldjäger kamen auf ihn zu. Der große und der, der kein Hemd trug und eine Tätowierung, eine Eiscremetüte, auf dem Bauch hatte.

Shepard mußte sich auf den Karabiner aufstützen, um sich aufzurichten. Der Hund, der merkte, daß was nicht stimmte, schaute sich verwirrt um, konnte aber nichts erkennen. Bernie Shepard riß das kleine Gewehr hoch und schoß auf die erste Gestalt, den großen Mann, der prompt umfiel. Dann trat der andere Tote mit der Eistütentätowierung auf dem Bauch über seinen Partner und näherte sich dem schwankenden Shepard, der noch mal abdrückte.

Als der Tätowierte fiel, setzte eine andere Erscheinung, Andy Beeton, ein blutüberströmter Andy Beeton, den Fuß über die beiden Männer und kam auf Shepard zu. Der Hund versteckte sich hinter Shepard, der sich den Schweiß von der Stirn wischte.

Shepard feuerte zum dritten Mal, woraufhin Beeton zu Boden sank.

In der Dunkelheit kniff Shepard die Augen zusammen. Da

keine neuen Widersacher auftauchten, schob er das Gewehr unter den Arm, griff in die Brusttasche seines Hemdes und zog einen Plastikbehälter mit Tylenol und Kodein hervor. Nachdem El Perro sich aus dem Staub gemacht hatte, hatte er vier Tabletten eingeworfen. Schweratmend nahm er vier weitere, schluckte, kaute, würgte und schluckte wieder. Er mußte Spucke sammeln, hatte aber nur den Geschmack von Metall, den Geschmack von Emiliano Del Sols Messerklinge, im Mund.

Mittlerweile hielt der Hund Distanz, ließ den Mann aber keine Sekunde aus den Augen. Er war verunsichert, denn er begriff, daß der Mann etwas sah oder spürte, das er als Hund nicht verstehen konnte.

Mit einem Mal wirbelte der Mann mit dem Gewehr in der Hand herum und zielte auf den Wasserspeicher. Sein Gesicht war feucht und blaß, als Olivia Shepard blutend und in einem aufgebauschten Nachthemd aus der Dunkelheit trat und einen Fuß über die Leichen setzte.

»Ich habe keine Zeit für schlechte Träume«, sagte er.

Olivia blieb ein paar Meter vor ihm stehen.

»Keine Zeit«, sagte er und legte den Finger auf den Abzug. »Keine Zeit.«

Sein Finger gehorchte ihm nicht. Er konnte nicht abdrükken.

»Du bist nicht da«, sagte er, als eine weitere Gestalt aus den Schatten kroch. Alan Kearney, sein alter Partner, dem er diese Hölle, die er durchlebte, zu verdanken hatte, stellte sich neben Olivia, nahm ihre Hand, küßte sie voller Inbrunst, hungrig, während seine Hände unter ihr Nachthemd glitten.

»Nein«, rief Shepard. »Nein.«

Der Hund flüchtete zur Stahltür. Shepard feuerte und feuerte immer weiter, bis nichts mehr da war, auf das er schießen konnte, bis sein Magazin leer war.

Und dann waren auf einmal alle verschwunden. Olivia, Kearney, Beeton, die Kopfgeldjäger. Shepard taumelte zu der

Stelle, wo die Geister gestanden hatten und zu Boden gegangen waren. Schweigend harrte er dort ein paar Sekunden aus, trat dann an den Dachrand und schrie in die Nacht hinaus. »Kearney, keine Spielchen mehr. Hast du verstanden? Keine Spielchen. Ich will dich. Dein wahres Ich. Schau auf deine Uhr, du Hurensohn. Ich will dich in zwei Stunden sehen. Gott, wie sehr ich dich will.«

Zwei Minuten, bevor Shepard auf die erste Erscheinung geschossen hatte, hatten Alan Kearney und Carla Duvier im Wagen ihre kurze Unterredung beendet. Carla sagte: »Dann hat es offensichtlich keinen Sinn, wenn . . .«, aber Kearney hörte ihr nur mit halbem Ohr zu. Seine Gedanken kehrten immer wieder zu dem Dach hinter ihnen zurück. Er riß sich zusammen, konzentrierte sich wieder auf sie und hörte sie sagen, ». . . oder einfach unsere Namen, unser Leben völlig verändert zu sehen in . . .«

Der erste Schuß krachte durch die Nacht. Kearney stieß die Wagentür auf.

»Alan, verdammt noch mal, schließ die Tür und hör mir zu. Wofür hältst du mich, verflucht auch, für eine von diesen Frauen, die bei der Besiedlung Amerikas dabeigewesen sind, für jemanden, der sich über schmutzige Wäsche beugt, während der Mann mit seiner Meute loszieht?«

Kearney stieg aus, richtete den Blick nach oben und dann auf die Straße und auf Lieberman, der näherkam.

»Captain«, sagte Lieberman. »Ich meine, es ist an der Zeit, die Menschen in diesem Viertel zu evakuieren.«

»Er wird nichts in die Luft jagen, bevor er die Gelegenheit bekommt, auf mich zu schießen«, behauptete Kearney, als der zweite Schuß ertönte.

Er registrierte, wie die Wagentür aufging, wie Carlas Absätze auf dem Asphalt klapperten, doch er kümmerte sich nicht um sie.

»Wahnsinn durchläuft unterschiedliche Phasen«, sagte Lieberman.

»Ich weiß, was Bernie Shepard tun wird. Ich habe sechs Jahre lang zehn Stunden pro Tag mit ihm verbracht.«

»Alan«, warf Carla leise, vernünftig ein. »Wenn du den Kopf drehst, wirst du mich hier stehen sehen. Und ich würde dir raten, das zu tun, denn es könnte das letzte Mal sein, daß du mich zu Gesicht kriegst.«

»Ich werde zurückgehen . . .«, begann Lieberman.

Ein weiterer Schuß vom Dach ließ ihn innehalten. Kearney wandte sich Carla zu und sagte: »Carla, du hast dich von mir verabschiedet, als du aus dem Wagen gestiegen bist. Du hast nur noch eine Möglichkeit gesucht, mir die Schuld in die Schuhe zu schieben, damit du ohne Schuldgefühle gehen kannst.«

»Unsinn«, sagte sie und kam auf ihn zu.

Gott, dachte er, sie ist wunderschön.

»Geh und sprich die Angelegenheit mit deinem Vater durch«, schlug er vor.

Jetzt kamen viele Schüsse, einer nach dem anderen, in schneller Reihenfolge. Die drei Personen auf der Straße blickten nach oben, obwohl es dort nichts zu sehen gab. Als sich wieder Stille über die Straße legte, meldete sich Carla, ihren Zorn im Zaum haltend, mit gesenkter Stimme ein letztes Mal zu Wort.

»Ich werte das als Bestätigung, daß das, was Shepard über dich und seine Frau gesagt hat, der Wahrheit entspricht.«

»Das hätte ich mir denken können«, meinte Kearney. »Und da bist du heute beileibe nicht die erste.«

»Dann gibt es nichts mehr zu sagen«, sagte sie.

»Nein«, stimmte Kearney ihr zu.

»Captain«, sagte Lieberman, »ich denke, es ist . . .«

Kearney wartete nicht, bis Lieberman ihm erklärte, was er mit *es* meinte. Er ließ die beiden stehen und ging zu Shepards

Tower hinüber, begleitet von Bernie Shepards Stimme, die durch die Nacht hallte und den fernen Verkehrslärm übertönte.

»Kearney, keine Spielchen mehr. Hast du verstanden? Keine Spielchen. Ich will dich, dein wahres Ich. Schau auf deine Uhr, du Hurensohn. Ich will dich in zwei Stunden sehen. Gott, wie sehr ich dich will.«

Als Bernie Shepard sich vom Dachrand abwandte, kehrten die Geister zurück. Schwitzend, mit dem leergeschossenen Gewehr in der Hand, stand er da und riß die Augen auf. Vor ihm standen Kearney, Olivia, Beeton, Carla und Dave. Der Schweiß reizte seine Augen, und er mußte hektisch blinzeln. Als er wieder richtig sehen konnte, standen Kearney, Olivia, Lieberman und ein paar schemenhafte Gestalten vor ihm, die er nicht genau erkennen konnte.

Nach ein paar weiteren Lidschlägen befand er sich in Slivkas Taverne. Kearney, Olivia, Beeton, Lieberman, dessen Frau und die anderen waren ganz lebendig und lachten. Über der Bar hing ein improvisiertes Banner, auf dem GLÜCKWUNSCH CAPTAIN KEARNEY stand. Shepard sah sich mit einem Bier in der Hand an der Bar lehnen, von wo aus er seine Frau und Kearney beobachtete, der sich zu ihr hinüberbeugte und mit ihr tuschelte. Er sah auch, wie er sich selbst vorbeugte, um das Gespräch belauschen zu können.

»Ich brauche keinen Vortrag von einem großen Bruder, Alan«, sagt sie. »Ich brauche dich.«

»Wer hält hier denn Vorträge, Livy?« entgegnet Kearney. »Und übrigens, das hier ist meine Party. Ich kann soviel Vorträge halten, wie ich möchte. Ich habe doch nur gesagt, daß Bernie eine Chance verdient. Nein, du verdienst eine Chance.«

»Du hast recht«, sagt Olivia. »Das ist kein Vortrag. Das ist eine Rede aus einer Seifenoper. Ich habe es mehr als einmal versucht, Alan. Ich habe mich verändert, er sich leider nicht. Es liegt nicht nur an seinem Alter. Es ist . . .«

Von irgendwoher versucht eine Stimme, zu Shepard durchzudringen, während Shepard noch mitkriegt, wie ihm jemand eine Flasche Bier in die Hand drückt und Andy Beeton sich einen Weg durch die Menge zu Olivia und Kearney bahnt.

»Großartige Party«, hallt die Stimme.

Shepard beobachtet sich dabei, wie er die Bar verläßt und seine Flasche hebt, um auf Kearney und Olivia zu trinken.

»Auf Captain Kearney und seine Zukunft«, prostet der Shepard aus der Vergangenheit.

Und ein Echo antwortet: »Betrug.«

10

Estelle Povelchek beeilte sich, das Büro des Bürgermeisters sauberzumachen. Normalerweise nahm sie sich viel Zeit, schob die Tische und Stühle beiseite, um darunter zu saugen, aber normalerweise hingen der Bürgermeister und sein großgewachsener Assistent auch nicht auf den Bürosesseln herum und erweckten den Eindruck, auf einen Bus zu warten. Seit gut dreißig Jahren putzte Estelle inzwischen dieses Büro. Sie verrichtete ihre Arbeit routiniert und war stolz darauf. Wenn nötig, brachte sie sogar Geduld auf.

»Dieses Büro hängt mir zum Hals heraus«, meinte der Bürgermeister, der schon vor Stunden Krawatte und Schuhe abgelegt hatte. »Na, ist das nun Ironie oder nicht? Mein ganzes Erwachsenenleben habe ich danach gestrebt, dieses Büro mein eigen zu nennen, und nun geht es mir gewaltig gegen den Strich, hier zu sitzen.«

»Kann gut sein, daß das bald Schnee von gestern ist«, warf Wheeler ein, der seine Krawatte gelockert, seine Schuhe aufgeschnürt hatte.

»Estelle«, sagte der Bürgermeister, setzte sich aufrecht hin und rieb sich das Gesicht, als ob es eingeschlafen wäre. »Werden Sie mich wählen, auch wenn Shepard die North Side in die Luft jagt?«

Estelle ließ sich nicht von ihrer Arbeit abhalten, schwenkte die *Lemon Pledge*-Sprühflasche und versuchte vergeblich, den Zigarrengestank zu vertreiben. »Ich werde Sie wählen«, sagte sie. »Was interessiert mich die North Side? Ich wohne immer noch in der Division Street.«

»Und was gefällt Ihnen besonders an meiner Regierung?« wollte der Bürgermeister erfahren und riß die Augen weit auf in der Hoffnung, die Müdigkeit abschütteln zu können.

»Sie richten nicht so großen Schaden an wie der letzte Bürgermeister«, gab sie kopfschüttelnd Auskunft und versprühte *Lemon Pledge.* »Ich werde Ihnen auf jeden Fall meine Stimme geben.«

»Wieso bin ich nicht der Meinung, daß das eine ermutigende Wählerstimme ist?« meinte Wheeler.

»Wissen Sie, was das Problem an diesem Job ist?« fragte der Bürgermeister und stand auf. »Zu verdammt viele Tage und Nächte wie diese, wo man sich mit zu verdammt vielen unvorhersehbaren Problemen rumschlagen muß. Entschuldigen Sie meine Wortwahl, Estelle.«

»Ist schon gut«, sagte Estelle und rieb die Fläche, die sie eingesprüht hatte, mit einem alten Handtuch nach. Der Aufdruck auf dem Tuch informierte die Welt, daß Estelle eine Partynudel war.

Wheeler griff nach seiner Kaffeetasse, warf einen Blick auf die Uhr und ging geschwind zum Fernseher hinüber.

»Die Zehn-Uhr-Nachrichten. Welchen Sender soll ich einschalten, Aaron?«

»Vier, das ist heute meine Glückszahl«, antwortete der Bürgermeister mit einem Anflug von Sarkasmus.

Zuerst flimmerten Licht und Farben über den Bildschirm, und dann war Janice Giles' Gesicht zu sehen.

»Und«, fuhr der Bürgermeister fort, »das Glück ist uns wieder hold. Heute ist meine Lieblingsnachrichtensprecherin dran.«

»Es heißt jetzt immer Nachrichtensprecher. Auf das Geschlecht wird nicht mehr eingegangen«, monierte Wheeler.

Im Fernsehen präsentierte Janice Giles sich dem zugeschalteten Publikum mit ernster Miene und sagte: »Und so sieht die Stadt Chicago seit fast zweiundzwanzig Stunden hilflos zu, wie ein einzelner Mann ein ganzes Viertel in Schach hält. Vor wenigen Minuten ertönten Schüsse von dem Dach, auf dem sich Sergeant Bernard Shepard verbarrikadiert hat. Er und die

Welt zählen die Minuten bis zu jener von ihm geforderten Konfrontation mit dem Mann, von dem er behauptet, er habe seine Frau verführt und ihn zu diesem Akt emotionaler Verzweiflung getrieben. Captain Alan Kearney weigert sich, mit der Presse zu sprechen, doch Chief Hartz hat vor wenigen Minuten eine kurze Mitteilung abgegeben, die im Wortlaut der Mitteilung gleicht, die heute abend vom Büro des Bürgermeisters bekanntgegeben wurde.«

Das vertrauenerweckende Gesicht von Marvin Hartz, auf dessen gekämmtem Schopf eine blaue Mütze saß, erschien auf dem Bildschirm.

»Die Umgebung«, sagte er, »ist abgeriegelt, und wir bemühen uns derzeit, die Situation in den Griff zu bekommen und gleichzeitig zu vermeiden, daß noch mehr Menschen verletzt werden, noch mehr Schaden angerichtet wird.«

»Und?« fragte Janice Giles mit ernster Miene nach. »Was passiert, wenn diese Maßnahmen fehlschlagen? Wird Captain Kearney dann auf das Dach gehen und Bernie Shepard gegenübertreten?«

»Die Polizei dieser Stadt wird den Forderungen von Personen, die in kriminelle Aktivitäten verwickelt sind, nicht nachgeben. Von unseren jüdischen Verbündeten in Israel haben wir gelernt, daß man auf die Forderungen von Geiselnehmern nicht eingehen darf. Captain Kearney ist Teil dieser Behörde. Ich denke, das beantwortet Ihre Frage.«

Der Bürgermeister und Wheeler tauschten Blicke aus.

»Israel?« wandte sich der Bürgermeister an Ty Wheeler. »Israel? Was bildet der sich ein, denkt der, er könnte die Stimmen der jüdischen Wähler retten? Estelle, meinen Sie, daß Kearney auf dieses Dach steigen sollte?«

»Ein Mann, der getan hat, was er getan hat?« sagte sie und machte sich daran, den Bildschirm abzustauben. »Keine Ahnung. Ich werde Ihnen sagen, was ich weiß, wenn es Sie interessiert.«

»Ja, es interessiert uns«, sagte der Bürgermeister. »Nicht wahr, Ty?«

»Wir hängen an Ihren Lippen«, pflichtete Wheeler bei und lockerte seine Krawatte noch einen Tick mehr.

»Würde ich mich wie Shepards Frau verhalten, würde mein Mann genau wie Shepard reagieren. Ganz genau so. Wenn dieser Kearney nicht auf das Dach hochgeht, nennt er sich von nun an besser Pedro und nimmt den nächsten Bus nach El Paso.«

»Die Stimme des Volkes«, meinte Wheeler und prostete Estelle zu. »Das Volk hat gesprochen.«

Im Fernsehen wurden ein alter Mann und eine alte Frau interviewt. Es war Tag, und Janice Giles stellte die Fragen. Der alte Mann sprach langsam, überlegt, und gestikulierte beim Reden mit den Händen.

»Unrecht ist Unrecht«, behauptete er. »Ich sage nicht, daß es richtig ist, herumzulaufen und auf Menschen zu schießen, mit einer Waffe auf Menschen zu schießen. Das ist falsch, aber das Gesicht des Mannes verrät einem, wie sehr er gelitten hat. Der andere, der, der das mit seiner Frau angestellt hat . . .«

»Sie meinen Captain Kearney?« hakte Janice Giles nach.

»Kearney, ja«, sagte der alte Mann. »Er sollte die bittere Medizin schlucken und dort raufgehen. Falls er ein Mann ist, wird er so handeln. Ja, dann wird er genau das tun.«

»Würdest du das tun?« fragte die alte Frau ungläubig.

»Ich sage nicht, daß dieser Shepard Charles Bronson ist«, führte der alte Mann geduldig aus. »Habe ich etwa behauptet, er wäre Charles Bronson oder so jemand? Er hat einen Mann und eine Frau umgebracht. Charles Bronson ist er nicht, Himmel noch mal. Er ist ein Mörder.«

»Und du würdest dort hochgehen?« wiederholte die alte Frau die Frage.

»Ja, das würde ich tun«, behauptete der alte Mann nachdrücklich.

»Ach ja ...«, begann die alte Frau, ehe sie von einem lauten Piepsen unterbrochen wurde. »Was bildest du dir eigentlich ein? Meinst du, das hier ist irgendein Western oder so was? Herrje, er hat drei Männer und eine Frau auf dem Gewissen. Er ist ein Mörder.«

»Wer hat das abgestritten?« fragte der alte Mann, der die Kamera völlig ignorierte und nur Augen für die alte Frau hatte.

»Ich sage ja nicht, daß er Charles Bronson ist. Habe ich etwa behauptet, er wäre Charles Bronson? Falls ja, dann tut es mir leid. Aber wenn er nicht etwas unternimmt, was für ein Mann ist er dann?«

»Von wem redet er jetzt?« fragte der Bürgermeister. »Von Shepard oder von Kearney? Gütiger Gott, was für einen Unterschied macht das schon?«

Barfuß erhob der Bürgermeister sich, schaltete den Fernseher leiser und trat vor den Aktenschrank hinter seinem Schreibtisch.

»Ein kleiner Drink wäre jetzt das Richtige, nicht wahr? Estelle, wären Sie so freundlich, sich uns anzuschließen?«

»Geht das in Ordnung?« fragte Estelle Wheeler.

»Ja, das geht in Ordnung«, antwortete der Bürgermeister ihr. »Schließlich bin immer noch ich der Bürgermeister. Und außerdem muß ich mich der Loyalität meiner Wähler versichern.«

Schwankend und hektisch blinzelnd, musterte Bernie Shepard die geisterhaften Erscheinungen: Kearney, Olivia, Beeton. Die Toten tanzten mit den Lebenden. Dann trat Carla Duvier aus dem Schatten, mit Chief Hartz im Schlepptau, der die rechte Hand ausstreckte und strahlte, während er in Bernie Shepards Erinnerung in der Taverne auf Kearney zuging.

Hartz schüttelte Kearneys Hand, legte den Arm um Olivia und berührte dabei ihre Brüste.

»Kearney«, sagte Hartz vertraulich, so daß Shepard die Ohren spitzen mußte, um etwas verstehen zu können, »ich kann nur kurz bleiben, wollte aber doch vorbeikommen und persönlich gratulieren.« Dann wandte er sich an Olivia mit den Worten: »Sie müssen ja sehr stolz auf Ihren Gatten sein. Sie geben ein schönes Paar ab.«

Olivia warf Shepard einen Blick zu, als Kearney sagte: »Das hier ist Olivia Shepard, Chief. Bernie Shepards Frau.«

Kearney deutete mit dem Kinn auf den schwankenden Shepard, der höhnisch seine Bierflasche hochnahm und auf den Chief oder das glückliche Paar trank.

»Tut mir leid«, meinte Hartz. »Ich . . .«

»Schon gut«, sagte Olivia und entfernte sich. Kearney wollte ihr gerade folgen, doch da gesellte sich Andy Beeton zu ihr und verwickelte sie in ein Gespräch.

Carla Duvier ging an Shepard vorbei, als würde er gar nicht existieren, doch Bernie streckte den Arm aus und sagte: »Chief Hartz fand gerade, daß meine Frau und Ihr Freund ein hübsches Paar abgeben. Was ist Ihre Meinung?«

»Meine Meinung«, antwortete Carla Duvier und schob seinen Arm beiseite, »ist, daß es spät wird und ich morgen früh zur Arbeit muß.«

»Ah«, sagte Shepard. »Das hätte ich beinahe vergessen. Werden Sie in Zukunft, wenn Al und Sie erstmal verheiratet sind, auch die Kohle heimbringen?«

»Das habe ich vor«, entgegnete sie mit kaum verhülltem Spott. »Wieso, sind Sie der Ansicht, daß der Platz einer Frau das Heim ist?«

»Das Heim«, führte er aus, prostete ihr zu und grinste hinterlistig. »Das Bett. Die Küche. Ich bin nur ein gutes, altmodisches, wohlgenährtes, männliches Chauvinistenschwein.«

»Und Ihre Frau?« fragte Carla mit einem Blick auf Olivia und Andy Beeton, die die Köpfe zusammensteckten. »Was ist sie denn? Gute Nacht. Sollte Ihnen was daran liegen, für mich und Captain Kearney rechtzeitig ein Hochzeitsgeschenk aufzutreiben, wir sind bei Marshall Fields ins Register eingetragen.«

Shepard taumelte, fürchtete zu fallen und murmelte »Zimtziege«, während sie zu Kearney hinüberging.

Er wußte nicht genau, ob er damit Carla, Olivia oder die Frauen insgesamt meinte. Er zwängte sich durch die Menge, machte ein paar Schritte auf Beeton zu, der ihm den Rücken zudrehte und sich immer noch mit Olivia unterhielt. Shepard streckte die linke Hand aus, um Beeton zu berühren, ihn umzudrehen, um zu sagen . . . er wußte nicht, was er sagen sollte. In diesem Augenblick drehte Beeton sich um, der blutüberströmte Beeton, dem das Gesicht weggeschossen worden war, ein Gesicht, nur wenige Zentimeter von Shepards entfernt.

Bernie stolperte nach hinten und drückte ab, als Beetons Geist auf ihn zukam.

»Zum Teufel auch«, sagte der Bürgermeister. »Gehen Sie nach Hause, und schlafen Sie etwas. Ich werde mich für eine Stunde aufs Sofa hauen oder mir einen Film ansehen.«

»Ich werde mich auch in meinem Büro hinlegen«, sagte Wheeler und erhob sich.

Trotz heruntergeschalteter Lautstärke schwoll die Stimme im Fernseher so stark an, daß sie ein paar Worte verstehen konnten. Wheeler schaltete lauter. Der Reporter auf der Straße sagte: ». . . warum Shepard schießt, doch die Polizei rät inzwischen jedem, selbst den Nachrichtenteams, das Viertel zu verlassen.«

Der Bürgermeister erhob sich von seinem Sessel, näherte sich mit bloßen Füßen in drei Schritten dem Fernseher und riß den Stecker aus der Steckdose. Der Reporter auf der Mattscheibe schrumpfte wie ein Ballon, aus dem die Luft entwich, zusammen, und dann war auf dem Bildschirm nur noch ein kleiner Lichtpunkt zu erkennen, der kurz aufflackerte und erstarb.

»Jesus«, rief der Bürgermeister. »Wir sitzen hier nur rum und warten auf ein gottverdammtes Wunder, und wenn dieses Wunder nicht geschieht, können wir unsere Sachen packen und nach etwas Neuem Ausschau halten. Zur Hölle damit. Wenn wir diese Sache nicht politisch gelöst kriegen, können wir wenigstens das Richtige tun. Holen Sie mir Hartz ans Telefon. Ich werde ihm auftragen, jeden, auch seine eigenen Männer, zu evakuieren und einen Hubschrauber zu organisieren, der dort hochfliegt und eine verfluchte Bombe über Shepard abwirft.«

Der Bürgermeister beugte sich über Wheeler, der sich müde in seinen Sessel fallen ließ und kein Wort sagte.

»Nun«, sagte Aaron Jameson, »wollen Sie nicht versuchen, mir diese Idee auszureden, mir klarzumachen, daß ich erschöpft bin und lieber noch abwarten sollte, daß ich Kearney dort raufgehen und sterben lassen soll?«

»Nein«, meinte Wheeler.

»Dann hängen Sie sich ans Telefon.«

Wheeler kannte die Anzeichen; er war kein Dummkopf. Er nahm den Hörer ab.

»Wahrscheinlich werden die verdammten Republikaner den Schutt abtragen lassen«, prophezeite der Bürgermeister, »einen Park anlegen und in der Mitte eine Statue von Shepard aufstellen.«

Polizeichef Marvin Hartz lief gerade in Jason Beldings Wohnzimmer auf und ab, als der Anruf des Bürgermeisters kam. Bill Hanrahan hatte die Ehre, den Hörer abzunehmen. Hartz hielt mit rotem Gesicht und leicht geöffnetem Mund, der seine Furcht verriet, im Schritt inne und stierte ihn an. Captain Alton Brooks, dessen Sondereinsatzuniform im Gegensatz zur verknitterten Uniform des Chiefs ordentlich gebügelt war, stand breitbeinig und mit verschränkten Armen am Fenster und sah hinaus.

»Der Bürgermeister«, meldete Hanrahan und hielt dem Chief den Hörer hin, der ihn äußerst widerwillig entgegennahm.

Hanrahan begab sich auf die andere Seite des Zimmers, um wenigstens den Anschein zu erwecken, als sei dem Chief ein Minimum an Privatsphäre vergönnt.

»Ja, Herr Bürgermeister«, sagte Hartz und blickte zu Hanrahan hinüber, der so tat, als suche er etwas inmitten eines Papierstapels auf dem Stuhl in der Ecke. Brooks stand einfach nur da und sah aus, als wartete er auf einen Befehl, von dem er sicher wußte, daß er kommen würde. »Ich weiß . . . ich glaube, daß Captain Kearney vorhat, auf das Dach . . . Nein, ich habe ihm geraten, befohlen, es nicht zu tun.«

Hartz senkte die Stimme und drehte Hanrahan den Rücken zu, der nun vorgab, das Gesuchte gefunden zu haben.

»Ich habe ihm gesagt, er riskiert . . .«

Hanrahan hatte die Spielchen satt, warf die Papiere weg und hielt auf die Eingangstür zu. Hartz beobachtete ihn, legte eine Hand auf die Sprechmuschel und zischte: »Sie bleiben hier.«

Hanrahan blieb stehen, überlegte, ob er entgegen der Anweisung den Raum verlassen sollte, entschied sich aber zu bleiben. Er lehnte sich an die Wand und blickte Hartz unverwandt in die Augen, während der andere den Gesprächsfaden wieder aufnahm.

»Wir können den Hubschrauber des Sondereinsatzkommandos anweisen, den Angriff durchzuführen«, sagte er mit Blick auf Brooks, der mit einem kaum wahrnehmbaren Nicken andeutete, daß er bereit war. Dann fuhr Hartz am Telefon fort: »Aber ich dachte . . . Ja, ich werde alle anwesenden Beamten und Medienleute aus dem Viertel evakuieren . . . Ich . . . ja, ich verstehe vollkommen.«

Hartz hängte ein und murmelte leise, aber doch so laut, daß die anderen ihn verstehen konnten: »Ja, ich verstehe, wessen Arsch auf dem Spiel steht.« Zu Hanrahan sagte er laut: »Suchen Sie Kearney. Sagen Sie kein Wort. Suchen Sie ihn nur. Richten Sie ihm aus, daß ich ihn sofort sehen möchte.«

Hanrahan stieß sich von der Wand ab, warf Hartz einen letzten Blick zu und verließ das Apartment.

»Captain«, ordnete Hartz an, »evakuieren Sie die Gegend. Nur Ihre Männer an der Tür und die Eingreiftruppe bleiben. Aber denken Sie daran, wer bleibt, tut das freiwillig.«

»Meine Leute werden bleiben«, versicherte Brooks.

»Falls wir die Bombe abwerfen müssen . . . wie groß ist sie?« wollte Hartz erfahren.

»Wenn Shepard Sprengsätze auf dem Dach verteilt hat, ist es wurscht, wie groß oder klein die Bombe ist. Die Kettenreaktion wird . . .«

»Tun Sie, was Sie tun müssen«, wehrte Hartz ab und setzte seine Mütze auf. »Tun Sie's einfach.«

Auf der Treppe zum Dach waren die Beamten Howell und Spiza wieder in Hemdsärmeln an der Metalltür zugange. Beide Männer trugen dunkle Arbeitsbrillen. Spiza machte sich gerade mit einer Nadelspitze und einem relativ leisen Schweißbrenner an den Metallscharnieren zu schaffen, als Kearney und Lieberman die Treppe hochkamen. In Liebermans Augen waren die beiden Männer ein erstklassiges Ringer-Team, einer schwarz, einer weiß, beide überaus kompetent.

Spiza sah sie nicht kommen, Howell hingegen schon. Er tippte seinem Partner auf die Schulter. Spiza drehte der Flamme den Saft ab und schob die Brille hoch.

»Wie läuft es?« erkundigte Kearney sich.

Da schob auch Howell seine Brille hoch und sagte: »Noch ein paar Minuten. Mit einem ordentlichen Schlag könnten wir sie wahrscheinlich jetzt schon eintreten.«

Kearney warf einen Blick nach unten, auf den Beamten des Sondereinsatzkommandos, der mit schußbereitem Gewehr auf dem unteren Treppenabsatz wartete.

»Wenn Sie mich fragen, Captain, hat der Typ dort oben nicht mehr alle Tassen im Schrank«, meinte Spiza und gab Howell mit einem Blick zu verstehen, daß er auf eine Bestätigung wartete. Howell nickte. »Der führt Selbstgespräche«, fuhr Spiza fort, »schießt. Glauben Sie ernsthaft, daß er dort oben mehrere Sprengsätze deponiert hat?«

»Ja, davon bin ich überzeugt«, meinte Kearney.

Auf dem unteren Treppenabsatz knackte ein Funkgerät. Lieberman hörte, wie der Mann vom Sondereinsatzkommando flüsterte.

»Chief Hartz ist auf der Suche nach Ihnen, Captain«, rief der Mann vom Sondereinsatzkommando. »Möchte, daß Sie umgehend in der Kommandozentrale erscheinen.«

»Sie haben mich nicht gesehen«, sagte Kearney, ohne nach unten zu schauen.

»Aber . . .«, begann der Mann vom Sondereinsatzkommando, brach jedoch ab, als Kearney drei Stufen nach oben stieg und sich mit der Schulter voran gegen die Stahltür warf, die quietschend nachgab. Spiza und Howell machten Kearney Platz. Lieberman folgte seinem Boß.

»Heilige Scheiße«, rief der Mann vom Sondereinsatzkommando, riß das Gewehr hoch und ließ das Funkgerät fallen.

»Captain«, sagte Lieberman und streckte die Hand nach Kearney aus.

»Zurück«, befahl Kearney in einem Anflug von Wahnsinn, der sich in seiner Miene widerspiegelte, in seinen Worten mitschwang. »Gehen Sie zurück, hauen Sie ab. Sie alle, und zwar schnell.«

»Captain«, rief der Mann vom Sondereinsatzkommando. »Der Chief will nicht, ich wiederhole, will nicht, daß Sie dort hochgehen.«

»Ich glaube, die im Rathaus haben ihre Meinung geändert, Captain«, konstatierte Lieberman leise, als Spiza und Howell ein, zwei Stufen zurückwichen.

»Ist mir doch egal«, behauptete Kearney. »Ich werde jetzt da hinausgehen.«

»Dann«, sagte Lieberman und stieß einen Seufzer aus, »gehen wir zusammen raus, aber vergessen Sie nicht, ich habe eine Frau, eine Tochter, zwei Enkel und Karten für Sonntag, da treten die Mannschaften zweimal an einem Tag gegeneinander an.«

»Ich werde mich bemühen, das nicht zu vergessen«, versprach Kearney.

Alton Brooks stand unten auf der Straße, richtete den Blick nach oben und hielt sein Funkgerät ans Ohr. Er beobachtete, wie zwei Männer aus einem Fenster im obersten Stockwerk des Shoreham kletterten. Die beiden Männer waren ganz in schwarz gehüllt. Sogar die Waffen auf ihrem Rücken waren schwarz.

Einer der Männer hob die Hand und winkte nach unten. Brooks winkte zurück. Die Männer suchten nach einem Halt für die Füße, nach Mauervorsprüngen, an denen sie sich festhalten konnten, um zum Dach hochzukraxeln.

»Captain Kearney hat Station Zwei verlassen, um . . .«, kam aus dem Funkgerät, ehe eine andere Stimme dazwischenfuhr und meldete: »Captain Kearney ist hier auf Station Drei. Ich habe ihm einen Befehl gegeben. Er hat ihn ignoriert. Er öffnet die Tür, Zebra Eins, erwarte Anweisungen.«

»Licht aus, Briggs«, befahl Brooks unmißverständlich, entschieden und ohne zu zögern seinem Mann am Hauptlichtschalter im Keller des Shoreham.

Bernie Shepard wirbelte auf dem Dach des Shoreham herum, als sich die Tür unter ohrenbetäubendem, metallischem Quietschen langsam öffnete. Er wischte sich den Schweiß aus den Augen und rückte seine Brille zurecht, während Kearney in Begleitung einer weiteren Person näherkam. Shepard sah, wie der Hund sich der Erscheinung näherte, wie Kearney sich bückte, um dessen Kopf zu tätscheln.

Shepard konnte nicht unterscheiden, ob das tatsächlich Kearney oder wieder ein Geist war. Er fixierte das klaffende Loch, wo eben noch die Tür gewesen war, und erblickte nur Dunkelheit.

»Zurück«, rief Shepard dem Hund zu, während er seine Waffe hochnahm. »Es ist noch zu früh.« Er drehte sich mit dem Gesicht zu Kearney, warf einen Blick auf seine Uhr und konstatierte: »Du bist eine Stunde zu früh.«

»Das war meine Entscheidung, Bernie«, erklärte Kearney beim Näherkommen. »Hartz hat mir gerade eben den Befehl gegeben, das Viertel zu verlassen. Ich glaube, es ist ihm scheißegal, ob du die halbe North Side in die Luft jagst. Du hast den Bogen überspannt, zu lange gezögert, Bernie. Du hast zu lange gewartet, um es mir heimzuzahlen. Jetzt interessiert sich niemand mehr für dich, das Haus, die gesamte North Side. Hartz will dich tot sehen.«

Shepard lachte. Sein Blick wanderte zu Lieberman und dann wieder zurück zu Kearney.

»Jesus, ihr beide seid nicht echt, keiner von euch beiden. Aber das werdet ihr in einer Stunde sein. Dann werdet ihr leibhaftig hier oben erscheinen. Ich kann noch eine Stunde warten. Ich kann ewig warten, wenn es sein muß. Verschwindet von hier.«

Blitzschnell riß Shepard das Gewehr hoch und zielte auf Kearney, der auf ihn zukam.

»Shepard«, rief Lieberman. »Ich bin kein Geist. Ich bin ein ziemlich besorgter Bulle, und in diesem Gebäude halten sich noch ein Dutzend weitere besorgte Bullen auf.«

»Siehst du Geister, Bernie?« fragte Kearney. »Nun, ich bin auch kein verfluchter Geist. Jedenfalls jetzt noch nicht.«

Ermattet neigte Shepard den Kopf zur Seite, um die beiden vor ihm stehenden Männer zu inspizieren. Dann lächelte er ein müdes Lächeln, das sich langsam in ein Lachen verwandelte.

»Du konntest nicht warten«, meinte er. »Und weil du nicht warten konntest, bist du eine Stunde eher gekommen. Na, das ist gut. Weißt du, warum das gut ist? Weil ich vor einer Minute gelogen habe. Ich kann nämlich nicht ewig warten. Vielleicht halte ich nicht mal mehr eine Stunde durch. Ich wate bis zum Arsch in Blut. Hier ist viel Blut vergossen worden, auch meins. Glaub nur an Schicksal, Al, denn das hat dich hier hochgebracht.«

Shepard zog sein Hemd hoch. Im Mondlicht schimmerte der blutgetränkte Verband schwarz.

»Du hast den Hubschrauber geschickt«, sagte Shepard. »Die beiden Clowns, den Mexikaner, aber das hier konnten sie nicht verhindern, Kearney. Du hast nur deine Zeit verschwendet.«

»Shepard«, argumentierte Lieberman vernünftig. »Leg die Waffe weg. Wir steigen die Treppe hinunter. Du kriegst eine öffentliche Verhandlung und kannst der ganzen Welt deine Geschichte erzählen. Und niemand geht mehr drauf.«

»Klingt vernünftig«, meinte Shepard. »Aber das ist bloß ein Wimmern und kein Knall. Ich werde mit einem lauten Knall abtreten. Abraham, schaff deinen koscheren Arsch hier weg, wenn dir wirklich soviel an deiner verfluchten Familie liegt.«

»Bernie«, sagte Kearney. »Du bist ein gottverdammter Narr.«

»Ich bin ein . . .? Na, wie war dein Tag, Captain? Ist von deinem Leben noch was übrig? Bist du deshalb früher hier aufgetaucht? Gott, es wird mir einen Heidenspaß machen, dich umzubringen.«

»Bernie, du bist ein Scheißheuchler.«

»Ich bin ein . . .«

Shepard zückte das Gewehr und feuerte in die Nacht. Die Kugeln sausten nur wenige Zentimeter über Kearneys Kopf hinweg.

»Du vögelst die Frau deines Partners, machst sie zur Hure, und ich bin ein . . .«

». . . Narr«, beendete Kearney den Satz. Er stand ganz dicht vor Shepard. »Sie hat getan, was sie getan hat, weil du ein kaltes, selbstgerechtes, unnachgiebiges Arschloch bist. Du hast sie genauso behandelt, wie du alle anderen behandelst, nämlich nach Vorschrift. Du warst kein Ehemann, sondern ein Wärter. Du hast ihr, mir niemals zugehört, du hast in deinem ganzen Leben niemals irgendwem zugehört.«

Spiza, Howell und der Bulle vom Sondereinsatzkommando kauerten im dunklen Treppenhaus neben der Stahltür, die nur noch an einem einzelnen, verdrehten Scharnier hing. Sie hatten ihre Waffen gezückt, entsichert. Sie spitzten die Ohren, um der Unterhaltung auf dem Dach folgen zu können, verstanden aber kein einziges Wort und konnten außer Sergeant Liebermans Rücken, der ihnen die Sicht versperrte, kaum etwas erkennen.

Die beiden Männer vom Sondereinsatzkommando, die an der Außenwand des Gebäudes hochkletterten, gelangten jetzt zum ziegelgedeckten Dachgesims.

Fünfzehn Stockwerke weiter unten stand Captain Alton Brooks, die Hände in die Hüften gestemmt, in Jason Beldings Apartment und beobachtete das Treiben seiner Männer.

Auf dem Dach zielte Bernie Shepard, der jetzt wie im Fieberwahn taumelte, auf Kearneys Magen.

»Du bist ein verlogener Mistkerl«, sagte Shepard.

Jetzt war Kearney an der Reihe zu lachen.

»Verlogen? Weswegen, verflucht noch mal, sollte ich denn lügen? Ich kenne dich, Bernie. Ich versuche nicht, dich von deiner Meinung abzubringen. Das kann niemand. Ich wollte nur erfahren, wie abgedreht du mittlerweile bist. Glaubst du allen Ernstes, ich hätte mit Livy gevögelt?«

»Ich weiß, daß du's getan hast, du Scheißkerl. Ich hab' dich beobachtet. Du warst mein Partner. Ich bin dir Donnerstag nacht zu deiner Wohnung gefolgt. Und hab' gewartet. Drei Stunden lang hab' ich gewartet. Und als ich später heimkam und sie fragte, wo sie gewesen ist, hat sie gelogen.«

Kearney schüttelte den Kopf.

»Du Arschloch«, sagte er. »Ich war ihr Freund. Freund. Weißt du, was das heißt? Nein, das weißt du nicht. Ich hätte wissen müssen, daß du so was nie und nimmer begreifst. Alles, was du dir zwischen Männern und Frauen vorstellen kannst, ist, wer oben liegt und wie lange. Ich hätte es mit ihr treiben können. Als sie weinte und sich darüber beklagte, was für ein eiskalter Bastard du bist. Da hätte ich sie nehmen können. Ich sagte ihr, du würdest dich nicht ändern. Damals, als ihr geheiratet habt, glaubte sie noch, dich ändern zu können. Ich warnte sie, klärte sie darüber auf, wer du bist, sagte, du wärst zu alt und zu verdammt gemein, um dich zu ändern, aber irgendwas hat sie in dir gesehen. Und sie hat sich getäuscht.«

»Beeton«, rief Shepard. »Die anderen.«

»Aber wer weiß, Bernie?« brüllte Kearney zurück. »Vielleicht wollte sie ja, daß du sie erwischst. Vielleicht war sie auf der Suche nach einem Bullen, der sie wie ein Mensch behandelt. Scheiße, womöglich war sie einfach nur auf Sex aus. Ich entschuldige sie nicht. Entschuldigungen hat sie nicht nötig. Du hast ihr nicht mal die Chance gegeben, sich zu entschuldigen. Sie ist tot. Niemand hat dich betrogen, Bernie. Niemand außer Bernie Shepard.«

Shepard musterte Kearney und blinzelte. Verwirrt zielte er mit seinem Gewehr auf den Speicher, wo er die Sprengkapseln versteckt hatte. Die Stelle war mit einem neongelben Farbklecks deutlich markiert, und er war sich – selbst in seiner Verfassung – einigermaßen sicher, daß er die Stelle noch aus zehn Metern Entfernung treffen würde.

»Scheiße«, murmelte Lieberman. »Shepard, tu das nicht . . .«

»Alles Lüge«, sagte Shepard und blinzelte heftig, um die gelbe Markierung zu fixieren. »Du bist ein verlogener Hurensohn, der versucht, seine dreckige Haut zu retten.«

»Ich lüge nicht, und du weißt das«, behauptete Kearney. »Was ich dir sage, bringt weder Livy noch Beeton, noch diese beiden Arschlöcher, die du auf dem Gewissen hast, zurück. Es wird dich nicht retten, mir hilft es auch nicht. Es nutzt gar nichts, macht dir aber vielleicht deutlich, daß dieser ganze selbstgerechte Haufen Scheiße reine Verschwendung war.«

»Nein«, rief Shepard. Seine verschwitzte Stirn färbte sich vor Anstrengung rot. »Selbstachtung. Etwas anderes zählt nicht. Am Ende gibt es nur Lügen und schlechte Träume, wenn du deine Selbstachtung verloren hast.«

Shepard versuchte, auf den gelben Punkt zu zielen. Er stöhnte leise, aus Frustration und vor Wut, und wischte mit dem Ärmel die Feuchtigkeit von seiner Stirn, seiner Brille. Irgendwo hinter ihm knurrte irritiert der Hund. Shepards Finger am Abzug spannte sich, und Lieberman blieb ein kurzer Augenblick, um sich zu fragen, ob sich in Shepards Miene ein Bewußtsein für das, was er angerichtet hatte, widerspiegelte.

Und dann wurden Bernie Shepards Züge auf einmal schlaff. Nicht, entschied Lieberman, wegen des Schmerzes, sondern weil er resignierte. In seinen Augen schien urplötzlich ein Funken Verständnis aufzuleuchten, als er das Gewehr runternahm.

Shepard öffnete den Mund, wollte etwas sagen. Lieberman fand, daß dem schwitzenden Mund etwas Seltsames, etwas Geheimnisvolles anhaftete. Für einen Sekundenbruchteil begriff Lieberman nicht, was der rote Punkt, eine Zeichnung wie das Kainsmal, auf Shepards Stirn zu bedeuten hatte. Und dann merkte er, daß Kearney den roten Punkt einordnen konnte.

Der Hund lief jetzt zur Tür.

»Nein«, rief Kearney und drehte sich zur offenstehenden Tür um, wo er den Mann des Sondereinsatzkommandos nicht sehen, seine Gegenwart aber spüren konnte.

Als der Hund in den Schatten sprang, riß der Mann vom Sondereinsatzkommando die Waffe hoch, um das knurrende Tier von seiner Kehle fernzuhalten.

Ein Gewehrschuß.

Zuerst blickten weder Lieberman noch Kearney durch, was Sache war – bis sie hinter Bernie Shepards Rücken, am Rand des Daches, zwei dunkle Schatten entdeckten.

Shepard ließ sein Gewehr fallen und ging vor Schmerz in die Knie, begleitet vom Kampflärm, den der Hund und der Mann, die im Dunkel miteinander kämpften, produzierten. Als er auf dem Dach zusammenbrach, fiel Shepard die Brille von der Nase. Mit dem gesunden Fuß suchte er sie dort, wo sie deutlich hörbar auf dem Kies gelandet war.

Kearney und Lieberman näherten sich Shepard, der die Hand ausstreckte. Kearney griff nach ihr, doch die Hand fiel herunter. Bernie Shepard war tot.

Die beiden Männer vom Sondereinsatzkommando hielten gerade auf den Leichnam zu, als ihr Kollege zusammen mit dem Hund durch die Tür aufs Dach polterte.

»Aufhören«, brüllte Kearney Hund und Mann zu.

Der Hund gab als erster nach.

Der blutüberströmte Scharfschütze trat einen Schritt zurück und zielte auf das Tier.

»Ich sagte aufhören«, rief Kearney noch mal, woraufhin der Mann seine Waffe sinken ließ.

Der Hund roch, spürte jetzt etwas. Er drehte den Kopf in Richtung der beiden Schatten und rannte zu Shepards Leichnam hinüber. Die Männer standen auf dem Dach und sahen zu, wie der Hund jedem von ihnen einen fragenden Blick zuwarf, um schließlich den Vollmond anzujaulen.

Kearney wandte sich ab und ging an der kaputten Stahltür vorbei. Der Hund fällte eine Entscheidung. Mit einem Blick auf Lieberman trottete er hinter Kearney das dunkle Treppenhaus hinunter.

Auf der Straße wimmelte es von Menschen. Zuerst war das Gebell des Hundes, ein einzelner Schuß und dann gespenstisches Heulen zu hören gewesen. Keine Explosion.

Hartz und Brooks warteten im Türeingang des Gebäudes, das die improvisierte Kommandozentrale beherbergte, die nun nicht mehr gebraucht wurde. Von dort aus behielten sie das Shoreham im Auge.

Ein Fernsehteam bemühte sich hartnäckig, an den vier Polizeibeamten am Ende der Straße vorbeizugelangen. Aus Funkgeräten drangen knisternde Geräusche und dann die Stimme eines Mannes vom Sondereinsatzkommando, die meldete: ». . . gesichert. Ich wiederhole, gesichert. Subjekt liegt am Boden . . .«

Hartz entdeckte Kearney, der mit dem Hund an der Seite aus dem Shoreham kam. Er wollte ihm entgegengehen, doch Kearney zwängte sich durch die Menschenmenge und hielt auf eine Gasse neben dem Gebäude zu, wohin er seinen Wagen umgeparkt hatte.

Mit großen Schritten folgte Hartz ihm durch die Menge, als eine Stimme aus dem Funkgerät verkündete: ». . . brauche Hilfe für Tolliver. Krankenwagen. Und Sprengstoffexperten. Das Dach ist mit scharfen Sprengsätzen zugepflastert.«

»Was ist geschehen?« wollte Hartz erfahren.

Ohne auf seine Frage einzugehen, riß Kearney seine Wagentür auf.

»Captain Kearney«, brüllte Hartz. »Zum Teufel noch mal, was ist geschehen?«

Kearney schloß die Tür und fuhr, ohne einen Blick zurückzuwerfen, ein paar Meter die kleine Straße hinunter, ehe er nach hinten griff, um die hintere Wagentür zu öffnen. Der Hund rannte an Hartz vorbei und sprang hinein. Die Tür fiel zu. Allein und ohne Antworten blieb Chief Hartz in der Gasse zurück, als der Wagen in den Schatten tauchte.

11

Kurz nach drei Uhr morgens parkte William Hanrahan vor seinem Haus im Chicagoer Stadtteil Ravenswood. Ravenswood behauptete sich zwischen dem im Verfall begriffenen Süden der Stadt und dem Terror von Uptown im Norden, was zum Großteil der Sturheit alteingesessener Bewohner wie Hanrahan und jungen Arbeitern zu verdanken war, die etwas Sicherheit suchten, es sich aber nicht leisten konnten, in einen der Vororte zu ziehen.

Parken war in Hanrahans Straße nie ein Problem. Auf jeder Straßenseite stand nur ein Apartmenthaus. Der Rest der Straße war von kleinen Häusern mit winzigen Vorgärten gesäumt. Das Ravenswood-Hospital war zwei Blocks weit entfernt, also gerade weit genug, daß Besucher und Angestellte nicht in Versuchung kamen, hier zu parken, wenn der Krankenhausparkplatz voll war.

Hanrahan brauchte einen Drink. Vom Wagen aus beobachtete er, wie die nächtliche Brise den Ast eines Baumes vor der Straßenlaterne bewegte. Nein, korrigierte er sich selbst, er brauchte keinen Drink. Er wollte einen und wußte, wo er ihn kriegen konnte. In seinem Kühlschrank wartete ein Bier, die Verführung schlechthin, auf ihn. Er hatte sich selbst davon überzeugt, daß er allem und jedem widerstehen konnte, wenn er diesem Bier, diesem einzelnen Bier und den Lügen widerstehen konnte, mit denen sein verschlagener Verstand aufwartete, um ihn zum Zugreifen zu bewegen. Aber, bei Gott, es war doch nur ein Bier. Und nichts, überhaupt nichts schmeckte wie ein Bier. Eistee. Cola, Kaffee – nichts löschte Hanrahans Durst. Es war ja nicht so, daß er auf einen doppelten J&B bei *Sandy's* scharf war.

Hanrahan betrachtete sich im Spiegel über dem Armaturenbrett.

»Was siehst du?« fragte er leise. »Ich werde dir sagen, was du siehst. Du siehst einen Mann, der sich belügt, das siehst du.«

Hanrahan stieß die Tür auf, verlagerte sein Gewicht und stieg aus. In der Ferne, wahrscheinlich auf der Wilson, rauschten Autos vorbei. Der Wind strich durch die Bäume in der dunklen Straße. Hanrahan schloß die Tür.

Ein Stechen über seinem rechten Auge erinnerte Hanrahan an die verheilende Wunde und lieferte ihm zusätzliche Ausreden. Der Schmerz. Bernie Shepards Tod. Die Erinnerung an Olivia Shepard und Andy Beeton in jenem Schlafzimmer. Maureen, die ihn verlassen hatte. Die Schuldzuweisungen seines Sohnes. Herrje, die Welt dort draußen lieferte einem Mann zahllose Gründe, sich einen hinter die Binde zu kippen.

Er trat auf den Bürgersteig, stieß das schmiedeeiserne Gartentor auf und ging zur Haustür. Schwer zu sagen, aber es sah ganz danach aus, als ob die Farbe von der Holzverkleidung blätterte. Kommendes Wochenende würde er sich darum kümmern. Vielleicht würde er sogar die ganze Veranda streichen. Nein, er hatte Iris Huang versprochen, mit ihr nach Antioch hochzufahren, um Geschirr oder so was für das *Black Moon Restaurant* zu besorgen. Dann eben Sonntag, falls es nicht regnete.

Gott, dachte er, als er seine Haustür aufschloß und eintrat, bin ich durstig. Er wußte, daß er heute nacht keinen Schlaf finden würde, und morgen mußte er vor elf im Revier erscheinen, um zusammen mit Lieberman den Bericht zu schreiben. Zum Teufel damit, entschied er. Wer weiß? Wen interessiert es? Ein Bier, damit ich einschlafen kann. Nach allem, was ich durchgemacht habe.

Er ging in die Küche. Den Weg kannte er auch im Dunkeln. Dann hörte er ein Geräusch. Ein Knarren, einen Schritt. Jemand stand auf der Treppe, die zu den Schlafzimmern hochführte.

In die meisten Häuser in diesem Block war in den letzten Jahren irgendwann einmal eingebrochen worden. Bislang war Bill Hanrahans Haus verschont geblieben. Im Schatten neben dem Wohnzimmer stützte Hanrahan sich auf ein Knie, zog seine Waffe, wohlwissend, daß, wer immer durch sein Haus schlich, sich längst an die Dunkelheit gewöhnt hatte.

»Stehenbleiben«, rief Hanrahan.

Die Gestalt auf der Treppe drehte sich um und hielt den Atem an.

»Ich bin's«, meldete eine dünne Stimme.

Hanrahan streckte die Hand nach dem Lichtschalter an der Wand aus, hielt dabei aber die Waffe auf die Treppe gerichtet.

Mit großen Augen fixierte Jeanine Kraylaw die Waffe.

»Ist er hier?« fragte sie und schaute sich verzweifelt um. »Ist Frankie hier?«

Sie trug ein übergroßes T-Shirt, auf dessen Vorderseite die Worte UNGRATEFUL DEAD in roten Druckbuchstaben geschrieben standen. Lange dunkelblonde Haare fielen ihr ins Gesicht. Ihre dunklen Augen durchsuchten den kleinen Alkoven.

»Nein«, sagte Hanrahan, steckte die Pistole weg und stand auf. »Ich . . . ich habe vergessen, daß Sie hier sind.«

»Oh«, sagte sie. »Das tut mir leid.«

»Sie können wieder ins Bett gehen«, riet er ihr. Das Knie, auf das er sich eben gestützt hatte, schmerzte leicht. Wenn er Zeit hatte, nachzudenken, stützte er sich nie auf dieses Knie. Da steckte ein Stahlnagel drin, schon seit mehr als fünfundzwanzig Jahren. Dieser Nagel hatte seinen Träumen von einer Footballkarriere ein Ende gesetzt.

»Sind Sie gerade eben erst heimgekommen?« fragte sie.

»Ja.«

Er konnte sehen, wie ihre Brüste das erste U und das letzte D von UNGRATEFUL DEAD hervordrückten.

»Ich werde mir ein Glas Wasser holen und dann schlafen gehen«, sagte sie auf dem Weg zur Küche.

Als er das Licht einschaltete und zum Kühlschrank ging, folgte sie ihm barfuß in die Küche. Er nahm eine Flasche Wasser heraus, trat an den Schrank, schenkte zwei Gläser voll und brachte sie zum Tisch. Die grüne Flasche hinten im Kühlschrank hatte er keines Blickes gewürdigt.

Jeanine hatte sich gesetzt und ihre Arme über den Brüsten verschränkt, als wäre ihr kalt. Er reichte ihr ein Glas, für das sie sich bedankte. Hanrahan setzte sich zu ihr. Schweigend tranken die beiden ihr Wasser. Ein oder zwei Mal mußte Jeanine sich mit der Hand die Haare aus dem Gesicht streifen.

»Gutes Wasser«, meinte sie.

»Danke.«

Wieder Schweigen.

»Ich habe keine Ahnung, was Charlie und ich tun werden«, sagte sie schließlich. »Ich meine, ich möchte mich nicht beklagen oder Sie um etwas bitten. Ich möchte nur . . . wissen Sie, mich unterhalten. Wir haben uns ein paar Eier und was dazu gemacht.«

»Das geht schon in Ordnung. Sie können sich nehmen, was Sie möchten. Wie alt sind Sie, Jeanine?« fragte Hanrahan.

»Vierundzwanzig«, sagte sie. »Kann ich Ihnen etwas sagen?«

»Selbstverständlich«, sagte er.

»Ich habe Angst. Nicht so sehr vor Frankie. Wissen Sie, was ich meine?«

»Ich denke schon.«

»Gut, denn ich bin mir nicht so sicher.«

Wieder Schweigen. Hanrahan merkte, wie ihm die Augen zufielen. Er riß sie auf und wollte aufstehen. Jeanine kam ihm zuvor und schnappte sich die beiden Gläser. Hanrahan versuchte nicht, sie davon abzuhalten.

»Ich habe Charlie in das Eckschlafzimmer gelegt, wie Sie vorgeschlagen haben«, sagte sie und trat an die Spüle.

»Das war das Zimmer meines Sohnes«, erzählte er.

»Sie haben einen Sohn?«

»Zwei. Sie sind inzwischen erwachsen. Wohnen in anderen Städten. Einer in Buffalo – Mike, das ist der, den ich anrufen und bitten möchte, ob er Ihnen eine Arbeit besorgen kann. Ich denke, Sie sollten bald aus dieser Stadt verschwinden, und zwar weit weg.«

»Dann glauben Sie also, daß Frankie zurückkommen wird?« fragte sie.

»Je weniger Risiken Sie eingehen, desto länger werden Sie leben, das denke ich.«

Sie wandte sich von der Spüle ab, um ihn anzusehen.

»Ihre Frau? Sie hat das Haus hübsch hergerichtet, hält Ordnung. Wo . . .?«

»Sie hat mich vor ein paar Jahren verlassen. Ich denke, ich werde mich jetzt mal aufs Ohr legen. Schalten Sie einfach das Licht aus, wenn Sie nach oben gehen.«

Er erhob sich.

»Möchten Sie, daß ich mit Ihnen schlafe?« sagte sie auf einmal ganz schnell.

Hanrahan war schon fast bei der Tür. Er drehte sich um und blickte in ihr verängstigtes Gesicht.

»Jeanine, Sie müssen mich nicht auf diese Weise bezahlen. Wir werden Ihnen einen Job besorgen, und falls Sie mögen, können Sie mir ein paar Dollar zukommen lassen, wenn Sie sich eingerichtet haben.«

»Nein«, meinte sie. »Ich habe Angst vor dem Alleinsein. Vielleicht ist das der Grund, warum ich Frankie nicht schon eher verlassen habe.«

Hanrahan lachte. »Nein«, sagte er. »Ich lache nicht über Sie.«

»Warum lachen Sie dann?«

»Es gibt eine alte irische Erzählung«, begann er. »Paddy und Mike gehen eine Straße hinunter, und Paddy bleibt plötzlich stehen und sagt: ›Hast du das gehört?‹ – ›Was?‹ fragt Mike. –

›Diesen schrecklichen Lärm‹, sagt Paddy. – ›Nein‹, sagt Mike. – ›Es ist genau, wie ich dachte, Michael‹, sagt Paddy. ›Ich werde wahnsinnig.‹ – ›Gott sei Dank‹, sagt Mike. ›Einen Augenblick lang befürchtete ich schon, taub zu werden.‹«

Jeanine warf ihm einen fragenden Blick zu.

»Sind Sie Ire?« sagte sie.

»Ja, bin ich«, sagte er und wischte sich die Tränen, die er gelacht hatte, aus den Augen.

Sie schüttelte den Kopf.

»Mein Schlafzimmer ist das auf der rechten Seite im oberen Stock«, sagte er.

»Ich weiß.«

Er hielt für sie die Küchentür auf.

»Sie legen sich in mein Bett. Die Laken sind sauber. In dem Zimmer gibt es ein altes Sofa. Auf dem werde ich schlafen, dann sind Sie nicht allein, aber ich muß mir noch die Zähne putzen und mich duschen. Morgen früh werden wir sehen, wie weit Abe damit gekommen ist, Ihnen eine Arbeit zu beschaffen. In Ordnung?«

»Gut«, stimmte sie zu und ging an ihm vorbei in den Flur.

»Ich schnarche«, warnte er sie.

»Mich hat schon Schlimmeres als das nachts wachgehalten. Das kann ich Ihnen versichern.«

»Morgen werde ich für Sie und den Jungen ein irisches Frühstück machen, so wie meine Mutter es immer zubereitet hat.«

»Und woraus besteht das?«

»Gebratene Eier Foo Young.« Wieder brach Hanrahan in Gelächter aus. »Ich bin nicht verrückt«, sagte er. »Es ist einfach nur sehr spät. Gehen Sie schlafen, kleine Lady.«

»Danke«, sagte sie, schritt den Flur hinunter und erklomm die Stufen.

Hanrahan schaute sich in der Küche um und kam zu dem Ergebnis, daß alles an Ort und Stelle war. In der Hoffnung und aus Angst, daß Maureen eines Tages an seine Tür klopfen würde, hatte er in diesem Haus jahrelang Ordnung gehalten. Er würde sie hereinbitten, und sie würde erkennen, ohne daß er sie darauf hinweisen mußte, daß er allein sehr gut zurechtkam, daß er sie nicht brauchte. Ihm war nie ganz klar, ob er beabsichtigte, sie zurückzukriegen, ob er hoffte, daß ihr zu Ohren gekommen war, daß er nun trocken und verantwortungsbewußt war, oder ob er davon träumte, sie zurückzuweisen mit der Behauptung, daß er sein Leben auch ohne sie leben konnte.

Wieder mußte er an Bernie Shepard denken. Er sah Shepard und seine Frau, zwei schemenhafte Geister in der dunklen Ecke seines Wohnzimmers, die miteinander tuschelten. Er wußte, daß sie nicht da waren, daß sein Unterbewußtsein ihm etwas sagen wollte, daß die verwischten Konturen nur zu dem geblümten Sessel und der Lampe in der Ecke gehörten.

Bill Hanrahan stieg die Treppe hoch, um sich oben auf seiner Couch schlafen zu legen.

Frankie Kraylaw streckte seine Beine aus, als der Bus in Effingham, Illinois, anhielt. Es war kurz nach ein Uhr nachts. Die meisten Passagiere stiegen aus, um einen Kaffee zu trinken, zu rauchen, eine saubere Toilette aufzusuchen oder ein Sandwich zu kaufen. Nachdem vor zwei Stunden – vor den Toren Chicagos – die Lichter im Bus ausgegangen waren, hatte ein Mann mit einem ausländischen Akzent angefangen, im Dunkeln zu jammern. »Ich habe keine Freunde. Ich habe keine Familie.«

Die anderen Fahrgäste hatten darauf etwas erwidert, teilweise sogar gelacht.

»He, Mann. Da bist du doch gut dran.«

»Bilden Sie sich ein, Sie hätten eine traurige Geschichte zu erzählen? Na, dann werde ich Ihnen mal was Trauriges erzählen.«

»Halt die Klappe, Mann. Ich will schlafen.«

Frankie versuchte, die Stimme im Dunkel zu orten. Er

wollte sich zu diesem Mann setzen, ihm versichern, daß Gott sein Freund und seine Familie war, daß er, Frankie Kraylaw, wußte, wie es war, wenn einem die Familie genommen wird. Genau dieses Schicksal hatte Frankie gerade ereilt, aber Gott hatte ihm geraten, über eine Rückkehr nachzudenken. Du darfst nicht einfach vor deiner Verantwortung weglaufen. Das würde Frankie ihm klarmachen.

»O Scheiße«, entfuhr es dem grauhaarigen Schwarzen, der neben Frankie am Fenster saß. »Fahrer, sorgen Sie dafür, daß der Typ den Rand hält.«

»Keine Freunde. Keine Familie. Keine Liebe«, klagte der Mann mit dem fremdländischen Akzent.

»Der Mann ruft um Hilfe«, sagte Frankie leise zu dem schwarzen Mann.

»Ich habe ein Magengeschwür. Ich habe ein krankes Herz. Ich habe keine Arbeit, und meine Schwester stirbt in Memphis«, sagte der Schwarze. »Ich habe meine Fahrkarte bezahlt und brauche meinen Schlaf. Was ich nicht brauche, ist ein Russe oder was auch immer, der in Selbstmitleid ertrinkt, und ganz bestimmt auch keinen einigermaßen cleveren, weißen Jungen wie dich, der mir sagt, was was ist oder wer wer oder warum was passiert. Also, laß mich einfach in Ruhe.«

Frankie grinste wissend in der Dunkelheit. Zorn überkam ihn. Zorn, den der Herr ihm einpflanzte, wenn jemand nicht begriff, nicht einsah, daß die Ehe, die Familie heilig war.

Jetzt standen sie an der Bushaltestelle, und Frankie wartete vor dem Bus darauf, daß der alte Mann auftauchte. Er hoffte, daß der Mann mit dem fremdländischen Akzent ausstieg und sich Frankie zu erkennen gab.

Frankie fühlte sich gleich viel besser. Er hatte eine Mission. Er würde seine Mission erfüllen, und dann würde er zu seiner Familie zurückkehren, trotz des großen irischen Bullen und des kleinen Juden, die nichts von der Erlösung durch den Herrn wußten.

Lieberman ging hinten ums Haus herum, um Barry und Melisa, die im Wohnzimmer schliefen, nicht zu stören. Vor ein paar Nächten war er spätabends im Dunkeln über Barry gestolpert, weil er nicht wußte, daß sein Enkel seinen Schlafsack so dicht vor der Tür ausrollte.

So kam es, daß Abe durch den Garten lief und die Fliegengittertür so leise wie möglich öffnete. Gott sei Dank hatte Bess die kleine Lampe auf der Veranda eingeschaltet. Behutsam und langsam stieß er die Tür auf und trat in die Küche.

Die Zwanzig-Watt-Nachtleuchte über dem Herd war eingeschaltet. Lieberman schloß bedächtig die Tür, ging zur Wohnzimmertür hinüber, schloß sie und machte das Küchenlicht an.

Auf dem Tisch lag eine Nachricht, daneben stand eine Dose Cola. Lieberman überflog die Nachricht:

Abe

Maish ist vorbeigekommen und hat Suppe, eingelegten Fisch, Kishke und frische Brötchen mitgebracht. Iß, worauf du Appetit hast, aber denk daran, nicht die Mikrowelle zu benutzen. Lisa möchte morgen früh mit dir reden.

In Liebe, Bess

Lieberman stellte sich vor den Kühlschrank, nahm den Weißfisch und eine Dose koffeinfreie Diätcola heraus und ging dann zurück zum Tisch, um dort zu überlegen, ob es sinnvoller war, sich ein, zwei Stunden ins Bett zu legen oder einfach zu warten, bis die Sonne aufging.

Die Coladose auf dem Tisch trug eine Brille. Obenauf war anstelle der Lasche ein kleiner schwarzer Knopf. Abe biß in den Weißfisch und drückte auf den Knopf.

Eine Stimme schallte durch den Raum und rief: »Sergeant Bernie Shepard.«

Lieberman, eine Gabel Weißfisch halb im Mund, starrte die

Coladose an, die Falten warf und zur Stimme, die die Frühnachrichten auf WBBM sprach, tanzte.

». . . wenigstens sieben Mal geschossen auf . . .«

Lieberman riß sich zusammen, streckte die Hand aus und schaltete das Coladosenradio aus. Die Dose nahm wieder ihre ursprüngliche Form an.

»Das war Barry«, flüsterte Lisa, die im Türrahmen stand. »Er glaubte, du würdest es lustig finden.«

»Ich kann dir gar nicht sagen, wie sehr ich mich amüsiere«, verriet Lieberman seiner Tochter, die vorsichtig die Tür zuzog.

Er musterte sie betrübt, ehe er sich wieder seinem Weißfisch und seiner Diätcola widmete. Lisa kam an den Tisch und nahm ihm gegenüber Platz. Sie trug einen blauen Frotteebademantel, und er mußte daran denken, wie sehr sie im Alter von drei oder vier Jahren seinen roten Bademantel gemocht hatte. Sie hatte ihn immer seinen Handtuchmantel genannt.

Jetzt saß sie ihm stumm gegenüber und sah ihm beim Essen zu.

»Wir haben das mit Sergeant Shepard in den Nachrichten gesehen«, sagte sie. »Mom hat sich Sorgen gemacht.«

»Sorgen gemacht?«

»Du bist auch auf dem Dach gewesen. Waffen, Sprengstoff. Wieso wundert dich das?«

»Keine Ahnung«, sagte er. »Schlafmangel. Angeborene Dummheit. Ich werde mit ihr sprechen.«

»Fahr mit ihr in Urlaub«, schlug Lisa vor.

»Ich glaubte immer, du hättest deinen Abschluß in Biochemie gemacht und nicht in Familienberatung.«

»Ist das ein Kommentar dazu, wie ich meine Ehe geführt habe?« fragte sie ohne eine Spur Boshaftigkeit.

Lieberman schaute von seinem Essen auf. Eigentlich hätte Lisa inzwischen auf hundert sein müssen.

»Nein«, sagte er.

»Du hast dich heute mit Todd unterhalten.«

»Gestern«, sagte er. »Es ist schon morgen.«

»Denkst du, daß ich falsch handle?« fragte sie ihn.

»In welcher Hinsicht . . .?«

»Daß ich Todd verlasse«, erläuterte sie.

»Wer weiß? Ich muß ja nicht mit ihm leben. Ich halte ihn für einen anständigen Kerl. Ich glaube, daß er dich und die Kinder liebt. Ich denke, er weiß nicht, was du willst. Ich kann mir auch vorstellen, um bei der Wahrheit zu bleiben, daß er einen in den blanken Wahnsinn treiben kann. Er ist genauso depressiv wie diese Griechen, die er andauernd zitiert. Also, wer weiß?«

»Sei mir gegenüber ehrlich«, sagte sie.

Lieberman betrachtete seine Tochter und seufzte. Es war fast vier Uhr morgens, in etwa die Uhrzeit, zu der er für gewöhnlich aufwachte mit dem Wissen, daß er nicht weiterschlafen konnte, aber auch keine Lust hatte, Bess und das Bett zu verlassen, weil er – aller Erfahrung zum Trotz – hoffte, noch einmal einzuschlafen. Er befand sich in jenem grauen, frühmorgendlichen Dämmerzustand, wo man leicht Fehler machte, die man später bitter bereute.

»Du bist meine Tochter. Ich finde dich ziemlich schwierig.«

»Ist das alles?« fragte sie leise, verletzt, nach.

Abe musterte sein Glas mit der sprudelnden Diätcola und dann die Coladose mit der Brille.

»Ich liebe dich. Ich glaube nicht, daß du glücklich wirst, wenn du, zusammen mit deinen beiden Kindern, deinen Mann verläßt, aber wer weiß? Ich weiß nicht, ob überhaupt irgend jemand glücklich sein soll. Die Menschen suchen nach dem Glück und finden es nicht, weil sie eigentlich nach Zufriedenheit streben sollten.«

»›Hoffe auf das Beste. Rechne mit dem Schlimmsten‹«, sagte sie. »Mel Brooks.«

»Eine Variation meiner Philosophie um vier Uhr morgens nach einer ziemlich harten Nacht«, führte er aus.

»Bist du glücklich, Dad?«

»Ich bin . . . Es gibt tiefe Löcher und hohe Gipfel«, sagte er. »Ich bin nicht unglücklich.«

Lisa stand auf.

»›Den Ungerechten wird Glück niemals wahrhaftig zuteil. Nur wenn wir recht handeln, können wir auf Schutz hoffen‹«, sagte sie. »Euripides. *Helen*, Akt Eins. Dazu hat er mich gebracht.«

»Verwende *Euripides* mal in einem Satz«, bat er.

Sie zuckte mit den Achseln.

»Wenn Euripides schnauft, brech' ich dir das Genick«, sagte er ohne eine Spur von Humor.

»Danke, Dad«, sagte sie. »Ich gehe jetzt wieder ins Bett.«

»Gern geschehen«, sagte Lieberman. »Ich weiß nicht mehr, was ich gesagt habe, aber es freut mich, daß es geholfen hat.«

Sie kam um den Tisch, beugte sich herab und küßte ihn auf die Stirn.

Zehn Minuten später hatte Lieberman sich rasiert, geduscht, seinen Bademantel angelegt und war auf Zehenspitzen zum gemeinsamen Schlafzimmer gegangen. Vorsichtig öffnete und schloß er die Tür, tastete sich zum Bett vor und legte seine Pistole in die Nachttischschublade, die er mit einem Schlüssel, den er an einer Kette um den Hals trug, abschloß.

Und dann stieg er ins Bett.

»Lieberman«, sagte Bess im Dunkeln.

»Ich habe dich aufgeweckt«, sagte er.

»Ich wollte aufgeweckt werden. Ich dachte, es wäre schön zu wissen, daß du noch am Leben bist. Wie spät ist es?«

»Kurz nach vier. Und ich lebe noch«, sagte er.

Beide schwiegen für ein, zwei Minuten.

»Wie war dein Treffen?« erkundigte er sich.

»Ida Katzman und Rabbi Wass möchten dich ins Renovierungskomitee holen«, sagte sie. »Und die Präsidentin der Mir-Shavot-Synagoge auch. Das bin ich.«

»Rabbi Wass will mich wieder im Renovierungskomitee haben, weil Ida Katzman mich im Komitee haben möchte. Rabbi Wass hält mich für einen Atheisten.«

»Er kennt dich nicht so gut wie ich.«

»Hältst du mich für einen Atheisten?«

»Wer weiß?« sagte sie. »Ich denke, du brauchst etwas Schlaf.«

»Ich denke, ich brauche Urlaub.«

»Hört sich gut an«, sagte Bess. »Mittwoch gehen wir mit Barry und Melisa in den Zoo. Kommst du mit?«

»Es gibt da einen Jungen, der ungefähr Barrys Alter hat, und eine junge Frau, die ein paar Tage bei Bill Hanrahan wohnt. Vielleicht können sie uns begleiten?«

»Warum nicht?« sagte Bess. »Abraham?«

»Ja.«

»Es ist in Ordnung«, sagte Bess.

Ohne genau zu wissen, was sie meinte, begriff er, was sie ihm sagen wollte, und weinte.